O CONTO REGIONALISTA

O CONTO REGIONALISTA

do romantismo ao pré-modernismo

Edição organizada por
LUIZ GONZAGA MARCHEZAN

wmf martinsfontes

SÃO PAULO 2009

1ª edição *2009*

Acompanhamento editorial
Helena Guimarães Bittencourt
Revisões gráficas
Célia Regina Camargo
Luzia Aparecida dos Santos
Produção gráfica
Geraldo Alves
Paginação
Moacir Katsumi Matsusaki

Dados Internacionais de Catalogação na Publicação (CIP)
(Câmara Brasileira do Livro, SP, Brasil)

O Conto regionalista : do romantismo ao pré-modernismo / edição organizada por Luiz Gonzaga Marchezan. – São Paulo : Editora WMF Martins Fontes, 2009. – (Contistas e cronistas do Brasil)

ISBN 978-85-7827-060-5

1. Contos brasileiros – Coletâneas I. Marchezan, Luiz Gonzaga.

09-01635 CDD-869.9308

Índices para catálogo sistemático:
1. Contos : Coletâneas : Literatura brasileira 869.9308

Editora WMF Martins Fontes Ltda.
Rua Conselheiro Ramalho, 330 01325-000 São Paulo SP Brasil
Tel. (11) 3241.3677 Fax (11) 3101.1042
e-mail: info@wmfmartinsfontes.com.br http://www.wmfmartinsfontes.com.br

COLEÇÃO
"CONTISTAS E CRONISTAS DO BRASIL"

Vol. XVIII – O conto regionalista

Esta coleção tem por objetivo resgatar obras de autores representativos da crônica e do conto brasileiros, além de propor ao leitor obras-mestras desse gênero. Preparados e apresentados por respeitados especialistas em nossa literatura, os volumes que a constituem tomam sempre como base as melhores edições de cada obra.

Coordenador da coleção, Eduardo Brandão é tradutor de literatura e ciências humanas.

Luiz Gonzaga Marchezan, que preparou o presente volume, é doutor em Letras pela USP e professor de Teoria Literária e do Programa de Pós-graduação em Estudos Literários da FCL da Unesp de Araraquara.

ÍNDICE

INTRODUÇÃO

Editar uma antologia é correr riscos. Os riscos estão no princípio seletivo adotado para a sua composição: a escolha de uns autores e não de outros, de determinadas obras e não de outras, o que é próprio da natureza do volume.

Propusemo-nos aqui a reunir, de forma representativa, contos que se alinham com o ideário fundador do regionalismo na prosa de ficção nacional, sem debater a abrangência do sentido que envolve o conceito de regionalismo, como o da função, por exemplo, de demarcar, em limites espaciais, a natureza sócio-histórica cultural de uma dada dimensão territorial. Trata-se para nós, aqui, de um conceito emprestado de teorias sociais, com o fito de localizar no tempo manifestações literárias voltadas para a representação de valores rurais, em diferentes quadros territoriais.

Os quatro primeiros contistas que escolhemos para a composição desta coletânea – Bernardo Guimarães, Visconde de Taunay, Inglês de Sousa e Lúcio de Mendonça – escreveram sobre o influxo dos anos 1870 e, dos seus lugares ou trajetórias de vida literária, movimentaram-se por situações e entre tendências que, historicamente, assentaram as bases do conto regionalista brasileiro: desenvolveram esboços de tipos e costumes, sob a evocação de um passado ainda pouco marcado no espaço das suas narrativas. Há que se ressaltar, dos três seguintes, que Simões Lopes Neto e Afonso Arinos localizaram o veio do regionalismo: observaram, com acuidade e realismo, tipos, costumes e paisagens regionais; e Coelho Neto, dono de uma narrativa expressiva, imaginativa, naturalista, procurou o equilíbrio entre a ideia narrada e sua expressão, que, por muitas das vezes, fugiu-lhe da mão. Os cinco últimos contistas que trazemos refinaram a contística regionalista: na linguagem moderada que utilizam para as suas narrativas, com cortes de humor, drama e burla, conforme, respectivamente, Godofredo Rangel, Alcides Maya e Monteiro Lobato; com a densidade e a autonomia do humanismo de Valdomiro Silveira ou, ao contrário, com o humanismo subordinado aos rígidos códigos de conduta do tropeiro ou do peão, como nos contos de Hugo de Carvalho Ramos

Os anos 1870 questionaram a literatura brasileira, a portuguesa[1] e o Brasil[2]. Machado de

---

1. A literatura portuguesa, em 1870, num país de três milhões de habitantes, passa pela Questão Coimbrã, seu "primeiro

Assis, no seu artigo "Notícia da atual literatura brasileira – instinto de nacionalidade", publicado então no jornal nova-iorquino *New World*, em 1873, fez, convenhamos, um antológico balanço crítico das letras nacionais: verificou a ausência de um juízo crítico, sistemático, capaz de julgar a produção literária no tempo, as formas e o gosto do leitor; combateu na literatura brasileira o descritivismo, o pitoresco, a louvação da natureza e conclamou os ficcionistas para um "geral desejo de criar uma literatura mais independente" (1962, p. 802a). Antes, em 1858, noutro ensaio, intitulado "O passado, o presente e o futuro da literatura", observara que carecia à ficção nacional uma "existência animada, a existência que vive, a existência que se desenvolve fecunda e progressiva", momento em que propôs aos ficcionistas atuantes "um golpe de estado literário" (1962, p. 789b). Machado de Assis foi homem de

---

sinal de renovação literária e ideológica" (SARAIVA e LOPES, 19[--], p. 840), promovido por escritores jovens de Coimbra.

2. De acordo com o comentário de Alfredo Bosi (1972, p. 181), no Brasil, "a partir da extinção do tráfico, em 1850, acelera-se a decadência da economia açucareira; o deslocar-se do eixo de prestígio para o Sul e os anseios das classes médias urbanas compunham um quadro novo para a nação, propício ao fermento de ideias liberais, abolicionistas e republicanas. De 1870 a 1890 serão essas as teses esposadas pela inteligência nacional, cada vez mais permeável ao pensamento europeu que na época se constelava em torno da filosofia positiva do evolucionismo".

letras e de projetos: entre o artigo de 1858 e o de 1873, lemos, neste trecho abaixo de "O ideal do crítico", escrito em 1865, o curso do seu ideário reformista:

> Se esta reforma, que eu sonho, sem esperanças de uma realização próxima, viesse mudar a situação atual das coisas, que talentos novos! Que novos escritos! Que estímulos! Que ambições! A arte tomaria novos aspectos aos olhos dos estreantes; as leis poéticas, – tão confundidas hoje, e tão caprichosas, – seriam as únicas pelas quais se aferisse o merecimento das produções, – e a literatura alimentada ainda hoje por algum talento corajoso e bem encaminhado, – veria nascer para ela um dia de florescimento e prosperidade (1962, p. 801c).

Nos juízos de Machado de Assis presentes nos seus ensaios de 1858 e de 1865, cremos, encontram-se os argumentos basilares do ensaio de 1873, este, então, um paradigma para a trajetória da literatura brasileira.

O Império, em 1868, trouxera da Alemanha, para estudos na Comissão Imperial de Agrimensura, Oscar Constatt, que contabilizou para o Rio de Janeiro 420 mil habitantes e, desse número, entre 60 e 80 mil portugueses; para o Brasil, computou 10.700.187 habitantes, com uma densidade demográfica que não chegava a um habitante por quilômetro quadrado. Oscar Constatt (2002, p. 316) observou, em especial, o Rio de Janeiro, capital imperial, e dela fez a seguinte observação: "O que mais está desenvolvido é a literatura, que conta muitos poetas e escritores de nomeada."

Desse modo, percebemos que a capital da civilização brasileira, conforme designação imperial, tem ficcionistas, leitores diversificados, um incipiente parque gráfico e uma literatura, conforme a lucidez de Machado, que procura um ideário, uma trajetória criticamente sustentada. Importante notarmos como, no ambiente de irrupção do nacionalismo dos anos 1870, Machado de Assis projeta, para a ficção, a tematização do seu instinto, o da nacionalidade, conforme o artigo no *New World*.

Assim, observamos que a capital da civilização brasileira tem ficcionistas, leitores, gráficas, debates, uma literatura que se ressente de uma orientação crítica, mas que, aos poucos, desvencilha-se dos postulados europeus: portugueses e, depois, franceses; reorienta-se segundo um instinto de nacionalidade[3].

---

3. Antonio Candido (1999, p. 29) mostra-nos que, no Brasil, já nos meados do século XVIII, existe o "esboço de uma literatura como fato cultural configurado", com "consciência de grupo por parte dos intelectuais", mediante, principalmente, o "reconhecimento que começou a existir de um passado literário local" e que, depois, a partir dos primeiros momentos do XIX, rupturas e continuidades entre árcades e românticos, configuram num "sistema literário [...] uma produção regular funcionando na pátria".

O Rio de Janeiro, sede da monarquia, como vimos, reúne condições para a vida intelectual – tipografias para impressão de periódicos, revistas, gráficas para edição de livros (impressos, depois, na Europa), algumas bibliotecas, associações científicas e teatros.

Os anos 1870, para Antonio Candido (1999, p. 50), trouxeram "novas correntes europeias de pensamento", que se estenderam até o século XX, momento de incursões pelo pensamento comparatista, relativista, tendências estas que abalaram o idealismo romântico. Machado de Assis (1962, p. 836d), agora no artigo "A nova geração", de 1879, vê tal década como a de "um tempo de renovação científica e literária", em que a "nova geração frequenta os escritores de ciência". Em consonância com esse espírito, o ficcionista fundará, em 1896, a Academia Brasileira de Letras. Para Antonio Candido (1999, p. 56), a entidade promoverá "uma certa aliança entre a literatura, os poderes e o gosto médio, fornecendo uma produção convencional, bem aceita pela ideologia dominante". Entre os sete primeiros contistas regionalistas que reunimos, cinco são acadêmicos (sem ignorarmos que Alcides Maya também compôs a Academia e que Monteiro Lobato pensou em assumi-la); constituem-se nos ficcionistas que, a partir do Rio de Janeiro, da Academia Brasileira de Letras nele sediada, lapidam o regionalismo da literatura brasileira.

O regionalismo literário é um veio de fonte romântica e sua vertente na literatura brasileira é caudalosa. Com o objetivo de entendê-la, podemos segmentar a produção dessa literatura numa fase precursora, de 1830 a 1840, sua posterior afirmação entre 1840 e 1870, para localizar sua definição entre 1870 e 1890.

Tristão de Athayde (19--, p. 85) intui que o regionalismo brasileiro foi antecedido por duas outras etapas: pelo americanismo, do colonialismo ao romantismo, e, numa segunda fase do romantismo, pelo brasileirismo – sertanista e indianista. O próprio Tristão considera essa classificação arbitrária, parcial, embora a veja como uma maneira de analisar a evolução da ação local de nossa literatura sobre a transplantada.

O juízo impressionista de Tristão prevê, para nós, que o conto regionalista nacional escolhe e seleciona espacialidades no decorrer dos tempos. Dentro dessa perspectiva, o espaço das narrativas será retificado e ampliado até se configurar como típico. Assim, temos, com os contos regionalistas precursores da literatura brasileira, o espaço americano, sem medida, paradisíaco. Os contos precursores nacionais são discursos ocorrenciais do discurso-tipo clássico; não têm dimensionado um espaço típico para as histórias do campo, a não ser uma réplica do lugar ameno, o grego. Desse modo, as narrativas regionalistas ficam presas às descrições de estados, que contrastam, de forma eloquente, grandes valores humanos diante de grandes valores naturais, buscando, dessa maneira, fixar a atenção do ouvinte para a exuberância do lugar. O conto romântico regionalista, entre 1830 e 1870, preponderantemente, descreve estados, emoções, sentimentalismos, sustentados pelo espaço ameno.

Dessa maneira, o conto precursor da primeira fase do romantismo não tem dimensionado um espaço típico para as histórias do campo, a não ser por empréstimo à retórica antiga, do espaço ameno, que tão bem aparece, por exemplo, nos contos de João Manuel Pereira da Silva (1817-1898) e de João José de Souza e Silva Rio (1810-1886). O conto romântico, na sua primeira fase, não dispôs, assim, de um estoque de configurações para suas histórias encenadas no campo.

Os contistas pós-românticos e os pré-modernistas encenam, de forma crescente, uma diversidade de relações temático-figurativas: casos, situações vividas por vaqueiros, tropeiros – grupos e valores culturais que sempre entram em cena diante de um cenário típico. Há, portanto, durante esses momentos, um maior relacionamento entre personagens, num dado contexto referencial. Ou, conforme observações do sociólogo Octavio Ianni (1975, p. 88), deparamos com representações teatralizadas "da consciência dos homens simples", de "uma fenomenologia da consciência ingênua", quando, a partir do primeiro regionalismo, exploram-se, ainda de acordo com o sociólogo, "dois temas fundamentais": o "misticismo e a violência", próprios daquela consciência.

O conto regionalista, nesse âmbito, afirma-se a partir de 1870, e, como na ficção urbana, com ruídos entre a língua coloquial e a língua culta.

A exaltação, pelos regionalistas pós-românticos e pré-modernistas, da vida rural (uma sociedade não industrializada) justapõe-se à exaltação, pelos modernistas, da vida cosmopolita (para uma sociedade industrializada). Vemos assim colocadas, entre o final do século XIX e o início do XX, pela prosa de ficção nacional, representações de facetas das vidas rural e urbana.

O objetivo desta antologia está em traçar uma trajetória representativa do conto regionalista nacional, no momento da sua definição, período que se estendeu do pós-romantismo ao pré-modernismo, como já observamos.

Observaremos, na trajetória do conto regionalista, o embate implícito entre a fala rústica das personagens e a fala urbana, polida, dos seus enunciadores; o choque, a oposição entre a oralidade (na expressão da singularidade dialetal) e a escrita refletida (na expressão do código comum). O autor regionalista tenderá a representar a vida rural de um ponto de vista retórico, sem a consciência do outro, sem delimitar a sua voz, uma voz plural, não individual, construída socialmente. Dessa maneira, num primeiro momento, lemos no conto regionalista pós-romântico o predomínio do discurso descritivo, que sobrepõe a voz autoral, o que ela observa, às demais. Temos, com isso, predominantemente, nas narrativas dos quatro primeiros contistas que selecionamos, a descrição panorâmica, realista, dos ambientes para, depois, num segundo momento, representado pelos contos dos oito demais ficcionistas regionalistas selecionados, depararmos, nos casos que narram, com cenas de outros ambientes. Com os contistas regionalistas pré-modernistas o narrador ganha percepção cognitiva e referencializa o espaço do sertão, o lugar discursivo de onde se fala, local em que circula um determinado discurso.

"A dança dos ossos" é um conto de 1871. Bernardo Guimarães, pós-romântico, elege um barqueiro como protagonista, que, numa narrativa envolta com casos de assombramentos, dialoga com um homem ilustrado. O caso constitui-se no enredo do conto, tramado a partir de uma situação que compara o comportamento místico do barqueiro, recolhido no seu mundo, com o comportamento experiente do seu interlocutor ilustrado, que procura compreendê-lo com o exercício da observação.

Assim, enquanto o barqueiro conta para o seu ouvinte um caso de assombramento, este tenta convencê-lo de que a história é enganosa, ilusória, regida pelo medo do barqueiro motivado por uma noite de temporal, em mata densa e em meio a goles de cachaça. A história do caso do barqueiro é a de uma caveira que, na ocasião, uma sexta-feira, apareceu dançando à sua frente, próximo à cova de Joaquim Paulista e no meio da mata. As circunstâncias do aparecimento da caveira lembram as circunstâncias do assassinato do soldado: no interior da mata fechada, à noite e diante de um temporal – lugar sombrio, que denuncia o modo como Joaquim Paulista foi assassinado e enterrado no local. A natureza, na ação da chuva, espalhou os ossos de Joaquim pelo local; denunciou, assim, o seu sofrimento, segundo as asas da imaginação popular, que passou a narrar o caso como o do esqueleto desenterrado do Joaquim Paulista.

O narrador de Bernardo Guimarães tem um modo para contar os seus casos; imagina uma maneira ideal de relatá-los, trama com lembranças, e, desse modo, promove, na narrativa, uma situação com a função de relatar a memória do caso: trabalha com cenas paradas, desambientadas, genéricas, em espaços amplos. O narrador de Bernardo Guimarães já observa a ação das personagens no espaço; promove, ainda que tênue, uma interação entre as personagens e a espacialidade. Os espaços descritos, ainda de acordo com o projeto romântico, compõem as partes de um todo: querem especificar a amplitude do sertão, com matas seguidas de cerrado. Dessa maneira, o enunciador apropria-se de um caso para construir uma história de medo, que seu protagonista narra, sem construir ambientações.

O caso, no conto de Bernardo Guimarães, ganha autonomia; tem um efeito de individualidade, de individuação: é um saber popular modificado, em que se esconde um enunciador romântico voltado para o retrato de uma cor local com dimensões, ainda, genéricas do espaço.

Visconde de Taunay tinha perto de 28 anos quando escreveu, com o pseudônimo de Sílvio Dinarte, o conto "Juca, o tropeiro", uma narrativa que fica sob o domínio das impressões do seu narrador em torno da única peripécia ocorrida na vida do protagonista, Juca Ventura, não obstante seu sobrenome, da boa para a má sorte. A narração, muito descritiva, posta-se distante dos acontecimentos, sem intenção dramática, e delega pouca voz às personagens, tirando-lhes, assim, sua autonomia, encenando-as pouco.

O conto constitui-se num caso de tropeiro que, às vésperas do casamento, é convocado para a Guerra do Paraguai. Ele passa cinco anos fora de casa e a sua noiva convence-se de que está morto; daí, casa-se com outro. Certo dia o tropeiro Juca volta para casa e depara com o sucedido. Desilude-se, e de feliz e amigável passa a ser triste e melancólico.

Os espaços do conto "Juca, o tropeiro" diferenciam-se dos de Bernardo Guimarães. Taunay dimensiona um pouco mais os espaços construídos – pouso, vila, povoação, rua, beco –, lugares em que Juca, feliz, convive com tropeiros, amigos fiéis e conhece Babita, o seu amor. Os espaços não dimensionados – alagadiços e tremedais do sertão bruto, sertão bravio, fundões do Mato Grosso, pântanos de Miranda, Araguaia e de Goiás – marcam, ao contrário, os momentos da indefinição na vida de Juca, os que, no decorrer da guerra, tiraram-lhe a felicidade. Juca teve o seu projeto de vida derrotado pela violência da guerra, embora tenha defendido com vitória o projeto do seu país. Temos, assim, um caso utilizado, agora, pelo enunciador, com uma preocupação em marcá-lo com diferentes lugares do sertão brasileiro, embora por meio de um narrador erudito, que, ao tocar em expressões populares, manifesta-as em itálico. A narração, desta vez, programa momentos na vida da personagem divididos entre o espaço nacional construído e não construído, em que transparecem os valores existenciais caros ao protagonista: os de seu amor a Babita e ao Brasil.

As obras de Bernardo Guimarães e de Visconde de Taunay mostram-nos ficcionistas situados entre o romantismo e o realismo; no último, os traços do regionalismo romântico invadem a composição do regionalismo realista.

A obra de Inglês de Sousa aponta-nos a presença do naturalismo na literatura brasileira, o que já transparece em *O missionário*, romance de 1891. *Contos amazônicos*, de nosso interesse, é de 1893, ocasião em que suas narrativas naturalistas ganham mais objetividade, senso de observação. A força do cenário da Amazônia, nos contos de Inglês de Sousa, encontra-se, diante de situações que se impõem ao homem, acima da sua imediata compreensão, exigindo-lhe, sem detença, determinação, definição. Mostram-nos os contos "Acauã" e "O gado do Valha-me-Deus" que a materialidade do texto naturalista de Inglês de Sousa está nas lendas da Amazônia, no seu mistério, que proporcionam a subordinação do homem ao seu meio, à verdade das lendas, suas lições. O conto regionalista brasileiro, nesse momento, substitui seu modo de fabular: no lugar do caso, conta-nos uma lenda. O capitão Jerônimo Ferreira e o boiadeiro Domingos Espalha, protagonistas, respectivamente, dos contos "Acauã" e "O gado do Valha-me-Deus", atuam em duas fábulas naturalistas, diante de tensões entre verdades lendárias no âmbito do demoníaco, figurado naqueles dois contos. A metamorfose, figura representativa no campo do imaginário da fábula, perfaz as verdades presentes nas duas fábulas: o pássaro Acauã faz-se serpente e do seu parto gera Vitória, o duplo demoníaco de Ana, a cândida filha do capitão. O boiadeiro Domingos Espalha enfrenta outra vertente da mesma lenda que origina a fábula da Acauã, agora, na do Boiúna, também da região amazônica. Nessa, a serpente transforma-se numa vaca, de cor escura, cativa, prisioneira sua. Essa situação tem sua composição a partir de lendas que se envolvem com a gesta do boi. No conto, o demônio enfrenta Amaro Pais, herdeiro de padre Geraldo. O padre não sacrificava o seu gado. Amaro quis sacrificá-lo. Uma vaca, metamorfoseada do diabo, protege o rebanho, afastando-o dia a dia do boiadeiro Domingos Espalha, que demora para encontrá-lo e reuni-lo.

Os contos "O hóspede" e "Luiz da Serra" compõem o livro de Lúcio de Mendonça *Horas do bom tempo*, publicado em 1901. O ritmo sequencial da narrativa de Lúcio de Mendonça dá-lhe a possibilidade de trabalhar com episódios e escolher, na boa cadência da sua prosa e na atenciosa caracterização das personagens, o desenlace. Lúcio de Mendonça, desse modo, opta pelo caso, o caso como um conto, com a disposição interna de um conto. O caso contado guarda a disposição de um julgamento, como nos outros regionalistas comentados. Em "O hóspede", o narrador, conhecedor do caso, tem a seu lado o protagonista, que aí permanece, sem voz, sem participação ativa na narrativa. O narrador, sóbrio, contará o caso, sem questioná-lo, fazendo o protagonista responder pelos acontecimentos. E, assim, teremos um caso da sorte de um caixeiro que, de uma forma subliminar, na narrativa, está marcado para morrer na noite em que pousa numa venda de beira de estrada. A sua decisão, surpreendente, na madrugada, de retomar a viagem traz o julgamento do narrador, o do seu acerto. Outro morrerá no seu lugar, o filho dos assassinos, que, por um acaso, na mesma madrugada, ocupa o quarto do caixeiro-viajante. Uma história de violência, portanto.

"Luiz da Serra" representa aqui outra versão da contística de Lúcio de Mendonça, a do mistério. Luiz da Serra, o protagonista que nomeia o conto, é homem do mato, integrado à harmonia da mata e mantém um pacto com uma onça; defende-a de predadores até que, num dado momento, convoca-a para matá-lo. Aconteceu que Luiz da Serra, mateiro, caçador, apaixona-se por uma mulher sedutora, decidida, diferente, que vive as diferenças da vida mundana. Luiz da Serra percebe, com isso, que o seu mundo é incompatível com o mundo de Luiza; ele domina uma fera, porém, não consegue comunicar-se com a mulher. Teremos, assim, a volta da personagem para o seu mundo, a mata, momento em que incita a fera a matá-lo. Trata-se de um caso com um desenlace patético, comovente, que desperta tristeza; um caso que envolve uma diferença intransponível entre as formações díspares de um homem e uma mulher. Ele domina uma onça, na sua força bruta, arrebatada; ela, a sedução. O amor faz-se mais ameaçador. Não temos, aqui, fábula; temos outro caso, a expressão das vontades de protagonistas que vivem valores opostos, a partir do lugar em que vivem: o primeiro, na mata; o segundo, na cidade – duas dimensões de mundo díspares. Lúcio de Mendonça, como lemos no primeiro conto, "O hóspede", não aferiu sua narrativa no espaço narrado. Tivemos um caso que se passou numa pequena venda de beira de estrada. Com "Luiz da Serra", a estratégia do contista foi outra: a espacialidade ganhou outra dimensão: a mata surge como um universo que homologa o do protagonista, seu habitante.

O conto de Simões Lopes Neto mostra-se sentencioso, patético, porém manifesta-se com uma variedade linguística de forte tradição regional e visível identificação com a oralidade. Simões Lopes Neto exalta a virtude; constrói, com seus melodramas, figuras representativas da honra, adaptando-as ao meio rústico dos pampas. Simões Lopes Neto, na verdade, com seus *Contos gauchescos*, ajusta o homem ao seu ambiente; ambienta-o no seu lugar e tempo.

"No manantial", conto de 1912, envolve-nos com violência e tragédia. A violência desse conto de Simões Lopes Neto transparece-nos situada pelo seu narrador e personagem numa só cena marcada desse caso de amor, na última sequência da narrativa, programada para o advento do patético: a protagonista Maria Altina, uma vez perseguida, morre, quando, auxiliada pela natureza, livra-se do estupro e da perda da honra ao cair, com seu cavalo, num sumidouro. Maria Altina tem um destino determinado para o bem. Diante da inevitabilidade do mal, Simões Lopes Neto dispõe da natureza dos pampas, típica, para repará-lo: um sumidouro absorve viva sua protagonista, intacta na sua virtude, dando-lhe, posteriormente, por meio de uma roseira (brotada de uma rosa presa nos cabelos da personagem na hora da sua morte), de forma metamorfoseada, direito à vida.

"Boi velho", conto do autor de 1912, é curto e, novamente, tem a disposição de um caso, em que um diálogo entre peões de estâncias estabelece, a partir do comportamento que o homem mantém com o animal, um paralelo com o que o homem pode fazer para o próprio homem. Cabiúna, um boi velho, foi executado sem compaixão por seus donos. O boi crescera com eles, um boi doméstico, de carro; transportara-os a vida toda. Para o narrador, um peão, o acontecimento diz das "maldades que nós fazemos", do modo como os homens violentam os seus sentimentos.

Afonso Arinos, em "Assombramento", elege uma tapera para encenar hábitos e costumes mineiros, de moral ingênua e violenta. O narrador é o contador do caso, que marca o desenlace da história para os espaços fechados da tapera, à noite, contrastando-os com o espaço aberto do sertão. "Assombramento" constitui-se no melhor conto de *Pelo sertão*, livro de 1898. Trata-se de uma narrativa fluida e, como em "No manantial", localiza na última sequência da história a programação do desenlace, momento em que a personagem tem suas desavenças. Esse conto, de 1895, narra o caso de um tropeiro corajoso que resolve passar a noite sozinho em uma tapera dita mal-assombrada, a fim de desafiar as assombrações que o seu grupo tropeiro confirma lá existirem. Durante a noite, no interior da tapera, a fogueira que Joaquim ateou para aquecer-se do frio projeta as franjas da sua rede nas paredes em ruínas da casa abandonada, provocando-lhe, pelo medo, visões e alucinações que o levam a lutar com fantasmas, o que facilita sua queda de um patamar daquela ruína, levando-o à morte.

"Pedro Barqueiro", conto de Arinos de 1895, dedicado a Coelho Neto, caracteriza-se, a partir do seu protagonista, como um tipo do sertão. Barqueiro, assim como Flor e Pascoal, são personagens típicas, com características para uma ação única da narrativa: confrontos físicos, com valentia e malícia. Barqueiro é um escravo fugido, procurado, e que deve ser capturado pelo patrão de Flor e Pascoal, um coronel que detém o mando nas cercanias em que se estabelece Pedro Barqueiro. A natureza, com sua flora e fauna, monta os presságios, os agouros para uma história que, até de forma humorada, promove a narrativa. Afonso Arinos, conforme Walnice Nogueira Galvão (2006, p. IX), com um "modesto perfil", imprime um ritmo em suas histórias posteriormente desenvolvidas de forma análoga por um Guimarães Rosa. "Assombramento", o primeiro conto que dele selecionamos, tem, como "Pedro Barqueiro", um narrador que muito bem dimensiona as falas entre personagens, embora não haja no segundo a presença de um interlocutor pressuposto. "Assombramento" é caracterizado por Arinos como uma história do sertão e, para isso, utiliza-se de trama, o que faz sua narrativa avançar além de tipificações. Mesmo porque, durante uma tropeada, há diálogos que mostram um saber acerca do mundo dos tropeiros em que Manuel Alves, diferentemente dos demais, quer se mostrar alheio ao saber comum; quer desafiar assombrações, momento, no caso, que o move a dormir numa tapera. Arinos, desse modo, tensiona a sua história, inicialmente, de tropeada, depois, acrescida com o motivo da tapera, ao lado da sua lenda, a de que há, nos seus escombros, um dado tesouro. O conto, primeiramente, confirma o seu tema: Manuel Alves começa por se fazer um desassombrador, porém, com medo, aflito, vê-se diante de assombrações, sofre uma queda e morre. A seguir, no local da sua queda, seus companheiros acham ouro, o que confirma a lenda. Acontece que, para a narrativa, Manuel Alves lutou com assombrações e foi derrotado pelo que dizia não temer. Desse modo, dois saberes populares, ironicamente, firmam-se no conto.

Coelho Neto, com sua eloquência voltada para valores do universo rural, dirige sua narrativa para a ideia do destino, para fatos que ocorrem, ao lado de seus presságios, dentro de uma situação que pouco depende da vontade humana, momento, então, de mistérios.

"Os pombos" é um conto de *Treva*, livro de 1906 do autor. No seu enredo, Joana e Tibúrcio assistem, desesperados, ao filho morrer com febre alta. Enquanto isso, num pombal ao lado da palhoça, próximo a uma mangueira, há um alvoroço entre os pombos do garoto doente; as aves esvoaçam, descrevem círculos no ar, pousam ora no chão, ora no sapé da tapera, sinalizam o presságio da morte e, analogicamente, sua solidariedade. Tibúrcio, confuso e com raiva, derruba o pombal e esmaga os filhotes dos pombos. Assim, nesse conto quase expressionista, lemos a manifestação emocional, exagerada, violenta, de um pai que, ao seu modo, pressente a morte irremediável do filho, homologando esse comportamento a partir do voo tumultuado dos pombos.

"Firmo, o vaqueiro" é um conto de *Sertão*, de 1896; sua narrativa tem o ponto de vista voltado para dois protagonistas – um fazendeiro e um campeiro –, entre a recolha e a solta do gado, num dia de Natal, que ambienta a vivência costumeira entre o fazendeiro e o velho campeiro,

Firmo. Este, com seus 80 anos, contou muitas histórias para o seu "patrãozinho", histórias que o ouvinte confessa "jamais em letra vira" – histórias populares, dos "sertões de Deus". Faz-se, assim, esse conto num eloquente elogio à identidade de um vaqueiro, contador, cantador e dançador das tradições do sertão, numa noite natalina, ao lado do patrão e do gado que, ao redor da sua palhoça, enquanto ele morre, muge como se pacientasse um dado "Senhor Menino".

Coelho Neto tem um modo de efabular, ilustrar o seu conto. Com o primeiro, "Firmo, o vaqueiro", temos uma narrativa que ilustra um preceito, uma regra de procedimento, determinado, coerente: Firmo morre coerente com o que aprendeu, apreendeu e ensinou, tendo ao seu lado, no seu leito de morte, em dia de Natal, os seus adeptos. "Os pombos", o primeiro conto, revela-nos um presságio da morte, algo que pai e mãe pressentem com o avanço da febre do filho, numa narrativa também ilustrada, efabulada, por elementos da natureza.

Os contistas Simões Lopes Neto e Coelho Neto dão-nos o claro exemplo do embate entre as falas rústica e polida, diferentemente mediadas pelos seus narradores: o primeiro mergulha o seu ponto de vista na oralidade; o segundo, de forma indireta, onisciente, conduz sua efabulação; ambos, sem dúvida, ambientam tipicamente suas histórias.

Com os demais contistas regionalistas pré-modernistas, o narrador ganhará percepção cognitiva e referencializará o espaço do sertão, o lugar discursivo, de onde se fala, local em que circula um determinado discurso, como já dissemos.

Há que se observar ainda que tanto Simões Lopes Neto como Valdomiro Silveira superam, por estilização, a dissonância entre as falas rústica e erudita, a fim de suplantar o desnível entre as falas culta e popular – a fala elevada do narrador em relação à fala rústica da personagem; anulam, assim, o conflito entre vozes dissonantes; criam, dentro do sistema da língua portuguesa, uma variação, uma variante sistematizada, com dicção das regiões, respectivamente, sulista e paulista, com o objetivo de obter efeitos estilísticos.

A maior parte dos contos de Valdomiro Silveira foi produzida entre 1895 e 1906, período em que se inclui "Camunhengue". "Aquela tarde turva" foi escrito em 1936. O primeiro conto compõe o livro *Os caboclos*, publicado em 1920; o segundo, *Lereias*, póstumo, de 1945.

Em "Camunhengue", o protagonista, Zeca Estevo, contrai lepra; luta contra a doença, impõe-se diante dela, porém soçobra ante o isolamento que os familiares lhe impõem. O conto volta-se, com extremo realismo, para o drama dos limites do humano: Zeca Estevo, enérgico, corajoso, conhece o mal, a doença, fragiliza-se; nunca havia sentido medo; passa a senti-lo e a difundi-lo nas suas ações.

Certo dia, abandona a todos; cumpre o destino do leproso. Trata-se de um caso, inicialmente, contado e, depois, dramatizado entre diálogos que traduzem uma violenta tragédia pessoal.

"Aquela tarde turva" retoma a questão da tragédia pessoal. O conto nasce de uma pergunta colocada pelo narrador e protagonista, que ele, passo a passo, responde, na forma de um diálogo pressuposto. Assim, João da Sinhá narra para um interlocutor um caso seu de amor malsucedido com Vitória. Mostra-nos o enredo desse conto a trajetória dos sentimentos de João: sua paixão por Vitória e o modo como, numa tarde turva, depois de tomar conhecimento que ela o abandonara por outros, invade-lhe o ódio e a vontade de matá-la.

Valdomiro Silveira, nos dois contos, como sempre, volta-se para um cenário interiorano do sertão paulista pouco a pouco desbravado, em que também foca os limites, pouco exploráveis, densos, da natureza humana.

Os contos de Hugo de Carvalho Ramos, todos reunidos em *Tropas e boiadas*, de 1917, foram escritos entre 1911 e 1917. "Caminho das tropas", de 1914, é o primeiro do livro e narra a conduta do tropeiro, o fazer tropeiro. Joaquim Culatreiro é bom arreeiro, bom condutor e de bom convívio com o seu grupo de tropeada. Com harmonia e síntese, o conto mostra-nos, primeiramente, o papel eficiente desse tropeiro na lida e no trato da tropa, descarga de surrões; depois, no exercício da sua liderança, em que conta casos de mistérios acontecidos durante suas viagens.

"Ninho de periquitos", de 1915, constitui-se na narrativa mais curta de *Tropas e boiadas*. Trata-se de um conto incisivo, contundente, da história de Domingos, bom pai e bom trabalhador, picado por uma urutu enquanto recolhia, do interior de um cupim velho, filhotes de periquitos para presentear o filho. Da mesma forma como a natureza se impõe para Domingos, o peão impõe-se à natureza e com a mesma crueza: uma vez picado pela cobra, decepa-lhe o pescoço e a própria mão por ela picada, a fim de eliminar seu veneno.

Valdomiro Silveira e Hugo de Carvalho Ramos, na maneira como compõem a ambientação das suas narrativas, no modo como nelas processam a natureza e a vida social, dão-nos uma ideia clara acerca da consistência do regionalismo da sua época. "Camunhengue", "Aquela tarde turva", "Ninho de periquitos" e "Caminho das tropas", nessa perspectiva, nos espaços dos sertões paulista, mineiro e goiano, dramatizam a violência, assim como os exageros, a prostração de personagens diante de forças aparentemente sobrenaturais. Desse modo, o que constatamos é que, no interior das narrativas regionalistas, fende-se a máscara, a violência é assumida na sua ação trágica, num cenário que realça o homólogo – a tempestade para o leproso convicto do seu mal; o turvo para o que odeia e quer matar; o grotão, as macegas espinhosas, o cupinzeiro sem atividade como lugares de perigo e os sinais do sobrenatural são descartados após a passagem de uma tormenta em que se viu, sem rápida definição, um tatu embaraçado nas dobras de uma mortalha.

O preciosismo linguístico de Alcides Maya leva-o a elaborar uma super-representação no interior das suas narrativas, ambientadas em quadros dramáticos de luta com violência, objetivados pelo narrador, que, para isso, cartografa a região gaúcha. "Guri", conto de *Tapera*, de 1911, encerra a história de um menino que se junta ao pai, rebelde, numa insurreição civil contra as tropas do exército do Rio Grande do Sul. O conto narra a chegada do menino, sozinho, a cavalo, ao campo de batalha: o modo como, pelo alto, pelo cume de uma coxilha, divisa a batalha e observa os rebeldes que, pelos flancos, são empurrados pela infantaria do exército em direção a um banhado e são mortos. Nesse momento, numa sanga próxima ao banhado, o menino também é alvejado e morre. Conflitos entre concidadãos; lutas travadas em terrenos irregulares, secos ou úmidos, moldados por uma linguagem apurada, elegíaca, às vezes, que tematiza a ruína dos valores gaúchos diante de uma guerra civil.

"Estaqueado", outro conto de *Tapera*, tem momentos expressionistas até, presentes no modo como Alcides Maya descreve e ambienta um quadro posterior a uma batalha: cadáveres/urubus/insetos sobre um campo orvalhado, com musgos e relva, atmosfera posteriormente superada com o final do inverno e o renascimento da fauna, nascimentos de animais, sob raios de sol que põem fim à agonia dos rebeldes e estâncias destroçadas pelos conflitos.

Monteiro Lobato, numa carta de julho de 1921 que integra *A barca de Gleyre,* anuncia para o amigo Godofredo Rangel sua leitura, pelo jornal *O Dia*, de *Oitenta contos*, narrativas da autoria do ficcionista mineiro. Supõe-se que Lobato tenha lido, naquele jornal, os contos de um volume que Godofredo já havia lhe anunciado. Aquele título, *Oitenta contos*, não se manteve para a contística de Godofredo Rangel; o volume dos contos fracionou-se em publicações n'*O Dia* e nas edições de dois volumes: *Andorinhas* e *Os humildes*. O próprio Monteiro Lobato (1943, p. 257), conforme também *A barca de Gleyre*, em carta de 1923, publicou *Andorinhas*. Foi chamado para prefaciar, talvez em 1944, *Os humildes*, o que em parte fez, remetendo, porém, o assunto para as cartas que trocou com Godofredo Rangel entre 1921 e 1922, o que nos possibilita pensar que os *Oitenta contos* deu-nos tanto *Andorinhas* como *Os humildes*. Selecionamos duas narrativas de *Os humildes*, o segundo livro de contos de Godofredo Rangel.

Surpreende-nos, em "No sertão", duas de suas situações. A primeira, no modo como a personagem, que é também o narrador, em primeira pessoa, observa o espaço sertanejo e, "da imensidade de tudo", considera a "descombinação entre ser e ambiente": a densidade do espaço é impactante para o protagonista. Mais surpreendente ainda são suas perguntas para o Birro, seu interlocutor, acerca das dimensões do sertão, tudo o que, decididamente, leríamos no Guimarães Rosa de *Corpo de baile* e de *Grande sertão: veredas*. As perguntas são:

> – Birro! – perguntei –, onde começa o sertão?
> Ele ficou reflexivo, e depois, sorrindo, disse:
> – Homem, patrão, não sei. Gente de Cássia que vai para Uberaba, diz: "Vou p'ro sertão". Para Uberaba é aqui; p'ra nós "Paracatu e Goiás", e lá para eles ainda é mais longe.
> – De sorte que o sertão não existe – repliquei.

A segunda situação surpreendente do conto "No sertão" é como o narrador e personagem, de forma humorada, com o senso do contrário, retoma uma condição constante entre os contos regionalistas, que já constatamos: o diálogo entre o letrado e o iletrado, que aproxima as falas erudita e popular e, mais, promove, a partir do interior do espaço sertanejo e por meio do narrador e personagem, um pensamento que transita entre dois tempos diferentes da prosa regionalista

– enquanto cavalga, tomado pelo cansaço e melancolia, o protagonista, ironicamente, passa a elaborar, de forma romântica, um "idílio rústico", "tendo por cenário aquela triste amplidão". Nesse idílio, Dorcelino, boiadeiro, do interior da sua palhoça, pensa em Maria da Abadia, envolvido também pela "desolação daqueles ermos".

"O destacamento", segundo conto de Godofredo Rangel selecionado, revela, mais uma vez, o humor do autor: o seu narrador tem uma visão de comicidade dos fatos narrados, sempre presente no que observa. Assim, nas relações matrimoniais e sociais que expõe, dramatiza, numa proporção idêntica, situações de violência e tolerância. Baiano espanca Rufina, que se mostra sempre indulgente com o marido; Candola, mulher de Toniquinho, delegado do vilarejo de Três Barras, agride fisicamente a vizinhança; Toniquinho, delegado, assim como a Câmara, toleram os abusos de Manoelzinho do Rego, que rouba a água do arraial; por fim, o destacamento policial, por sua vez, instalado no local por reivindicação dos moradores do povoado, passa, em suas diligências, a adotar o mesmo nível de violência e tolerância dos moradores de Três Barras.

O ficcionista Monteiro Lobato conduziu tanto sua literatura como sua vida de forma prática e racionalista. Em 1921, momento de suas narrativas mais vigorosas, assevera, em carta, para o seu amigo Godofredo Rangel: "Fecho de conto é como fecho de soneto; é o tudo! É onde está o busílis. Porque o conto inteiro não passa de um preparo para o fecho [...]." O Lobato contista preocupa-se com o desenlace da sua narrativa, o desfecho, sempre trágicos. Monteiro Lobato, como em "A colcha de retalhos", conto de 1915, chega a conduzi-lo, no início, de forma impressionista, com sensibilidade e leveza; o seu final, no entanto, é rigoroso, exaltado. Lobato cultivou na sua ficção o paroxismo: o sentimento exaltado, com uma trajetória que o conduz da delicadeza ao rigor. Em "A colcha de retalhos", o seu narrador e personagem, em primeira pessoa, observa o "barba-rala" José Alvorado, que, por inércia, põe o seu sítio a perder e, com o prejuízo, arruína a vida da sua família, desarticulando até o plano calmo e ingênuo da sogra: montar, ano a ano, uma colcha com retalhos da roupa da neta, finalizando-a para o seu casamento. A insegurança diária que José Alvorado inspira à sua família leva a mulher à morte e faz da própria filha uma vítima: Maria das Dores, a Pingo d'Água, prostitui-se. Faltaram planos, vontade, para José Alvorado, como o da sogra, simples, determinados. Monteiro Lobato intensifica o sentido contrastante dos acontecimentos no curso de uma analogia. Essa mesma estratégia, em "O mata-pau", conto de 1915, aproxima, agora, o contista regionalista Monteiro Lobato da fábula, momento em que a natureza conclui, por certas lições, algumas verdades para o homem. Em "O mata-pau", Elesbão é traído por Rosa, sua mulher, com o filho de criação de ambos, Manuel, um mata-pau, conforme conclusão do narrador. Elesbão, que derrubara mato e fizera roça, morre, ao final, assassinado por Manuel, ao pé de um mata-pau, um parasito. Elesbão fizera o melhor e não pôde com o pior. Daí, a conclusão do narrador: "– Não é só no mato que há mata-paus!" –, há homens que, como um mata-pau, vivem à custa alheia, nutrem-se de outros. Esse conto, a partir do seu título, ilustra um preceito, faz uma analogia entre os mundos humano e natural; exemplifica uma regra de procedimento: Elesbão vencera uma prova de hombridade traçada pelo pai, derrubara um jataí; depois, sucumbiu diante de um mata-pau, na figura de quem acolhera em sua casa, criara desde pequeno.

Se, por fim, a partir de um universal do comportamento humano, a vontade, o querer, provocarmos uma breve comparação entre as narrativas dos demais contistas com as de Monteiro Lobato, notaremos que as personagens de Lobato dividem-se, nitidamente, entre as que sabem e as que não sabem o que querem; há, entre elas, as que exercitam e as que não exercitam sua crença, sua vontade; o seu comportamento, assim, mostra-se dividido entre o interesse e o desinteresse pelas coisas do mundo.

Em meio às personagens de Visconde de Taunay, Simões Lopes Neto e Alcides Maya, um dever-ser sanciona suas vontades, enfatizadas pelas tradições de suas origens; apoiam-se aqueles autores, desse modo, em histórias de uma memória coletiva, oral, o que os aproxima também das inventivas de Bernardo Guimarães, Valdomiro Silveira, Afonso Arinos, Hugo de Carvalho Ramos e, até, Godofredo Rangel. Lobato tem uma saída individual. Trata-se de um homem que quer pensar o Brasil. Voluntarioso e acima da tradição, mais uma vez tomado pelo paroxismo, os seus julgamentos recaem sobre suas personagens abúlicas, por meio da tirania da fábula. O fabular de Lobato, no âmbito de um conto de enredo e com o saber figurativo da fábula, pune o caipira, reconhecido, de forma irremediável, como um inerte. Inglês de Sousa, Lúcio de Mendonça, Coelho Neto e, mais uma vez, Simões Lopes Neto, com suas efabulações, aproximam-se pelos seus desenlaces com peripécia, em que transparecem o querer das suas personagens como uma superação, inclusive, de situações adversas, vividas ou discutidas. Lobato é monotônico e o seu fabular até naturalista: faz-se imediatista, determinista.

Mostra-nos, portanto, o conto regionalista brasileiro, após 1860, na sua afirmação no sistema literário nacional, o modo como autores, todos nascidos no final do século XIX, desenvolveram em suas narrativas, por meio de casos e fábulas, encenados em ambientes de mata e do campo, uma maneira comum de narrarem suas verdades exemplares.

O ideário fundador do conto regionalista nacional constitui-se na disposição dos enredos de casos, e estes, várias vezes, com o modo de expressão da fábula. A fábula e o caso, no interior de uma narrativa regionalista, têm como função tipificá-lo. A fábula, pela ação da fauna e da flora e por meio de metamorfoses e de personificações, traduz uma situação típica em que natureza e animais adquirem qualidades inerentes a uma pessoa.

Os contos regionalistas realizam-se, assim, como casos e fábulas. Fábulas quando, com o seu campo imaginário, trabalham ora verdades lendárias, de inspiração ainda romântica, ora julgamentos de dados comportamentos, momento de tendência realista. O conto regionalista, enfim, no que tipifica, dramatiza, conforme vimos por meio do pensamento do sociólogo Octavio Ianni, ora situações de mistérios, ora de violência.

Assim, casos e fábulas constituem-se de vozes advindas de diversos lugares discursivos: são vozes reunidas, coletadas – ecos de vozes distantes, memórias coletivas. Fábulas e casos querem falar de um espaço tanto atemporal como temporal, entre o humano e o divino, o consciente e o inconsciente, o perceptível e o imperceptível, inatingível, e ganham força através de uma linguagem com expressão regionalizada.

A diferença a destacar entre os quatro primeiros contistas e os demais aqui selecionados é que os primeiros limitam-se a representar o homem rústico do campo como objeto – curioso, exótico –, enquanto os demais o concebem sujeito, em sua condição existencial, típica, própria do campo.

LUIZ GONZAGA MARCHEZAN

Referências bibliográficas

ATHAYDE, Tristão de. *Affonso Arinos*. Rio de Janeiro: Annuario do Brasil, 19[--].

BOSI, Alfredo. *História concisa da literatura brasileira*. São Paulo: Cultrix, 1972.

CANDIDO, Antonio. *Iniciação à literatura brasileira*. São Paulo: Humanitas, 1999.

CONSTATT, Oscar. *Brasil: terra e gente, 1871*. Brasília: Senado Federal, Conselho Editorial, 2002.

IANNI, Octavio. "A mentalidade do homem simples". In: *Sociologia e sociedade no Brasil*. São Paulo: Alfa-Omega, 1975.

MACHADO DE ASSIS, Joaquim Maria. *Obra completa*. Rio de Janeiro: José Aguilar, 1962a, v. III; 1962b, v. III; 1962c; v. III; 1962d, v. III.

MONTEIRO LOBATO. *A barca de Gleyre*. São Paulo: Brasiliense, 1951, v. 12, 2º tomo.

NOGUEIRA GALVÃO, Walnice. Apresentação de *Pelo sertão*. In: ARINOS, Afonso. *Pelo sertão*. São Paulo: Martins Fontes, 2006.
SARAIVA, A. José e LOPES, Óscar. *História da literatura portuguesa*. 6ª. ed. Porto: Porto Editora, 19[--].

CRONOLOGIA

Bernardo Guimarães

1825. Nascimento de Bernardo Joaquim da Silva Guimarães, a 15 de agosto, em Ouro Preto, Minas Gerais.

1847-52. Em São Paulo, Bernardo Guimarães cursa a Faculdade de Direito, momento em que se dedica também à literatura e faz sua estreia literária com *Cantos da solidão*, poesia lírica.

1865. Publica *Poesias* e *O ermitão de Muquém*.

1871-73. Uma vez em Minas Gerais, observador do ambiente rústico, Bernardo Guimarães publicará várias obras: em 1871, *Lendas e romances*; em 1872, *O garimpeiro* (romance), *O seminarista* (romance) e *História da província de Minas Gerais* (novelas); em 1873, *O índio Afonso* (romance) e *A morte de Gonçalves Dias* (romance).

1875-77. Publica, em 1875, *A escrava Isaura* (romance); em 1876, *Novas poesias* e, em 1877, um romance em dois volumes – *Maurício ou os paulistas em São João Del Rei.*

1879. Publica dois romances: *A ilha maldita* e *O pão de ouro.*

1883. Publica mais duas obras: o romance *Rosaura, a enjeitada* e *Folhas de outono*, poesias.

1884. Falece em Ouro Preto a 10 de março.

1904. Edição póstuma do romance *O bandido do rio das mortes.*

Visconde de Taunay

1843. Nascimento de Alfredo d'Escragnolle Taunay, futuro Visconde de Taunay, a 22 de fevereiro, no Rio de Janeiro.

1859. Taunay faz a Escola Militar quando então incorpora-se ao Exército como combatente na guerra contra o Paraguai.

1868-69. Publica *Cenas de viagem* e *Viagem de regresso* de Mato Grosso à Corte.

1870. Publica, sob o pseudônimo de Sílvio Dinarte, *Mocidade de Trajano*, seu primeiro romance.

1872. Publica *Inocência* e *Retirada da Laguna.*

1885. Pede demissão do Exército.

1889. Recebe o título de Visconde. Falece no Rio de Janeiro a 25 de janeiro.

Inglês de Sousa

1853. Nascimento de Herculano Marcos Inglês de Sousa, a 28 de dezembro, em Óbidos, Pará.

1864. Matricula-se no Colégio Sotero dos Reis, no Maranhão.

1872-78. Cursa a Faculdade de Direito do Recife, depois, a Faculdade de Direito de São Paulo. Adota os pseudônimos Luís Dolzâni e Souza Alemão. Em 1877 publica o romance *O coronel sangrado*.

1891. Muda-se para o Rio de Janeiro, momento em que publica *O missionário*.

1893. Publica *Contos amazônicos*.

1896. Participa da fundação da Academia Brasileira de Letras.

1918. Falece no Rio de Janeiro a 6 de setembro.

Lúcio de Mendonça

1854. Nascimento de Lúcio Eugênio de Menezes e Vasconcelos Drummond Furtado de Mendonça, a 10 de março, na fazenda do Morro Grande, município de Piraí, no Rio de Janeiro.

1867-71. Lúcio de Mendonça muda-se para o Rio de Janeiro, onde estuda; depois, em São Paulo, no Curso Anexo da Faculdade de Direito, momento em que inicia sua carreira literária, escreve *Risos e lágrimas*, livro de poesias. Em

1871, ingressa na Faculdade de Direito de São Paulo, e, ao mesmo tempo, interrompe o curso; volta para o Rio de Janeiro e passa a trabalhar no jornal *A República*. Publica, com prefácio de Machado de Assis, *Névoas matutinas*. Volta para São Paulo e reinicia o curso de Direito. Colabora em vários órgãos da imprensa paulista.

1875. Publica o seu segundo livro de poesia, *Alvorada*.

1878. Já formado em Direito, retorna ao Rio de Janeiro, momento em que concentra a sua atividade na imprensa.

1882-90. Publica um livro de crônicas, *O marido da adúltera*. No ano de 1888, publica seu terceiro livro de poesias, *Visões do abismo*. Em 1889, publica o seu livro de contos, *Esboços e perfis*, ao lado do quarto livro de poesias: *Vergastas*.

1896-1901. Publica *Canções de outono*, poesias; em 1901, publica memórias: *Horas do bom tempo*.

1909. Aos 23 de novembro, falece no Rio de Janeiro.

Simões Lopes Neto

1863. Nascimento de João Simões Lopes Neto, a 9 de março, em Pelotas, Rio Grande do Sul.

1869. Muda-se para o Rio de Janeiro; faz o Colégio Abílio; posteriormente, a Faculdade de Medicina, que abandona.

1882-98. Após deixar o curso de Medicina no Rio de Janeiro, volta para Pelotas. Antes de revelar-se escritor regionalista, dedica-se ao teatro; encena várias comédias, entre elas: *O boato*, *Mixórdia*, *Os bacharéis*. Passa a colaborar no *Diário Popular* e, depois, dirige o *Correio Mercantil*.

1912. Publica *Contos gauchescos*.

1913. Publica *Lendas do sul*.

1916. Publica, reunidos, *Contos gauchescos e Lendas do sul*.

1916. A 14 de junho, falece em Pelotas.

1952. Edição póstuma de *Casos do Romualdo*.

Coelho Neto

1864. Nascimento de Henrique Maximiano Coelho Neto, a 21 de fevereiro, em Caxias, Maranhão.

1870-72. Muda-se com a família para o Rio de Janeiro; inicia os seus estudos no Colégio Jordão; depois, matricula-se no Mosteiro São Bento, removendo-se, a seguir, para o Colégio Pedro II.

1883. Matricula-se na Faculdade de Direito de São Paulo, transferindo-se, no ano seguinte, para a do Recife, voltando, novamente, para a Faculdade de Direito de São Paulo.

1885-86. Abandona o curso de Direito; ingressa nas fileiras abolicionistas e, ao mesmo tempo, no jornalismo.

1891-93. Publica *Rapsódias*, sua primeira coletânea de contos; em 1893, o seu primeiro romance, *A Capital Federal*.

1896. Publica o livro de contos *Sertão*.

1900-06. Muda-se para Campinas; torna-se professor do ginásio local; em 1906, publica *Treva*, livro de contos.

1908. Apresenta, no teatro da Exposição Nacional, sua peça *Quebranto*.

1909. Torna-se professor do Colégio Pedro II e apresenta, no Teatro Municipal do Rio de Janeiro, a peça *Bonança*. É nomeado Secretário do Governo do Rio de Janeiro e professor de História das Artes e Literatura Dramática da Escola Dramática Municipal.

1926. Elege-se presidente da Academia Brasileira de Letras.

1934. Falece a 28 de novembro, no Rio de Janeiro.

Afonso Arinos

1868-77. Nascimento de Afonso Arinos de Melo Franco, a 1º de maio, em Paracatu, Minas Gerais; em 1877, termina os estudos primários em Goiás.

1881-83. Matricula-se no Colégio do Cônego Costa Machado, em São João Del Rei; em 1883, muda-se para o Rio de Janeiro e, depois, para São Paulo.

1889-93. Bacharela-se na Faculdade de Direito de São Paulo. Retorna para Minas Gerais, fixando-se em Ouro Preto; em 1893, Afonso Arinos escreve o conto "Manuel Lúcio", publicado em *O País*, do Rio de Janeiro.

1894-95. Escreve "A esteireira", segundo lugar num concurso de contos promovido pela *Gazeta de Notícias* do Rio de Janeiro; em 1895, publica, na *Revista Brasileira*, de José Veríssimo, os contos "Pedro Barqueiro", "Joaquim Mironga" e "Assombramento".

1897. Passa a dirigir o jornal *Comércio de São Paulo*.

1898. Publica *Os jagunços* (romance) e *Pelo sertão* (contos).

1901. Muda-se para Paris, local em que monta um escritório comercial.

1916. Falece a 19 de fevereiro, em Barcelona.

1921. Publicação de *Histórias e paisagens*.

1969. Publicação, pelo INL, de *Obra completa*.

Valdomiro Silveira

1873. Nascimento de Valdomiro Silveira, a 11 de março, em Cachoeira Paulista, São Paulo.

1881-95. Reside com a família em Casa Branca até o momento em que ingressa na Faculdade de Direito em São Paulo; em 1895, bacharel em Direito, é nomeado promotor em Santa Cruz do Rio Pardo, cidade que lhe despertou para os valores rurais.

1900-05. Colabora com o jornal *O Estado de S.Paulo*, onde publica seus contos, e passa a residir em Santos para trabalhar em escritório de advocacia.

1920. Publica o livro de contos *Os caboclos.*

1931. Publica *Nas serras e nas furnas*, seu segundo livro de contos.

1937. Volta a publicar contos, agora, *Mixuangos.*

1941. Falece a 3 de abril, em Santos.

1945. Edição póstuma de *Lereias*, seu último livro de contos.

Alcides Maya

1878. Nascimento de Alcides de Castilhos Maya, a 15 de outubro, em São Gabriel, Rio Grande do Sul.

1896. Publica *Pelo futuro*, livro de conteúdo positivista.

1898. Dirige os jornais *A República* e *Jornal da Manhã*; estuda na Faculdade de Direito de São Paulo. Colabora também com outros jornais: *Correio da Manhã*, *Jornal do Comércio* e *O País*.

1910-11. Estreia na ficção com o romance *Ruínas vivas*; em 1911, publica, com prefácio de Coelho Neto, o volume de contos *Tapera*. Funda, em Porto Alegre, *O Diário*. Compõe os seus ensaios sobre Machado de Assis.

1913. Elege-se para a Academia Brasileira de Letras.

1918. Publica *Crônicas e ensaios*, com artigos divulgados em jornais.

1922. Publica *Alma bárbara*.

1944. Falece a 2 de setembro, no Rio de Janeiro.

Monteiro Lobato

1882. Nascimento de José Bento Monteiro Lobato, a 18 de abril, em Taubaté, São Paulo.

1896. Estreia como jornalista em *Guarani*, jornal estudantil, já em São Paulo, capital.

1900. Ingressa na Faculdade de Direito de São Paulo, época em que conhece Godofredo Rangel e que se constitui o grupo do Minarete.

1902. Obtém o primeiro lugar no concurso de contos promovido pela Faculdade de Direito de São Paulo. Bacharela-se em 1904.

1918. Publica o livro de contos *Urupês*. Compra a *Revista do Brasil*. Inicia suas atividades editoriais com a Editora Monteiro Lobato.

1919. Publica *Ideias de Jeca Tatu* e os contos de *Cidades mortas*.

1920. Publica o livro de contos *Negrinha*.

1925. Funda a Companhia Editora Nacional; muda-se para o Rio de Janeiro.

1927-31. Trabalha, nomeado por Washington Luís, como adido comercial em Nova York. No seu retorno ao Brasil e entusiasmado com o progresso norte-americano, funda a Cia. Petróleo do Brasil.

1944. Publica suas obras completas, em 17 volumes, pela Editora Brasiliense, de São Paulo.

1946-48. Muda-se para Buenos Aires e, após um ano, retorna; desiste de sua intenção de candidatar-se para a Academia Brasileira de Letras.

1948. Falece a 4 de julho.

Godofredo Rangel

1884-1937. Nascimento de José Godofredo de Morais Rangel, a 21 de novembro, em Três Corações, Minas Gerais. Em 1902, na Faculdade de Direito de São Paulo, conhece Monteiro Lobato e juntos organizam o grupo do Minarete. Uma vez bacharel, trabalha como juiz em

Machado, Santa Rita do Sapucaí, Estrela do Sul, Três Pontas e Lavras. Professor em colégios de Minas e no Instituto Cesário Mota, de Campinas (SP). Aposenta-se em 1937. Ao longo de 40 anos manteve correspondência com Monteiro Lobato, reunida por Edgard Cavalheiro no livro *A barca de Gleyre*.

1917. Publica o romance *Falange gloriosa*.

1920. Publica o romance *Vida ociosa*.

1921. Publica o livro de contos *Andorinha*.

1929. Publica a novela *A filha*.

1944. Publica o livro de contos *Os humildes*.

1951. Falece em Belo Horizonte a 3 de agosto.

Hugo de Carvalho Ramos

1895. Nascimento de Hugo de Carvalho Ramos, a 21 de maio, na cidade de Goiás.

1907. Matricula-se no Liceu de Goiás e frequenta com assiduidade o Gabinete Literário Goiano.

1909-10. Escreve e destrói duas novelas – *Dramalhões de faca e bacamarte do sertão* e *Diário de um estudante* – e a comédia *Os novos mosqueteiros*.

1910-12. Publica os seus primeiros contos, posteriormente reunidos em *Tropas e boiadas*: "À beira do pouso", "O saci", "Pelo caiapó velho" e "A bruxa dos marinhos".

1912. Muda-se para o Rio de Janeiro.

1915. Matricula-se na Faculdade de Direito do Rio de Janeiro. Escreve "Ninho de periquitos".

1916. Escreve o longo conto "Gente de gleba", que, juntamente com os primeiros, integrará, em 1917, o livro de contos *Tropas e boiadas*.

1920-21. Deixa o Rio de Janeiro para tratamento de saúde em Araxá (MG).

1921. Suicida-se no Rio de Janeiro a 12 de maio.

NOTA SOBRE A PRESENTE EDIÇÃO

Os contos que constituem a presente antologia foram conformados às normas ortográficas em vigor. Mantiveram-se, porém, certas oscilações ortográficas de Valdomiro Silveira (p'r uma/p'r'uma, casos como p'r'amór e rúim etc.). Atualizaram-se também os nomes próprios, a pontuação, sempre que necessário, e ajustou-se a grafia das formas de tratamento e títulos de acordo com o uso de hoje.

BERNARDO GUIMARÃES

A DANÇA DOS OSSOS

I

A noite, límpida e calma, tinha sucedido a uma tarde de pavorosa tormenta, nas profundas e vastas florestas que bordam as margens do Parnaíba, nos limites entre as províncias de Minas e de Goiás.

Eu viajava por esses lugares e acabava de chegar ao porto, ou recebedoria, que há entre as duas províncias. Antes de entrar na mata, a tempestade tinha me surpreendido nas vastas e risonhas campinas que se estendem até a pequena cidade de Catalão, de onde eu havia partido.

Seriam nove a dez horas da noite; junto a um fogo aceso defronte da porta da pequena casa da recebedoria, estava eu, com mais algumas pessoas, aquecendo os membros resfriados pelo terrível banho que a meu pesar tomara. A alguns passos de nós se desdobrava o largo veio do rio, refletindo em uma chispa retorcida, como uma serpente de fogo, o clarão avermelhado da fogueira. Por trás de nós estavam os cercados e as casinhas dos poucos habitantes desse lugar, e, por trás dessas casinhas, estendiam-se as florestas sem fim.

No meio do silêncio geral e profundo sobressaía o rugido monótono de uma cachoeira próxima, que ora estrugia como se estivesse a alguns passos de distância, ora quase se esvaecia em abafados murmúrios, conforme o correr da viração.

No sertão, ao cair da noite, todos tratam de dormir, como os passarinhos. As trevas e o silêncio são sagrados ao sono, que é o silêncio da alma.

Só o homem nas grandes cidades, o tigre nas florestas, o mocho nas ruínas, as estrelas no céu e o gênio na solidão do gabinete costumam velar nessas horas que a natureza consagra ao repouso.

Entretanto, eu e meus companheiros, sem pertencermos a nenhuma dessas classes, por uma exceção de regra estávamos acordados a essas horas.

Meus companheiros eram bons e robustos caboclos, dessa raça semisselvática e nômade, de origem dúbia entre o indígena e o africano, que vagueia pelas infindas florestas que correm ao longo do Parnaíba, e cujos nomes, decerto, não se acham inscritos nos assentos das freguesias, e nem figuram nas estatísticas que dão ao império... não sei quantos milhões de habitantes.

O mais velho deles, de nome Cirino, era o mestre da barca que dava passagem aos viandantes.

De bom grado eu o compararia a Caronte, barqueiro do Averno, se as ondas turbulentas e ruidosas do Parnaíba, que vão quebrando o silêncio dessas risonhas solidões cobertas da mais vigorosa e luxuriante vegetação, pudessem ser comparadas às águas silenciosas e letárgicas do Aqueronte.

– Meu amo decerto saiu hoje muito tarde da cidade? perguntou-me ele.

– Não, era apenas meio-dia. O que me atrasou foi o aguaceiro, que me pilhou em caminho. A chuva era tanta e tão forte o vento que meu cavalo quase não podia andar. Se não fosse isso, ao pôr do sol eu estava aqui.

– Então, quando entrou na mata, já era noite?...

– Oh!... se era!... Já tinha anoitecido havia mais de uma hora.

– E vosmecê não viu aí, no caminho, nada que o incomodasse?...

– Nada, Cirino, a não ser às vezes o mau caminho e o frio, pois eu vinha ensopado da cabeça até os pés.

– Deveras, não viu nada, nada? é o primeiro!... pois hoje que dia é?...

– Hoje é sábado.

– Sábado!... que me diz? e eu na mente que hoje era sexta-feira!... oh! senhorinha!... eu tinha precisão de ir hoje ao campo buscar umas linhas que encomendei para meus anzóis, e não fui, porque esta minha gentinha de casa me disse que hoje era sexta-feira... e esta!... e hoje, com esta chuva, era dia de pegar muito peixe... Oh! senhorinha!... gritou o velho com mais força.

A este grito apareceu, saindo de um casebre vizinho, uma menina de oito a dez anos, fusca e bronzeada, quase nua, bocejando e esfregando os olhos; mas que mostrava ser uma criaturinha esperta e viva como uma capivara.

– Então, senhorinha, como é que tu vais me dizer que hoje era sexta-feira?... ah! cachorrinha! deixa-te estar, que amanhã tu me pagas... então hoje que dia é?...

– Eu também não sei, papai, foi a mamãe que me mandou que falasse que hoje era sexta...

– É o que tua mãe sabe te ensinar; é a mentir!... deixa, que vocês outra vez não me enganam mais. Sai daqui: vai-te embora dormir, velhaquinha!

Depois que a menina, assim enxotada, se retirou, lançando um olhar cobiçoso sobre umas espigas de milho verde que os caboclos estavam a assar, o velho continuou:

– Veja o que são artes de mulher! a minha velha é muito ciumenta, e inventa todos os modos de não me deixar um passo fora daqui. Agora não me resta um só anzol com linha, o último lá se foi esta noite na boca de um dourado; e, por culpa dessa gente, não tenho maneiras de ir matar um peixe para meu amo almoçar amanhã!...

– Não te dê isso cuidado, Cirino; mas conta-me que te importava que hoje fosse sexta ou sábado, para ires ao campo buscar as tuas linhas?...

– O quê!... meu amo? eu atravessar o caminho dessa mata em dia de sexta-feira?!... é mais fácil eu descer por esse rio abaixo em uma canoa sem remo!... não era à toa que eu estava perguntando se não lhe aconteceu nada no caminho.

– Mas que há nesse caminho?... conta-me, eu não vi nada.

– E nem podia ver: o que lhe valeu foi não ser hoje sexta-feira, senão havia de ver como eu vi...

– Mas ver o quê, Cirino?...

– Vosmecê não viu, daqui a obra de três quartos de légua, à mão direita de quem vem, um meio claro na beirada do caminho e uma cova meio aberta com uma cruz de pau?

– Não reparei; mas sei que há por aí uma sepultura de que se contam muitas histórias.

– Pois muito bem! aí nessa cova é que foi enterrado o defunto Joaquim Paulista. Mas é a alma dele só que mora aí: o corpo mesmo, esse anda espatifado aí por essas matas, que ninguém mais sabe dele.

– Ora valha-te Deus, Cirino! não te posso entender. Até aqui eu acreditava que, quando se morre, o corpo vai para a sepultura, e a alma para o céu, ou para o inferno, conforme as suas boas ou más obras. Mas, com o teu defunto, vejo agora, pela primeira vez, que se trocaram os papéis: a alma fica enterrada e o corpo vai passear.

– Vosmecê não quer acreditar!... pois é coisa saída aqui, em toda esta redondeza, que os ossos de Joaquim Paulista não estão dentro dessa cova, e que só vão lá nas sextas-feiras para assombrar os viventes; e desgraçado daquele que passar aí em noite de sexta-feira!...

– Que acontece?...

– Acontece o que já me aconteceu, como vou lhe contar.

II

Um dia, há de haver coisa de dez anos, eu tinha ido ao campo, à casa de um meu compadre que mora daqui a três léguas.

Era uma sexta-feira, ainda me lembro, como se fosse hoje.

Quando montei no meu burro para vir-me embora, já o sol estava baixinho; quando cheguei na mata, já estava escuro; fazia um luar manhoso, que ainda atrapalhava mais a vista da gente.

Já eu ia entrando na mata, quando me lembrei que era sexta-feira. Meu coração deu uma pancada e a modo que estava me pedindo que não fosse para diante. Mas fiquei com vergonha de voltar. Pois um homem já de idade como eu, que desde criança estou acostumado a varar por esses matos a toda hora do dia ou da noite, hei de agora ter medo? de quê?

Encomendei-me de todo o coração a Nossa Senhora da Abadia, tomei um bom trago na guampa que trazia sortida na garupa, joguei uma masca de fumo na boca, e toquei o burro para diante. Fui andando, mas sempre cismado; todas as histórias que eu tinha ouvido contar da cova de Joaquim Paulista estavam-se me representando na ideia: e ainda, por meus pecados, o diabo do burro não sei o que tinha nas tripas, que estava a refugar e a passarinhar numa toada.

Mas, a poder de esporas, sempre vim varando. À proporção que ia chegando perto do lugar onde está a sepultura, meu coração ia ficando pequenino. Tomei mais um trago, rezei o Creio-em-Deus-Padre, e toquei para diante. No momento mesmo em que eu ia passar pela sepultura, que eu queria passar de galope e voando se fosse possível, aí é que o diabo do burro dos meus pecados empaca de uma vez, que não houve força de esporas que o fizesse mover.

Eu já estava decidido a me apear, largar no meio do caminho burro com sela e tudo, e correr para a casa; mas não tive tempo. O que eu vi, talvez vosmecê não acredite; mas eu vi, como estou vendo este fogo: vi com estes olhos, que a terra há de comer, como comeu os do pobre Joaquim Paulista... mas os dele nem foi a terra que comeu, coitado! foram os urubus e os bichos do mato. Dessa feita acabei de acreditar que ninguém morre de medo; se morresse, eu lá estaria até hoje fazendo companhia ao Joaquim Paulista. Cruz!... Ave Maria!...

Aqui o velho fincou os cotovelos nos joelhos, escondeu a cabeça entre as mãos e pareceu-me que resmungou uma ave-maria. Depois acendeu o cachimbo e continuou:

– Vosmecê, se reparasse, havia de ver que aí o mato faz uma pequena aberta da banda, em que está a sepultura do Joaquim Paulista.

A lua batia de chapa na areia branca do meio da estrada. Enquanto eu estou esporeando com toda a força a barriga do burro, salta lá, no meio do caminho, uma cambada de ossinhos brancos, pulando, esbarrando uns nos outros, e estalando numa toada certa, como gente que está dançando ao toque de viola. Depois, de todos os lados, vieram vindo outros ossos maiores, saltando e dançando da mesma maneira.

Por fim de contas, veio vindo lá, de dentro da sepultura, uma caveira branca como papel, e com os olhos de fogo; e dando pulos como sapo, foi se chegando para o meio da roda. Daí começam aqueles ossos todos a dançar em roda da caveira, que estava quieta no meio, dando de vez em quando pulos no ar, e caindo no mesmo lugar, enquanto os ossos giravam num corrupio, estalando uns nos outros, como fogo da queimada, quando pega forte num sapezal.

Eu bem queria fugir, mas não podia; meu corpo estava como estátua, meus olhos estavam pregados naquela dança dos ossos, como sapo quando enxerga cobra; meu cabelo, enroscado como vosmecê está vendo, ficou em pé como espetos.

Daí a pouco os ossinhos mais miúdos, dançando, dançando sempre e batendo uns nos outros, foram se ajuntando e formando dois pés de defunto.

Esses pés não ficam quietos, não; e começam a sapatear com os outros ossos numa roda-viva. Agora são os ossos das canelas, que lá vêm saltando atrás dos pés, e de um pulo, trás!... se encaixam em cima dos pés. Daí a um nada vêm os ossos das coxas, dançando em roda das canelas, até que, também de um pulo, foram se encaixar direitinho nas juntas dos joelhos. Toca agora as duas pernas que já estão prontas a dançar com os outros ossos.

Os ossos dos quadris, as costelas, os braços, todos esses ossos que ainda agora saltavam espalhados no caminho, a dançar, a dançar, foram pouco a pouco se ajuntando e embutindo uns nos outros, até que o esqueleto se apresentou inteiro, faltando só a cabeça. Pensei que nada mais teria que ver; mas ainda me faltava o mais feio. O esqueleto pega na caveira e começa a fazê-la rolar pela estrada, e a fazer mil artes e piruetas; depois entra a jogar peteca com ela, e a atirá-la pelos ares mais alto, mais alto, até o ponto de fazê-la sumir-se lá pelas nuvens; a caveira gemia zunindo pelos ares, e vinha estalar nos ossos da mão do esqueleto, como uma espoleta que rebenta. Afinal o esqueleto escanchou as pernas e os braços, tomando toda a largura do caminho, e esperou a cabeça, que veio cair direito no meio dos ombros, como uma cabaça oca que se rebenta em uma pedra, e olhando para mim com os olhos de fogo!...

Ah! meu amo!... eu não sei o que era feito de mim!... eu estava sem fôlego, com a boca aberta, querendo gritar e sem poder, com os cabelos espetados; meu coração não batia, meus olhos não pestanejavam. O meu burro mesmo estava a tremer e encolhia-se todo, como quem queria sumir-se debaixo da terra. Oh! se eu pudesse fugir naquela hora, eu fugia ainda que tivesse de entrar pela goela de uma sucuri adentro.

Mas ainda não contei tudo. O maldito esqueleto do inferno – Deus me perdoe! –, não tendo mais nem um ossinho com quem dançar, assentou de divertir-se comigo, que ali estava sem pingo de sangue, e mais morto do que vivo, e começa a dançar defronte de mim, como essas figurinhas de papelão que as crianças, com uma cordinha, fazem dar de mão e de pernas; vai-se chegando cada vez mais para perto, dá três voltas em roda de mim, dançando e estalando as ossadas; e por fim de contas, de um pulo, encaixa-se na minha garupa...

Eu não vi mais nada depois; fiquei atordoado. Pareceu-me que o burro saiu comigo e com o maldito fantasma, zunindo pelos ares, e nos arrebatava por cima das mais altas árvores.

Valha-me Nossa Senhora da Abadia e todos os santos da corte celeste! gritava eu dentro do coração, porque a boca essa nem podia piar. Era à toa; desacorçoei, e pensando que ia por esses ares nas unhas de Satanás, esperava a cada instante ir estourar nos infernos. Meus olhos se cobriram de uma nuvem de fogo, minha cabeça começou a andar a roda, e não sei mais o que foi feito de mim.

Quando dei acordo de mim, foi no outro dia, na minha cama, a sol alto.

Quando a minha velha, de manhã cedo, foi abrir a porta, me encontrou no terreiro, estendido no chão, desacordado, e o burro selado perto de mim.

A porteira da manga estava fechada; como é que esse burro pôde entrar comigo para dentro é que não sei. Portanto ninguém me tira da cabeça que o burro veio comigo pelos ares.

Acordei com o corpo todo moído, e com os miolos pesando como se fossem de chumbo, e sempre com aquele maldito estalar de ossos nos ouvidos, que me perseguiu por mais de um mês.

Mandei dizer duas missas pela alma de Joaquim Paulista e jurei que nunca mais havia de pôr meus pés fora de casa em dia de sexta-feira.

III

O velho barqueiro contava esta tremenda história de modo mais tosco, porém muito mais vivo do que eu acabo de escrevê-la, e acompanhava a narração de uma gesticulação selvática e expressiva e de sons imitativos que não podem ser representados por sinais escritos. À hora avançada, o silêncio e a solidão daqueles sítios, teatro desses assombrosos acontecimentos, contribuíram também grandemente para torná-los quase visíveis e palpáveis. Os caboclos, de boca aberta, o escutavam com olhos e ouvidos transidos de pavor, e de vez em quando, estremecendo, olhavam em derredor pela mata, como que receando ver surgir o temível esqueleto a empolgar e levar pelos ares alguns deles.

– Com efeito, Cirino! disse-lhe eu, foste vítima da mais pavorosa assombração de que há exemplo, desde que andam por este mundo as almas do outro. Mas quem sabe se não foi a força do medo que te fez ver tudo isso? Além disso, tinhas ido muitas vezes à guampa, e talvez ficasses com a vista turva e a cabeça um tanto desarranjada...

– Mas, meu amo, não era a primeira vez que eu tomava o meu gole, nem que andava de noite por esses matos, e como é que eu nunca vi ossos de gente dançando no meio do caminho?...

– Os teus miolos é que estavam dançando, Cirino; disso estou eu certo. Tua imaginação, exaltada a um tempo pelo medo e pelos repetidos beijos que davas na tua guampa, é que te fez ir voando pelos ares nas garras de Satanás. Escuta: vou te explicar como tudo isso te aconteceu muito naturalmente. Como tu mesmo disseste, entraste na mata com bastante medo, e, portanto, disposto a transformar em coisas do outro mundo tudo quanto confusamente vias no meio de uma floresta frouxamente alumiada por um luar escasso. Acontece ainda para teu mal que, no momento mais crítico, quando ias passando pela sepultura, empaca-te o maldito burro. Faço ideia de como ficaria essa pobre alma, e até me admiro de que não visses coisas piores!

– Mas então que diabo eram aqueles ossos a dançarem, dançarem tão certo, como se fosse a toque de música, e aquele esqueleto branco, que me trepou na garupa e me levou por esses ares?

– Eu te digo. Os ossinhos que dançavam não eram mais do que os raios da lua, que vinham peneirados por entre os ramos dos arvoredos balançados pela viração, brincar e dançar na areia branca do caminho. Os estalos, que ouvias, eram sem dúvida de alguns porcos-do-mato, ou outro qualquer bicho, que andavam ali por perto a quebrar nos dentes cocos de baguaçu, o que, como bem sabes, faz uma estralada dos diabos.

– E a caveira, meu amo?... decerto era alguma cabaça velha que um rato do campo vinha rolando pela estrada...

– Não era preciso tanto; uma grande folha seca, uma pedra, um toco, tudo te podia parecer uma caveira naquela ocasião.

Tudo isto te fez andar à roda a cabeça azoinada, e o mais tudo que viste foi obra de tua imaginação e de teus sentidos perturbados. Depois, qualquer coisa, talvez um maribondo que o picou.

– Maribondo de noite!... ora, meu amo!... exclamou o velho com uma gargalhada.

– Pois bem!... fosse o que fosse; qualquer outra cousa ou capricho de burro, o certo é que o teu macho saiu contigo aos corcovos; ainda que atordoado, o instinto da conservação fez que te agarrasses bem à sela, e tiveste a felicidade de vir dar contigo em terra mesmo à porta de tua casa, e eis aí tudo.

O velho barqueiro ria com a melhor vontade, zombando de minhas explicações.

– Qual, meu amo, disse ele, réstia de luar não tem parecença nenhuma com osso de defunto, e bicho do mato, de noite, está dormindo na toca, e não anda roendo coco.

E pode vosmecê ficar certo de que, quando eu tomo um gole, aí é que minha vista fica mais limpa e o ouvido mais afiado.

– É verdade, e a tal ponto, que até chegas a ver e ouvir o que não existe.

– Meu amo tem razão; eu também, quando era moço, não acreditava em nada disso por mais que me jurassem. Foi-me preciso ver para crer; e Deus o livre a vosmecê de ver o que eu já vi.

– Eu já vi, Cirino; já vi, mas nem assim acreditei.

– Como assim, meu amo?...

– É que nesses casos eu não acredito nem nos meus próprios olhos, senão depois de estar bem convencido, por todos os modos, de que eles não me enganam.

Eu te conto um caso que me aconteceu.

Eu ia viajando sozinho – por onde não importa –, de noite, por um caminho estreito, em um cerradão fechado, e vejo ir, andando a alguma distância diante de mim, qualquer cousa, que na escuridão não pude distinguir. Aperto um pouco o passo para reconhecer o que era, e vi clara e perfeitamente dois pretos carregando um defunto dentro de uma rede.

Bem poderia ser também qualquer criatura viva, que estivesse doente ou mesmo em perfeita saúde; mas, nessas ocasiões, a imaginação, não sei por que, não nos representa senão defuntos. Uma aparição daquelas, em lugar tão ermo e longe de povoação, não deixou de me causar terror.

Contudo o caso não era extraordinário; carregar um cadáver em rede, para ir sepultá-lo em algum cemitério vizinho, é cousa que se vê muito nestes sertões, ainda que àquelas horas o negócio não deixasse de se tornar bastante suspeito.

Piquei o cavalo para passar adiante daquela sinistra visão que me estava incomodando o espírito, mas os condutores da rede também apressaram o passo, e se conservavam sempre na mesma distância.

Pus o cavalo a trote; os pretos começaram também a correr com a rede. O negócio ia se tornando mais feio. Retardei o passo para deixá-los adiantarem-se: também foram indo mais devagar. Parei; também pararam. De novo marchei para eles; também se puseram a caminho.

Assim andei por mais de meia hora, cada vez mais aterrado, tendo sempre diante dos olhos aquela sinistra aparição que parecia apostada em não me querer deixar, até que, exasperado, gritei-lhes que me deixassem passar ou ficar atrás, que eu não estava disposto a fazer-lhes companhia. Nada de resposta!... o meu terror subiu de ponto, e confesso que estive por um nada a dar de rédea para trás a bom fugir.

Mas negócios urgentes me chamavam para diante: revesti-me de um pouco de coragem que ainda me restava, cravei as esporas no cavalo e investi para o sinistro vulto a todo galope. Em poucos instantes o alcancei de perto e vi... adivinhem o que era?... nem que deem volta ao miolo um ano inteiro, não são capazes de atinar com o que era. Pois era uma vaca!...

– Uma vaca!... como!...

– Sim, senhores, uma vaca malhada, que tinha a barriga toda branca – era a rede; e os quartos traseiros e dianteiros inteiramente pretos – eram os dois negros que a carregavam. Pilhada por mim naquele caminho estreito, sem poder desviar nem para uma banda nem para outra, porque o mato era um cerradão inteiramente tapado, o pobre animal ia fugindo diante de mim; se eu parava, também parava, porque não tinha necessidade de viajar; se eu apertava o passo, lá ia ela também para diante, fugindo de mim. Entretanto, se eu não fosse reconhecer de perto o que era aquilo, ainda hoje havia de jurar que tinha visto naquela noite dois pretos carregando um defunto em uma rede, tão completa era a ilusão. E depois, se quisesse indagar mais do negócio, como era natural, sabendo que nenhum cadáver se tinha enterrado em toda aquela redondeza, havia de ficar acreditando de duas uma: ou que aquilo era cousa do outro mundo, ou, o que era mais natural, que algum assassinato horrível e misterioso tinha sido cometido por aquelas criaturas.

A minha história nem de leve abalou as crenças do velho barqueiro, que abanou a cabeça e disse-me, chasqueando:

– A sua história está muito bonita; mas, perdoe que lhe diga, eu, por mais escura que estivesse a noite e por mais que eu tivesse entrado no gole, não podia ver uma rede onde havia uma vaca; só pelo faro eu conhecia. Meu amo decerto tinha poeira nos olhos. Mas vamos que vosmecê, quando investiu para os vultos, em vez de esbarrar com uma vaca, topasse mesmo uma rede carregando um defunto, que este defunto saltando fora da rede lhe pulasse na garupa e o levasse pelos ares com cavalo e tudo, de modo que vosmecê não desse acordo de si, senão no outro dia em sua casa e sem saber como?... havia de pensar, ainda, que eram abusões?

– Esse não era o meu medo; o que eu temia era que aqueles negros acabassem ali comigo, e, em vez de um, carregassem na mesma rede dois defuntos para a mesma cova!

O que dizes era impossível.

– Impossível!... e como é que me aconteceu?... Se não fosse tão tarde, para vosmecê acabar de crer, eu lhe contava por que motivo a sepultura de Joaquim Paulista ficou sendo assim mal-assombrada. Mas meu amo viajou; há de estar cansado da jornada e com sono.

– Qual sono!... conta-me; vamos a isso.
– Pois vá escutando.

IV

O tal Joaquim Paulista era um cabo do destacamento que naquele tempo havia aqui no Porto. Era bom rapaz e ninguém tinha queixa dele.

Havia aqui, também, por este tempo, uma rapariga, por nome Carolina, que era o desassossego de toda a rapaziada.

Era uma caboclinha escura, mas bonita e sacudida como ela aqui ainda não pisou outra; com uma viola na mão, a rapariga tocava e cantava que dava gosto; quando saía para o meio de uma sala, tudo ficava de queixo caído; a rapariga sabia fazer requebrados e sapateados, que era um feitiço. Em casa dela, que era um ranchinho ali da outra banda, era súcia todos os dias; e também todos os dias havia soldados de castigo por amor de barulhos e desordens.

Joaquim Paulista tinha uma paixão louca pela Carolina; mas ela andava de amizade com um outro camarada, de nome Timóteo, que a tinha trazido de Goiás, ao qual queria muito bem. Vai um dia, não sei que diabo de dúvida tiveram os dois, que a Carolina se desapartou do Timóteo e fugiu para a casa de uma amiga, aqui no campo. Joaquim Paulista, que há muito tempo bebia os ares por ela, achou que a ocasião era boa, e tais artes armou, tais agrados fez à rapariga, que tomou conta dela. Ah! pobre rapaz!... se ele adivinhasse, nem nunca teria olhado para aquela rapariga. O Timóteo, quando soube do caso, urrou de raiva e de ciúme; ele estava esperando que, passados os primeiros arrufos da briga, ela o viria procurar se ele não fosse buscá-la, como já de outras vezes tinha acontecido. Mas desta vez tinha se enganado.

A rapariga estava por tal sorte embeiçada com o Joaquim Paulista, que de modo nenhum quis saber do outro, por mais que ele rogasse, teimasse, chorasse e ameaçasse mesmo de matar uma ou outro. O Timóteo desenganou-se, mas ficou calado e guardou seu ódio no coração.

Estava esperando uma ocasião.

Assim passaram-se meses, sem que houvesse novidade. O Timóteo vivia em muito boa paz com o Joaquim Paulista, que, tendo muito bom coração, nem de leve cismava que seu camarada lhe guardasse ódio.

Um dia, porém, Joaquim Paulista teve ordem do comandante do destacamento para marchar para a cidade de Goiás. Carolina, que era capaz de dar a vida por ele, jurou que havia de acompanhá-lo. O Timóteo danou. Viu que não era possível guardar para mais tarde o cumprimento de sua tenção danada, jurou que ele havia de acabar desgraçado, mas que Joaquim Paulista e

Carolina não haviam de ir viver sossegados longe dele, e assim combinou, com outro camarada, tão bom ou pior do que ele, para dar cabo do pobre rapaz.

Nas vésperas da partida, os dois convidaram ao Joaquim para irem ao mato caçar. Joaquim Paulista, que não maliciava nada, aceitou o convite, e no outro dia, de manhã, saíram os três a caçar pelo mato. Só voltaram no outro dia de manhã, mas dois somente; Joaquim Paulista, esse tinha ficado, Deus sabe onde.

Vieram contando, com lágrimas nos olhos, que uma cascavel tinha mordido Joaquim Paulista em duas partes, e que o pobre rapaz, sem que eles pudessem valer-lhe, em poucas horas tinha expirado no meio do mato; que não podendo carregar o corpo, porque era muito longe, e temendo que não o pudessem encontrar mais, e que os bichos o comessem, o tinham enterrado lá mesmo; e, para prova disso, mostravam a camisa do desgraçado, toda manchada de sangue preto envenenado.

Mentira tudo! ... O caso foi este, como depois se soube.

Quando os dois malvados já estavam bem longe por essa mata abaixo, deitaram a mão no Joaquim Paulista, o agarraram, e amarraram em uma árvore. Enquanto estavam nesta lida, o coitado do rapaz, que não podia resistir àqueles dois ursos, pedia por quantos santos há que não judiassem com ele, que não sabia que mal tinha feito a seus camaradas, que se era por causa da Carolina, ele jurava nunca mais pôr os olhos nela, e iria embora para Goiás, sem ao menos dizer-lhe adeus. Era à toa. Os dois malvados nem ao menos lhe davam resposta.

O camarada de Timóteo era mandingueiro e curado de cobra, pegava aí no mais grosso jaracuçu ou cascavel, as enrolava no braço, no pescoço, metia a cabeça delas dentro da boca, brincava e judiava com elas de toda a maneira, sem que lhe fizessem mal algum. Na hora em que ele enxergava uma cobra, bastava pregar os olhos nela, a cobra não se mexia do lugar. Acima de tudo, o diabo do soldado sabia um assovio com que chamava cobra, quando queria.

A hora que ele dava esse assovio, se havia por ali perto alguma cobra, havia de aparecer por força. Dizem que ele tinha parte com o diabo, e todo mundo tinha medo dele como do próprio capeta.

Depois que amarraram bem amarrado o pobre Joaquim Paulista, o camarada do Timóteo desceu pelas furnas de uns grotões abaixo, e andou por lá muito tempo, assoviando o tal assovio que ele conhecia. O Timóteo ficou de sentinela ao Joaquim Paulista, que estava caladinho, coitado!, encomendando sua alma a Deus. Quando o soldado voltou, trazia em cada uma das mãos, apertado pela garganta, um cascavel mais grosso do que esta minha perna. Os bichos desesperados batiam e se enrolavam pelo corpo do soldado, que nessa hora devia estar medonho que nem o diabo.

Então o Joaquim Paulista compreendeu que qualidade de morte lhe iam dar aqueles dois desalmados. Pediu, rogou, mas debalde, que, se queriam matá-lo, pregassem-lhe uma bala na cabeça, ou enterrassem-lhe uma faca no coração por piedade, mas não o fizessem morrer de um modo tão cruel.

– Isso querias tu, disse o soldado, para nós irmos para a forca! nada! estas duas meninas é que hão de carregar com a culpa de tua morte; para isso é que fui buscá-las; nós não somos carrascos.

– Joaquim, disse o Timóteo, faze teu ato de contrição e deixa-te de histórias.

– Não tenhas medo, rapaz!... continua o outro. Estas meninas são muito boazinhas; olha como elas estão me abraçando!... Faz de conta que são os dois braços da Carolina, que vão te apertar num gostoso abraço...

Aqui o Joaquim põe-se a gritar com quanta força tinha, a ver se alguém acaso podia ouvi-lo e acudir-lhe. Mas, sem perder tempo, o Timóteo pega num lenço e atocha-lhe na boca; mais que depressa o outro atira-lhe por cima os dois bichos, que no mesmo instante o picaram por todo o corpo. Imediatamente mataram as duas cobras, antes que fugissem. Não levou muito tempo, o pobre rapaz estrebuchava, dando gemidos de cortar o coração, e deitava sangue pelo nariz, pelos ouvidos e por todo o corpo.

Quando viram que o Joaquim já quase não podia falar, nem mover-se, e que não tardava a dar o último suspiro, desamarraram-no, tiraram-lhe a camisa e o deixaram aí perto das duas cobras mortas.

Saíram e andaram todo o dia, dando voltas pelo campo.

Quando foi anoitecendo, embocaram pela estrada da mata e vieram descendo para o porto. Teriam andado obra de uma légua, quando enxergaram um vulto, que ia andando adiante deles, devagarinho, encostado num pau e gemendo.

– É ele, disse um deles espantado; não pode ser outro.

– Ele!... é impossível... só por um milagre.

– Pois eu juro em como não é outro, e nesse caso toca a dar cabo dele já.

– Que dúvida!

Nisto adiantaram-se e alcançaram o vulto.

Era o próprio Joaquim Paulista!

Sem mais demora socaram-lhe a faca no coração, e deram-lhe cabo dele já.

– Agora como há de ser? diz um deles, não há remédio senão fugir, senão estamos perdidos...

– Qual fugir! o comandante talvez não cisme nada; e no caso que haja alguma cousa, estas cadeiazinhas desta terra são nada para mim... Portanto vai tu escondido, lá embaixo no porto, e traz uma enxada; enterremos o corpo aí no mato; e depois diremos que morreu picado de cobra.

Isto dizia o Timóteo, que, com o sentido na Carolina, não queria perder o fruto do sangue que derramou.

Com efeito assim fizeram; levaram toda a noite a abrir a sepultura para o corpo, no meio do mato, de uma banda do caminho que, nesse tempo, não era por aí, passava mais arredado. Por isso não chegaram, senão no outro dia de manhã.

– Mas, Cirino, como é que Joaquim pôde escapar das mordeduras das cobras, e como se veio a saber de tudo isso?...

– Eu já lhe conto, disse o velho.

E depois de fazer uma pausa para acender o cachimbo, continuou:

– Deus não queria que o crime daqueles amaldiçoados ficasse escondido. Quando os dois soldados deixaram por morto o Joaquim Paulista, andava por aquelas alturas um caboclo velho, cortando palmitos. Aconteceu que, passando por aí não muito longe, ouviu voz de gente, e veio vindo com cautela a ver o que era; quando chegou a descobrir o que se estava passando, frio e tremendo de susto, o pobre velho ficou espiando de longe, bem escondido numa moita, e viu tudo, desde a hora em que o soldado veio da furna com as cobras na mão. Se aqueles malditos o tivessem visto ali, tinham dado cabo dele também.

Quando os dois se foram embora, então o caboclo, com muito cuidado, saiu da moita e veio ver o pobre rapaz, que estava morre não morre!... O velho era mezinheiro muito mestre, e benzedor, que tinha fama em toda a redondeza.

Depois que olhou bem o rapaz, que já com a língua perra não podia falar, e já estava cego, andou catando pelo mato umas folhas que ele lá conhecia, mascou-as bem, cuspiu a saliva nas feridas do rapaz e depois benzeu bem benzidas elas todas, uma por uma.

Quando foi daí a uma hora, já o rapaz estava mais aliviado, e foi ficando cada vez melhor, até que, enfim, pôde ficar em pé, já enxergando alguma coisa.

Quando foi podendo andar um pouco, o caboclo cortou um pau, botou na mão dele, e veio com ele, muito devagar, ajudando-o a caminhar até que, a muito custo, chegaram na estrada.

Aí o velho disse:

– Agora você está na estrada, pode ir indo sozinho com seu vagar, que daqui a nada você está em casa. Amanhã, querendo Deus, eu lá vou vê-lo outra vez. Adeus, camarada; Nossa Senhora te acompanhe.

O bom velho mal pensava que, fazendo aquela obra de caridade, ia entregar outra vez à morte aquele infeliz a quem acabava de dar a vida. Um quarto de hora mais que se demorasse, Joaquim Paulista estava escapo. Mas o que tinha de acontecer estava escrito lá em cima.

Não bastava ao coitado do Joaquim Paulista ter sido tão infeliz em vida, a infelicidade o perseguiu até depois de morto.

O comandante do destacamento, que não era nenhum samora, desconfiou do caso. Mandou prender os dois soldados, e deu parte na vila ao juiz, que daí a dois dias veio com o escrivão para mandar desenterrar o corpo. Vamos agora saber onde é que ele estava enterrado. Os dois soldados, que eram os únicos que podiam saber, andavam guiando a gente para uns rumos muito diferentes, e como nada se achava, fingiam que tinham perdido o lugar.

Bateu-se mato um dia inteiro sem se achar nada.

Afinal de contas, os urubus é que vieram mostrar onde estava a sepultura. Os dois soldados tinham enterrado mal o corpo. Os urubus pressentiram o fétido da carniça e vieram se ajuntar nas árvores em redor. Desenterrou-se o corpo, e via-se então uma grande facada no peito, do lado esquerdo. O corpo já estava apodrecendo e com muito mau cheiro. Os que o foram enterrar de novo, aflitos por se verem livres daquela fedentina, mal apenas jogaram à pressa alguns punhados de terra na cova, e deixaram o corpo ainda mais mal enterrado do que estava.

Vieram depois os porcos, os tatus e outros bichos, cavoucaram a cova, espatifaram o cadáver, e andaram espalhando os ossos do defunto aí por toda essa mata.

Só a cabeça é que, dizem, ficou na sepultura.

Uma alma caridosa, que um dia encontrou um braço do defunto no meio da estrada, levou-o para a sepultura, encheu a cova de terra, socou bem e fincou aí uma cruz. Foi tempo perdido; no outro dia a cova estava aberta tal como estava dantes. Ainda outras pessoas depois teimavam em ajuntar os ossos e enterrá-los bem. Mas no outro dia a cova estava aberta, assim como até hoje está.

Diz o povo que enquanto não se ajuntar na sepultura até o último ossinho do corpo de Joaquim Paulista, essa cova não se fecha. Se é assim, já se sabe que tem de ficar aberta para sempre. Quem é que há de achar esses ossos que, levados pelas enxurradas, já lá foram talvez rodando por esse Parnaíba abaixo?

Outros diziam que, enquanto os matadores de Joaquim Paulista estivessem vivos neste mundo, a sua sepultura havia de andar sempre aberta, nunca os seus ossos teriam sossego, e haviam de andar sempre assombrando os viventes cá neste mundo.

Mas esses dois malvados já há de muito tempo foram dar contas ao diabo do que andavam fazendo por este mundo, e a cousa continua na mesma.

O antigo camarada da Carolina, esse morreu no caminho de Goiás; a escolta que o levava, para cumprir sentença de galés por toda a vida, com medo que ele fugisse, pois o rapaz tinha artes do diabo, assentou de acabar com ele; depois contaram uma história de resistência, e não tiveram nada.

O outro, que era curado de cobra, tinha fugido; mas como ganhava a vida brincando com cobras e matava gente com elas, veio também a morrer na boca de uma delas.

Um dia em que estava brincando com um grande urutu preto, à vista de muita gente que estava a olhar de queixo caído, a bicha perdeu-lhe o respeito, e em tal parte e em tão má hora lhe deu um bote, que o maldito caiu logo estrebuchando, e em poucos instantes deu a alma ao diabo. Deus me perdoe, mas aquela fera não podia ir para o céu. O povo não quis por maneira nenhuma que ele fosse enterrado no sagrado, e mandou atirar o corpo no campo para os urubus.

Enfim eu fui à vila pedir ao vigário velho, que era o defunto padre Carmelo, para vir benzer a sepultura de Joaquim Paulista, e tirar dela essa assombração que aterra todo este povo. Mas o vigário disse que isso não valia de nada; que enquanto não se dissessem pela alma do defunto tantas missas quantos ossos tinha ele no corpo, contando dedos, unhas, dentes e tudo, nem os ossos teriam sossego, nem a assombração acabaria, nem a cova se havia de fechar nunca.

Mas se os povos quisessem, e aprontassem as esmolas, que ele dizia as missas, e tudo ficaria acabado. Agora quem há de contar quantos ossos a gente tem no corpo, e quando é que esses moradores, que são todos pobres como eu, hão de aprontar dinheiro para dizer tanta missa?...

Mas portanto já se vê, meu amo, que o que lhe contei não é nenhum abusão; é cousa certa e sabida em toda esta redondeza. Todo esse povo aí está que não me há de deixar ficar mentiroso.

À vista de tão valentes provas, dei pleno crédito a tudo quanto o barqueiro me contou, e espero que os meus leitores acreditaram comigo, piamente, que o velho barqueiro do Parnaíba, uma bela noite, andou pelos ares montado em um burro, com um esqueleto na garupa.

JUCA, O TROPEIRO

Deveras, camaradas, Juca Ventura, filho de Minas Gerais e tropeiro desde em menino, era um companheirão, alegre e estimado, como nenhum outro nas tropas que costumam botar cargas para Goiás e Mato Grosso e trabalhar naqueles sertões brutos.

Noite e dia estava pronto para rir, folgar e sustentar uma boa prosa, no que não havia quem lhe pusesse o pé adiante.

Ninguém sabia como ele cantar chulas, armar um cururu, repinicar na viola ou contar histórias, umas gaiatas que faziam estourar de riso, outras de bruxas e mandingueiros que deixavam a gente toda arrepiada e sem vontade mais de pregar olho.

Uma só coisa o aborrecia. Era quando lhe faltava o serviço, mas isso era tão raro que bem poucos poderiam dizer tê-lo visto calado e amofinado.

Não havia capataz que o não desejasse em sua tropa, porque não era só de língua que ele fazia bichas.

Não, senhor. Quando chegava a hora de trabalho grosso, não se contava um, por mais pintado que fosse, que deitasse mais barro à parede. Lá isso de atalhar uma cangalha, de lidar com volumes, arrochar a sobrecarga, acolheirar animais ou peá-los, sangrá-los, remexer pastos, arrumar no pouso as cargas, arranjá-las nos ranchos bem cobertinhas com os ligais por causa da chuva e da umidade, era ele mestre e tudo num sopro.

Enquanto o diabo esfregava um olho, Juca Ventura já tinha feito muita coisa.

E forte de saúde que parecia de ferro. Zombava das maleitas e sezões, cortando por todo o tempo rios cheios e cruzando *pântanos* sem o menor medo de *maldades*. Nunca se lembrara de ter tomado mezinhas e beberagens, e dizia com gabolice que chegaria ao fim da vida sem dar o pulso a cirurgião nenhum, nem sequer para saber do que morria.

Também quando ele ia atrás do seu lote de bestas, onze animais gordos de encher o olho, e que se derreava na sela com o chicote de couro cru apoiado na coxa, abria o peito à inspiração e lá ia por essas estradas de Cristo, cantando alto e afinado, contente como um ricaço e cheio de si como se tivesse o rei na barriga.

Debalde o vento levantava uma *polvadeira* imensa que lhe avermelhava a camisa e lhe grudava o cabelo ao casco da cabeça, debalde a chuva o molhava até os ossos, debalde o sol parecia querer-lhe assar a cara e as mãos e derreter o chão, nada mudava, nem um nadinha, o seu gênio brincador, nem fazia parar a sua força de trabalho e expediente.

Chegado que fosse ao pouso e não havia um só nesses fundões de Goiás e Mato Grosso que ele deixasse de reconhecer como se em cada um deles houvera nascido e lá passado anos inteiros – chegado ao pouso e acomodados os seus animais, se havia matalotagem farta, comia que metia gosto, se não havia, lá tomava uns bochechos de água e ferrava num sono gostoso como tudo.

Mas ninguém se fiasse muito nesse sono. Qualquer barulho, por menor que fosse, o punha logo de pé: nisso vencia o cachorro mais desconfiado e podia até dar sota e basto a gansos, que são bichos de natural vigilante.

Também, se era preciso, passava muito a gosto a noite em claro: e no dia seguinte estava lépido e bem disposto, como se não houvera novidade.

Quantas vezes tinha ele deixado de fechar os olhos a contar aos camaradas histórias do sertão ou a fazer gemer a viola em cantorias e cateretês?

Nem havia conta.

E com tal não padecia o serviço: nem capataz nenhum se gabava de o haver pilhado a cochilar.

Nem era rapaz de brigas e mexericos: sabia dar-se ao respeito e se não andava com os chefes e superiores a mostrar os dentes em risotas, nem por isso era carrancudo e malcriado.

Na sua guaiaca havia sempre alguma pratinha de sobressalente para não parecer unha de fome e mofino quando tinha de pagar a pinga aos companheiros da carreira.

Nunca se metia em pândegas grossas, nem em jogatinas de estouro; mas ninguém o podia alcunhar de enjoado, porque nos dias de mareta era boa perna para o pagode.

Engraçado e farsola nisso fazia figas, tanto assim que as raparigas dos povoados, quando chegava alguma tropa, iam perguntar notícias de Juca Ventura, pelo que não faltava quem levasse a mal aquelas falas de pura amizade.

É porque neste mundo de Deus há muita língua maldizente que quer botar malícia em tudo, malícia que só existe no juízo enviezado e falso dos faladores.

Juca Ventura, é certo, brincava com as moças das vilas e povoações, algumas até bem bonitas; mas era negócio de simples palavreado, e nenhuma delas poderia com verdade dizer que o ouvira falar de amor, ou fazer alguma promessa.

Não, senhor! Quem tal dissesse, mentiria como um perdido.

Se o tropeiro era estimado, não eram só raparigas novinhas que lhe mostravam agrado e simpatias; as velhas também lhe queriam bem e, quando ele cruzava por diante de qualquer casa da estrada, não havia quem deixasse de o saudar com boas maneiras e franqueza.

E a razão era uma.

É que não se passava uma viagem ou do sertão para o mar ou de lá para cá, em que ele viesse de mãos abanando. Sempre trazia alguma lembrança para as suas conhecidas, ora uma coisa, ora outra, e houve até ocasião em que deu de presente uns cortes de fazenda fina e algumas jardas de fita muito vistosa e larga.

E depois não queriam que fosse estimado!

Fizessem os invejosos como ele: tratassem a todos conforme os seus merecimentos. Mas por estes mundos afora não falta quem meta a catana nos mais sem ter meios de praticar, já não se quer melhor, mas até igual.

E por que havia Juca Ventura de andar pelos caminhos a arrastar a asa e a fazer pé de alferes pelos pousos, como se fora algum rufião mal-intencionado que botasse a perder as coitadinhas sem experiência?

Nada, Juca, o tropeiro havia já dado o coração a uma pessoa; e, quando um homem de vergonha estima deveras uma mulher, esse amor não consente outro: é o único na vida.

Nem havia mais segredo.

Só não sabia quem não queria, que em Uberaba é que morava aquela moça, que se chamava

Balbina do Canto, porque o pai, sapateiro de ofício e já falecido, havia morado numa esquina de beco, que ela era rapariga de truz, morena, mas corada, de muito propósito e composição e de quem língua nenhuma tinha tido a pouca vergonha de dizer a mais pequena coisa.

Quem é que não sabia disso?...

Quem é que não conhecia a mãe dela, d. Cula, senhora capaz de revidar com um peteleco o patife que quisesse vir se engraçar com a filha?

Fosse lá algum mariola dizer que a Babita tinha cabelos pretos como asa de graúna e tão compridos que passavam além do quadril talvez um palmo, olhos que mexiam com a gente só no revirado, nariz pequeno, boquinha como se acabasse de comer pitangas, fosse dizer que a sua cintura era de maribondo, o seu andar engraçado e faceiro como andar de moça da corte, e havia de ter que fazer com a velha, boa pessoa no trato quando estava para conversas, mas zangada de uma vez nos dias de seus azeites.

E querem ver?

Uma tarde, a menina estava tomando fresco numa janela e d. Cula cosendo perto de outra, por detrás da rótula fechada, porque a casa tinha duas janelas e uma porta, por sinal que tão juntinhas que não davam para um portão largo. Nisto passa um mocinho, filho de um capitão da guarda nacional, e, tirando-se de seus cuidados, pediu, nem mais nem menos, um beijinho ao jambo corado – assim chamou o desavergonhado a carinha da moça.

Babita recuou toda vexada, mas quem pulou como uma suçuarana foi d. Cula.

Sem pensar no que fazia, passou a mão num cabo de vassoura, escancarou a porta e caiu de pauladas no costado do engraçado que não foi um brinquedo.

Em vão o moço quis fugir, em vão resistir; só parou a sova quando o pau se quebrou e por cima levou ele com os pedaços na cara.

E lá se foi o gaiato sem chapéu e com a niza rota, acompanhado de uma vaia de conta que lhe passaram uns meninos da vizinhança e três camaradas de tropa que assistiram àquele merecido castigo.

Também depois desse, ninguém mais se lembrou de dizer graçolas a Babita, bem que todos os dias ela fosse tomando cada vez mais corpo e ficando de pôr água na boca.

Tinha nesse tempo dezessete anos, e já dera de tábua a três pessoas de consideração.

D. Cula lhe falara com verdade e muito assento, mostrando que era preciso tomar estado, que ela nem sempre havia de estar neste mundo para dar-lhe amparo, que enfim mais valia uma rapariga malcasada do que bem requestada.

Porque não havia ela de aceitar o Chico Luís, que estava já arranjado em seus negócios, tanto assim que tinha sociedade com o Tinoco, de quem a princípio fora caixeiro? Homem de meia-idade, mas de boa figura, procedera sempre como pessoa de bem que merece dos outros amizade e confiança.

– Mas, mamãe – objetava Babita –, ele é emboaba.

– E que tem isso, filha de minha alma? Dessa gente saem bons maridos. Depois há tanto tempo que está na terra, que nem parece filho de outra banda.

– Não quero este – murmurava a rapariga.

– Pois bem – continuava d. Cula –, você não quis este por ser português. Mas por que disse não ao João Grande, lá da Casa Branca?

– Ora, um socó... e depois zarolho...

– Zarolho, sim, mas é apatacado. O pai tem botica e ninguém dirá que seja moço feio de todo. Outras mais pintadas do que você, Babita, não hão de torcer o nariz, quando ele as procurar para casamento. Agora me diga o Mané Quetano, também é zarolho? Rapaz tão bom, tão sossegado e de família limpa! O pai, que Deus haja, era aqui nesta cidade, quando ela não passava de vila, um graúdo, um tatu. Esperto como ele só...

– Então o filho não saiu do pai... é um bocó.

D. Cula costumava então abanar a cabeça.

– Minha filha – dizia ela sentenciosamente –, permita Deus Nosso Senhor Jesus Cristo que você não tire de tudo isso motivos de se arrepender. Querer fazer boca de ouro e ter feijão-preto e carne-seca para comer são coisas que não vão juntas. Cada um deve pedir a Deus aquilo que basta para a sua posição. Não vá depois lhe acontecer como à Maria do Frajado, a coitada, que do meu tempo andou se fazendo de enjoada e, afinal, quando quis casar, já não achou com quem. Morreu velha e levou palma e capela em cima do caixão. E não foi das mais infelizes, porque têm se visto muitas coisas que fazem a gente ficar sem pinga de sangue nas veias, só em pensar nelas.

Babita rematava tais conversas que muito se repetiam com este estribilho:

– Deixe estar, mamãezinha, eu hei de me casar.

Quando Juca Ventura procurou travar conhecimento na casa, d. Cula se mostrou meio carrancuda. O rapaz tinha modos direitos e a sua fama era boa; mas ela não era mulher de se fiar em aparências e na voz dos outros.

Fez cara de poucos amigos e observou de parte a filha.

Viu que Babita corava de cada vez que o moço, todo asseado e faceiro, passava por diante da janela e cumprimentava com muito respeito as pessoas que lá estivessem: viu que ele cruzava por demais naquelas paragens, e ficou aborrecida, não por ser ele tropeiro, mas por poderem as suas passadas dar na vista dos outros e trazer falatórios.

Juca Ventura não vinha francamente tocar em negócios de casório, e a menina parecia estar se inclinando muito por ele.

D. Cula, pilhando-a uma vez a seguir com os olhos o tropeiro por entre as frestas da rótula, chamou-a a contas, mas com toda prudência, porque era pessoa de experiência e bem sabia que com mulheres *enrabichadas* não se deve apertar muito.

– Vem cá, filha – disse ela –, parece que por esta rua anda muito um sujeito que quer se engraçar com você.

– Eu não sei – respondeu Babita com susto que pareceu de mau agouro à mãe.

– Ah! estou que você não reparou, mas eu cá ainda tenho bons olhos. Quando um moço gosta seriamente de uma rapariga que lhe pode servir de mulher diante de Deus e dos homens, sem ter que *se avexar* de ninguém, deve vir com sinceridades e não fazendo modos de inquietar o descanso dos outros...

– Mas ninguém me anda *desinquietando* – interrompeu Babita meio arrufada.

– Mau – pensou lá consigo d. Cula –, a menina está mordida...

E alto continuou:

– Eu não me refiro a você: falo no geral... e, já que estou com a mão na massa, quero lhe dar alguns conselhos. Os homens, minha filha, são muito enganadores e do que menos se importam é da honra e do sossego das mulheres. Deitam uns olhos de peixe morto, reviram o coração de uma pobrezinha e, quando não a atiram de uma vez no caminho da perdição, metem na boca do mundo que ela é assim, é assada e não sei mais o quê. A coisa começa sempre por brincadeira: a gente olha sem pensar em mal: acha graça no namoro e depois, minha cara, quando menos se cuida sente-se cá dentro no peito uma aflição, um tormento que não para nem de dia nem de noite. Então, se a mulher não tiver juízo, não sabe mais o que há de fazer. Tudo é sofrimento, tudo é enjoo e desgosto, menos a vista do tentador. E ele a se rir e como cobra traiçoeira esperando de longe com a boca aberta, que a rãzinha se chegue por si mesma...

Babita, durante todo esse sermão em que a mãe contava talvez uma história do que outrora se havia dado com ela, estava sem saber onde pôr os olhos, toda vendida e com as maçãs do rosto vermelhas que nem bagas de aroeira.

Afinal, sem dizer palavra, mas abrindo num pranto de choro, atirou-se ao colo da mãe, escondendo a cara com as mãos.

D. Cula não mostrou a menor admiração: pelo contrário, beijou com muito carinho a testa da filha.

– Eu bem sabia – disse ela –, que você já não era como dantes. Mas não se aflija. Aquele moço tem bom nome, e eu vou me entender com ele. O pior era você querer esconder que o seu coração já tinha acordado.

– Mamãe – balbuciou Babita –, não... sei... como... foi... Mas ninguém desconfia.

– É sempre assim – secundou d. Cula. – A gente está desprevenida e da noite para o dia fica-se presa para toda a vida. O tal rapaz é tropeiro: não digo que seja bom ofício, mas também não é de fazer vergonha a ninguém. Quem trabalha é sempre merecedor. Nós por nosso lado não somos filhos de capitão-mor, nem de juízes-de-fora; o que podemos desejar é que seja de família limpa, porque graças a Nossa Senhora Santíssima, e a S. Joaquim avô de Nosso Senhor, você conheceu o seu pai, que Deus lhe dê a glória, e nós dois, ele, hoje no reino do céu e eu cá neste vale de lágrimas, também tivemos esta felicidade, tudo assentado nos livros do Revmo. Vigário; daí para cima não posso dizer mais, mas enfim nem todos podem dizer tanto...

Foi então que d. Cula se meteu num cipoal de palavreado, de onde só saiu quando lhe faltou a respiração.

Em todo o caso, ela no dia seguinte se embrulhou na sua manta de sair, uma manta cor de fundo de garrafa que lhe ia até os pés e que tinha na altura dos ombros umas espécies de dragonas de retrós preto, fincou um pente alto no cocuruto da cabeça, e lá foi ter ao rancho onde estava de pouso a tropa de Juca Ventura.

Justamente tinha este de madrugadinha partido com o seu lote de bestas para esperar os companheiros daí a vinte léguas no caminho de Goiás.

– E quando estará de volta? – perguntou meio descorada d. Cula.

– Quem sabe se daqui a dois pares de semanas – respondeu um outro tropeiro.

Ao voltar para a casa, a coitada da mãe ia remexendo no seu espírito coisas bem tristes. Havia sido o que ela supunha: o tal sujeito era como os outros. E a sua Babita, a Babita do seu coração, já enamorada, não ia sofrer, se magoar, ficar magra e doente, e quem podia dizer o que mais?

Malditos homens que vêm bulir por maldade com as mocinhas e pôr as casas de família em dobadoura!

D. Cula não disse à filha a verdade.

Contou que Juca Ventura tinha partido, com efeito, mas não sem que ela lhe dissesse duas palavrinhas.

– Então? – perguntou a moça com receio.

– Então ele ficou muito admirado e meio corrido, quando viu que eu estava corrente com as suas passadas, mas, falando com franqueza, não pude saber se ele quer bem ou não a você.

– Quer, mamãe, quer! – exclamou Babita, pegando logo fogo. – Tenho toda certeza.

– É bom não pensar assim... Enfim, ele há de voltar, e saberemos então se é o que você julga dele, ou se não passa de um mariola que hei de pôr a tinir como aquele filho do capitãozinho.

Nisto parou a conversa, e durante muitas e muitas semanas não se falou naquela casa em Juca Ventura.

A mocinha estava um pouco macambúzia: não chegava à janela e não queria sair, mas comia com vontade e não parecia começar a ficar magra.

Durante este tempo, o nosso tropeiro seguia o seu caminho, jururu e abatido. Se cantava, era com uma voz abafada que fazia ainda mais triste a solidão.

Estava apaixonado às direitas, e a casa de d. Cula e o rosto da namorada não lhe saíam da memória.

Quantos suspiros lhe rebentavam do peito! Era uma coisa sem conta, e se no serviço não afrouxava é porque só no trabalho achava algum consolo.

E lá ia cantando, improvisando na toada do cateretê:

Babita, meu bem Babita,
Babita do coração,
Tem pena de minhas penas,
Se não morro de paixão.

Passarinho que tem asa
Depressa voa ao seu bem.
Asa não tenho, nem tenho
Quem me possa querer bem.

Desgraçado do tropeiro,
Minha sina é só gemer:
Meu destino caminhar,
Caminhar até morrer.

Chaga viva em mim abriu
Teu olhar, mulher querida.
Mas de ti eu não me queixo,
Pois adoro essa ferida.

Tenham os *rezes* seus palácios
Ouro e mais prata infinita,
Eu só quero deste mundo
Ser querido de Babita.

Mas, coitado, por que choro?
Quem m'ouvir pode neste ermo?
Se o meu canto não tem eco,
Meu tormento não tem termo.

Ó rochedos, montes, vales
Ó campinas tão floridas,
Compaixão deveis sentir
Dessas mágoas tão crescidas!...

Nessa versalhada é que Juca Ventura desafogava o peito, de modo que todos sabiam por quem ficara preso o tropeiro modelo.

À noite, ao redor da fogueira, ele espantava os seus males, e a viola chorava nos dedos do namorado. Os companheiros ficavam caladinhos a ouvir o cantor, cuja voz ia longe que era coisa de pasmar.

Ventura me chamam todos,
Desgraça devem chamar.
Pois aquela a quem adoro
Não me quer a mim amar.

Sou tropeiro, não sou rico
Casas não tenho, nem ouro;
Mas no peito tenho honra,
E não sou filho de mouro.

No braço tenho talento
Na cara tenho vergonha,
Não vivo de comer bichos
No lodo como cegonha.

Ah! se apaga em mim a vida!
Sinto já que vou morrer.
Mas não sei se chore ou não
Por agora perecer.

Pois embora eu seje moço,
Por efeito da paixão
Com certeza hei de findar
Nas funduras do sertão.

Nestas cantigas passava Ventura a noite e já o braseiro se apagara, e já as barras do dia riscavam os lados do nascente, e ele ainda ficava de viola na mão, tocando e verseando.

Também a primeira coisa que fez, quando se apeou em Uberaba, foi logo procurar ver a quem lhe tinha inspirado tanta quadrinha bonita.

O caso foi que, como geralmente se diz, encontrou-se a ronda com a patrulha.

Mal ele apontava na rua, saiu-lhe pela frente d. Cula com um ar muito agradável e cheio de riso.

Ventura quis voltar, não pôde e parou.

A esse tempo já a mãe de Babita o tinha saudado com muito boas maneiras, perguntando notícias da saúde e da última viagem e mais outras coisas.

Ventura ia respondendo meio engasgado, mas ficou passado de uma vez quando, conversa puxando conversa, d. Cula o convidou para descansar em sua casa.

O moço no ato de se sentar já não estava muito em si, mas quando viu entrar na sala a rapariga por quem suspirava tanto perdeu de todo a cabeça.

Não soube mais dizer uma palavra.

Se queria falar, sentia um nó na garganta; se queria ficar calado, vinha-lhe a comichão de falar.

Então passou-se uma coisa de deixar a qualquer pasmado. Foi que no fim de sua visita, uma visita de médico, ele pediu a mão de Babita, que Babita ficou muito corada, mas disse sim, que a mãe de Babita chorou algumas lágrimas e que consentiu e pôs-se a falar muito e a contar casos e mais casos, dando de língua que era de pôr tonto a um homem de juízo, quanto mais a um namorado!

Ele levantou-se cambaleando.

Era noivo da rapariga mais bonita de Uberaba!...

A notícia correu logo à cidade, como se fosse novidade chegada do Rio de Janeiro. Uns aprovaram muito, outros acharam a coisa má, outros enfim nada disseram, no que fizeram melhor do que os que se metiam a abelhudos.

Os que aprovaram, mostravam que as idades dos noivos estavam muito combinadas e achavam direito que um pobre casasse com uma pobre e outras coisas mais.

Os que empurravam a tesoura, diziam que o ofício de tropeiro era baixo e por demais andejo, sendo assim o casal obrigado a viver sempre separado. E afinal em que mãos ia cair uma menina tão bem parecida? Nas de um camarada de tropa...

Alto lá, minha gente! Falem quanto puderem, intrometam-se na vida e nos interesses dos outros como melhor quiserem, mas por amor à verdade não digam que o noivo não merecia a noiva. Isto nunca!

Não era Ventura um rapaz sacudido, de 25 anos, olhos rasgados, cor morena, bigodes finos, boca bem-feita e barba sempre penteada? Não tinha ele cabelos cheios de anéis? Eram grossos, é certo, mas isso era do pó da estrada, e esse pó dava sinal de que ele trabalhava para ganhar honradamente o pão de cada dia.

Falassem, uns por bem, outros por mal, de sua pobreza, mas não tivessem susto de qualidade nenhuma. A sua família, sua sogra, mulher e filhos, se Deus lhos olhasse, nunca haviam de ser pesados a ninguém. Graças aos céus, braços não lhe faltavam para sustentar a sua gente, e, se até então ainda não tinha ajuntado bom dinheiro, é que como solteiro botava fora tudo que ganhava e não fazia conta do futuro.

Agora o caso mudava de figura, e para provar é que ele tratou logo de preparar um montezinho de prata já com vista nos gastos dos papéis de casamento e tudo o mais, além de presentes que se dão naquela ocasião.

Enfim quer os moradores quisessem, quer não, Babita e Ventura eram noivos, tinham já o sim de d. Cula, a única que podia naquele negócio serrar de cima, e com o favor de Deus e das leis deste Império do Brasil que S. M. D. Pedro I nos deu, estavam contentes como se tivessem ganho o reino do céu.

O casório ficou marcado para daí a três meses, quando o tropeiro voltasse de uma viagem que tinha de fazer até a cidade de São Paulo e que já estava paga.

No momento da despedida os noivos choraram como dois perdidos; mas no coração lhes ficava a quentura da felicidade.

Daí a três meses.

II

No tempo marcado voltou Ventura mais *amorudo* do que quando partira e com as mãos cheias de presentes. D. Cula ganhou um vestido de muito boa seda e Babita uma joia de ouro verdadeiro.

Sim, senhor! não era falsificado. O boticário que entendia de ourives o disse, e o que saía da boca dele era que nem palavra de Evangelho, pelo menos ninguém o tinha pilhado ainda em mentiras.

Enquanto o noivo estava viajando, Babita não ficou de mãos abanando. Tinha cosido todo o seu enxoval e arranjado com os dedinhos o vestido do casamento, que a mulher do comandante superior da guarda nacional fez o favor de cortar e acertar, porque era uma senhora muito estimável. Também a coisa parecia uma maravilha de feitio e assentada.

Mas o que é o destino da gente!

Foi senão quando por este tempo Uberaba pôs-se numa dobadoura que ninguém na terra se lembrava de coisa igual. Uberaba tão sossegadinha! Longe de tudo e de todos no meio de seus sertões!

Não se falava senão em guerra!

Juca Ventura desde São Paulo viera ouvindo contar que o Império do Brasil estava numa pendência muito grossa com uma república chamada do Paraguai, que havia muito fogo de parte a parte, gente e mais gente partia para fora, que muitos iam por gosto, outros à pau e corda, que o recrutamento roncava feio e forte e os rapazes andavam disparando para os matos, mas, como ninguém veio mexer com a vida dele e lhe perguntar quantos anos tinha, seguiu sossegado o seu caminho do interior, sem se ocupar com as novidades, a vir se casar, única coisa que lhe importava neste mundo.

Eis que encontra na sua cidade a mesma revolução, o mesmo rebuliço.

Parece que os negócios não iam bem. O governo da corte tinha posto nos jornais que todos deviam combater, que a guarda nacional havia de marchar, que era a ocasião da gente mostrar a sua coragem e uma lengalenga muito grande, tudo para levantar voluntários.

Minas Gerais, só Minas devia dar seis mil soldados. Imaginem!

Ora, Minas é muito grande e tem bastante gente, mas onde é que se ia buscar tanto povo de uma vez para pôr de arma ao ombro! Esses homens lá de cima que governam os outros às vezes não pensam com juízo. Era uma exigência por demais.

Além disto todos sabiam que tinham marchado de São Paulo e de Ouro Preto duas forças grandes para se juntarem em Uberaba, e daí seguirem para os lados de Mato Grosso, que os inimigos tinham tomado à força e onde estavam fazendo selvajarias sem conta nos brasileiros que cortava o coração só de ouvir falar.

Tudo isto não bastava.

Dias depois da chegada de Ventura, espalhou-se na cidade que os guardas nacionais iam ser reunidos, que muitos haviam de seguir com a expedição, que quem desertasse era logo fuzilado e um bando de histórias capazes de assustar os mais valentes.

As famílias andavam com o coração na mão e com toda a razão, porque não tardou muito e aí chegaram uns oficiais da 1ª linha para juntar tropa e ensinar o manejo de arma.

Então é que foi susto!

No meio de todo esse barulho, Babita não tinha um momento de descanso. Juca Ventura era guarda nacional, ainda solteiro: estava na flor dos anos e podia ser chamado.

– Ah! meu Deus – dizia ela toda em pranto –, e se você tiver de marchar?

– Não marcho, não – respondia o tropeiro para lhe dar algum sossego.

A mocinha perguntava abaixando a voz:

– Então você deserta?

– Isso nunca! – retrucava Juca –, nunca fugi de coisa nenhuma! Mas tenho certeza de que não vou. Não me chamam. Você verá...

Esta certeza durou pouco tempo.

Um belo dia o comandante superior da guarda nacional mandou-lhe por um cabo de esquadra aviso, ordenando que chegasse naquela mesma hora ao palácio da câmara municipal, e aí, não só a ele, como a mais quinze companheiros fez uma fala meio gaguejada em que disse que era preciso ir acabar com o inimigo, que os brasileiros nunca tinham sido vencidos, que a gente de Uberaba ia ganhar um nome ilustre, que todos haviam de voltar com vida e bom dinheiro no bolso, que o Brasil contava com os seus filhos, etc., etc., e depois de toda essa perlenga acabou dando vivas ao Imperador e à Constituição, no que foi apanhado com muito barulho por outros homens de casaca reunidos a um lado da sala.

Mas aí é que cabia bem uma pergunta.

Por que é que aquele comandante superior não marchava também para a guerra? Então só lá deviam ir os pobres soldados para chuchar bala como terra em pó, e os coronéis e mais oficiais de dragonas cheias a se deixarem ficar muito a gosto e só enchendo as bochechas com patriotadas?

Nada: isso era mau, deveras. Se havia essa necessidade, como diziam, então que todos se sacrificassem.

O pequeno, quando vê o grande sair de seus cômodos e mostrar boa vontade, suporta tudo com cara alegre, não assim a empurrar-se gente para obedecer ao governo e metido na toca caladinho!...

Assim também pensava Juca Ventura, mas ele não disse patavina, e sem demora foi mandado para o quartel, uma casa de paredes altas e vigiada que parecia uma cadeia.

Ali já estavam reunidos uns sessenta homens meio assarapantados que todos os dias ouviam falas e mais falas do comandante daquele depósito – um major de linha, mandado de propósito da corte para ensinar recrutas.

Mas o major debalde punha os bofes de fora: não havia influência nenhuma.

Juca Ventura só viu caras muito *jururus*.

Quando Babita teve conhecimento do que sucedera ao noivo, caiu num desmaio que pôs d. Cula tonta; depois as duas choraram juntas até não terem mais lágrimas nos olhos.

Uma carta do coitado ainda mais agravou as dores. Via-se bem que ele queria se fazer de forte, mas que estava por seu lado desanimado.

Então d. Cula pôs o seu capote comprido e lá se foi ao quartel para ver se trocava alguma palavra com o rapaz, mas não pôde entrar, porque na porta estava um cabo de esquadra de olho arregalado e muito atrevido que passeava como um rei, de um lado para outro, segurando na mão uma espada desembainhada. Quando a boa da velha foi se chegando para mais perto, ele gritou – Passe de largo! – com uma voz de lobisomem.

Isto contou ela à filha, mas não lhe disse que ouvira o cabo falar numa guerra que houve no tempo de dantes em que ele com mais dois companheiros tinham destroçado catorze castelhanos, que não era homem de brincadeira e que cortaria pelo meio todos aqueles que quisessem sair do quartel sem passe do senhor major.

Foi o que ele prometeu fazer e quando falava alisava o bigode com raiva e rangia os dentes como porco-do-mato.

Homens assim é que deviam ir para a guerra, já que gostavam tanto da história, e não uns pobres moços sossegados que tinham suas famílias ou estavam em vésperas de formar casa. Fosse lá o *três contra catorze*, mas não uns guardas nacionais que nunca haviam feito mal a ninguém.

Eram estas as reflexões de d. Cula, reflexões que ela não passou a ninguém, porque não gostava de meter o bedelho nos negócios gerais, entendendo com razão que as mulheres, quando se atiram a discursar nestas e noutras coisas, dizem por força desacertos.

Passou-se um bom par de dias até que a boa senhora pudesse trocar língua com Juca, o tropeiro. Ele estava sossegado, e entretanto bastante murcho, não que o dissesse, mas pela cara logo se via isso.

O recado que ele deu para Babita não se acabava de tão comprido, mas em duas palavras queria dizer *amor para sempre*.

Por esse tempo os guardas nacionais, fechados e trancadinhos no que se chamava quartel e que já continha uns centos de pessoas, receberam uma bandeira novinha em folha, toda bordada a ouro, coisa enfim muito rica e vistosa.

Houve muita pancadaria de música, muito foguete do ar, estouros de bombas, e falatórios compridos cheios de entusiasmo.

O comandante superior tomou novamente a palavra e disse que com o contingente mineiro a guerra havia por força que acabar, que Uberaba ia dessa feita para a história, que todos deviam marchar com a maior alegria e que aqueles que desertassem haviam de receber castigo de Deus e dos homens. Mas o espertalhão não prometeu dar o exemplo e tomar parte nos perigos e honrarias. Isto fiava-se mais fino.

Falaram em seguida o major de 1ª linha e o cirurgião, ambos com muito fogo, e no fim do seu palavreado todos romperam em vivas ao Brasil, e morras ao Paraguai, que a casa parecia querer vir abaixo.

O cabo *três contra catorze* já com algumas garrafas de cerveja no bucho, esbugalhava uns olhos muito graúdos e fazia com os dentes tal barulho que semelhava não um caitetu, mas uma vara inteira de porcos. Ele pedia a um recruta, vindo na véspera da bagagem e que estava tremendo de susto, que fosse buscar oito ou dez castelhanos, armados de lança e espada, para ver como num instantinho os havia de cortar em pedaços miúdos.

Acabados os discursos, cada guarda nacional, chamado por uma lista de nomes, veio jurar por baixo da bandeira e com a mão aberta sobre os santos evangelhos em como havia de defender até a morte o Imperador e a Constituição e nunca desamparar o seu posto de honra.

Quem disse o juramento foi Juca Ventura e, a falar a verdade, nesse momento o coração lhe tremeu dentro do peito. Os companheiros diziam, *sim*, *sim*, mas eram uns *sim* muito chochinhos que em muitos parecia mais um soluço do que uma promessa que só Deus podia quebrar.

Depois retiraram-se os convidados; apagou-se a iluminação – meia dúzia de lanternas de papel – e o quartel ficou todo às escuras, guardado por uma sentinela que chorava baixinho e pelos roncos de *três contra catorze*.

O valente cabo de esquadra, ao entornar os últimos copos, deixou-se cair na porta estirado a fio comprido, como que para impedir com o seu corpo a escapula de algum medroso.

Na grande sala que servia de tarimba tudo era silêncio e trevas.

Juca Ventura, depois de dar um suspiro arrancado do fundo da alma, pegou a dormir e a sonhar com Babita.

De repente alguém o puxou por um braço.

– Que há de novo? – perguntou o mineiro ainda tonto de sono.

– Fale baixo – murmurou alguém.

– Mas o que há? – replicou o outro abaixando a voz.

– Somos nós – responderam quase que ao mesmo tempo cinco ou seis, mas tão baixinho que parecia um sopro.

Eram alguns guardas nacionais, todos filhos de Uberaba.

– Juca – continuou um deles – nós viemos convidar *vancê* para abrir campo. Parece que o negócio vai ficando sério e que chegou a hora de cada um cuidar de si.

Ventura respondeu com um gemido abafado.

– Ah! rapazes, minha intenção era essa, mas agora...

– Agora, o quê?

– Agora não posso.

– E por quê?

– A sorte não quis. Jurei com a mão posta no livro sagrado, e decididamente hei de ir por estas terras afora. Deus Nosso Senhor me dê coragem...

Houve silêncio no grupo.

– Mas... então – disse com hesitação um deles –, *vancê*... não vá... dar parte de nós...

– Deus me livre! – respondeu Ventura. – Cada qual tome o rumo que quiser. Eu não jurei que havia de guardar os outros, mas só de levar o meu vulto a defender o Brasil.

E, cobrindo a cabeça, voltou-se para o outro lado.

De manhã viu-se que haviam desertado quinze guardas nacionais e que a sentinela do portão tinha também batido a linda plumagem.

Mas eis que na cidade entraram, num dia de sol claro, umas máquinas esquisitas, canos feitos de bronze, assentes em grandes rodas e acompanhadas de um trem pesado, tudo puxado por muitas juntas de bois.

Essa maquinada vinha com muito barulho e pôs em rebuliço todos os moradores.

– Que é isto? Que não é? – perguntavam eles, porque nunca tinham visto artilharias.

Babita, com os olhos rasos d'água, viu passar pelas janelas da casa aquela procissão capaz de meter medo aos mais valentes e soube que aqueles canudos iam para Mato Grosso para fazer fogo nos paraguaios.

– Meus santos do paraíso – exclamou d. Cula pondo as mãos de admirada –, que pecado atirar em cristãos com bacamartes desses!

Na noite da chegada da artilharia desertaram de pancada quarenta guardas nacionais, e ninguém mais lhes pôs o olho em cima.

Três contra catorze andava danado e gritava, no meio da praça da matriz, que aquilo era uma pouca vergonha e que ele só com um cacete curto era bastante para dar conta de todos os moradores de uma cidade tão medrosa e – com perdão da palavra – *safada*, assim dizia o cabo de esquadra.

Pouco tempo depois chegou de Ouro Preto a brigada mineira que foi acampar no Cachimbo, a uma légua de Uberaba, brigada luzida, linda mesmo e capaz de influir a preás do campo... mas qual!... de noite fugiram mais vinte dos aquartelados.

Só ficaram Juca Ventura e dois companheiros.

Ah! Quanto custará a tropeiro resistir à correnteza do exemplo e deixar-se estar quietinho quando os mais abriam pernas e iam cuidar da vida! Quanta coragem para dizer "não" à Babita que todos os dias, todos, lhe mandava recados que fugisse, que não fosse tolo, que ela não podia mais viver assim e era noiva de um ingrato, e não sei o que mais, e mil coisas e ditos de fazer sangrar o coração.

Mas ele tinha jurado!

Quando no quartel não restaram senão três homens, o comandante superior, não se fiando neles, mandou trancafiá-los sem crime nem culpa na cadeia. Queria ao menos segurar bem esses últimos.

Ventura baixou a cabeça e lá foi indo.

Já então haviam chegado umas forças de São Paulo e estava marcado o dia 4 de julho de 1865 para a partida de toda expedição que devia se internar pelo sertão bravio à procura do inimigo.

Na véspera daquele dia terrível, Babita veio despedir-se do noivo que estava como um desgraçado galé encostado às grades da cadeia.

– Ah! minha amada – disse Ventura pegando-lhe a mão –, isto é que é ser *desinfeliz* de uma vez!...

– A culpa é de *vassuncê* – respondeu a moça, soluçando.

– Mas se eu pus a mão no livro sagrado e jurei!... Foi destino...

– Eu não posso – interrompeu d. Cula –, dizer que *vassuncê* faz mal... entretanto...

– O que devemos fazer – disse o coitado depois de uma pausa em que todos os três choravam –, é não perder a coragem... Eu vou para a guerra, é verdade; mas isso não quer dizer que já esteja defunto. Hei de voltar com toda a certeza, e então seremos felizes para sempre... Tenho o meu amor para me salvar. Agora, Babita, eu lhe peço uma coisa: seja sempre fiel ao seu noivo. Quanto a mim lhe juro pelas sete chagas de Nosso Senhor Jesus Cristo que, na batalha ou no descanso, não haverá uma só hora que eu deixe de pensar em quem tanto quero.

E, voltando-se para d. Cula, acrescentou:

– Agora a senhora leve a sua filha, porque não parece bem me verem chorar como se fosse um fracalhão. Tenham fé no que digo: eu hei de voltar...

Babita soluçava como uma criança.

No dia seguinte, as forças da expedição abalaram do acampamento do Cachimbo.

Foi uma coisa bonita.

Os batalhões estavam unidos uns aos outros, todos bem fardados; o bronze das peças de artilharia faiscava aos raios do sol; as músicas tocavam o hino nacional, e as cornetas faziam uma charamelada de pôr surda uma pessoa.

D. Cula e sua filha tinham ido dizer adeus a Juca Ventura e para isso caminharam a pé e de madrugadinha, ainda escuridão, légua e meia, distância da cidade ao acampamento.

O tropeiro, pobrezinho, em lugar de sua roupa costumeira, já estava metido numa grande blusa militar e às costas uma mochila que havia de ter bom peso, além da espingarda e do mais.

Quando ele apertou pela última vez Babita nos braços, disse-lhe a modo de consolo:

– Não sou assim mesmo dos mais caiporas. Botaram-me no batalhão mineiro: estou rodeado de patrícios e conheço bem o sertão. Não é isto que me assusta.

E, com um suspiro, concluiu baixinho:

– Ah! se eu não tivesse jurado!

O sinal da marcha soou, e Juca Ventura partiu de arma ao ombro e com passo dobrado.

III

Contar tudo o que o tropeiro sofreu na expedição de Mato Grosso fora contar o que todos, desde o comandante das forças até o último soldado, sofreram, e é coisa de encher livros e livros.

Basta dizer que, mal se entrou no sertão, começou-se a padecer de fome, que desde então acompanhou sempre e sempre toda aquela gente, como se fizesse parte da bagagem, e fosse coisa indispensável, ora apertando deveras, ora menos forte, mas ali pronta a toda a hora para aparecer, quando menos se cuidasse.

Agora falando com o coração na mão, foi preciso muita paciência, muita confiança em Deus para não se desanimar de uma vez e querer antes morrer do que aturar tanta calamidade. Sem gabolice, o batalhão nº 17 de Voluntários de Minas é que dava o exemplo ao resto da expedição. Era uma rapaziada toda limpa; oficiais muito bons, amigos de seus soldados, e comandante meio zangado, mas justiceiro e cheio de disciplina. Deveras fazia gosto servir nesse corpo.

Juca Ventura tinha sido bom camarada de tropa; foi excelente soldado, porque, antes de tudo, era um homem que queria sempre cumprir com a sua obrigação. Logo na saída de Uberaba foi feito cabo de esquadra e, como sabia ler e escrever corrente, no Coxim passou a furriel.

Por um pouco mais chegava a sargento, mas, além dele ser pouco *imbicioneiro*, não se ajeitava em riscar mapas do dia e relações de mostra.

No que era mestre era em gaiatar, mais para distrair os outros do que por gosto de galhofa. Na verdade não se esquecia um minuto de sua bonita noiva: escrevia a ela cartas muito compridas e, enquanto houve correio, recebia, lá de vez em vez, respostas muito amorudas do punho de d. Cula, mas do coração de Babita.

Depressa, porém, desse gostinho devia se *desmamar*, porque não houve mais estafetas e até oficiais de posto graúdo ficaram seis e mais meses sem poder receber uma só letra de suas famílias, todas moradoras na Corte do Rio de Janeiro, de muita consideração e apatacadas.

Lá nos *pântanos* de Miranda, quando a expedição foi se meter no tijuco até o pescoço é que houve dias da gente duvidar da bondade de Deus.

Cruz! Foi o diabo. Cristãos ficaram atolados no lodo que de lá nunca mais saíram.

Morria *goianada* aos punhados, não que sejam mofinos de ânimo, pelo contrário, no fogo são bons deveras, mas, fanadinhos de corpo, saíam da fartura para cair na miséria, e isto lhes dava na fraqueza.

Para mostrar o que foi aquela travessia, 50 léguas de alagadiços e tremedais, que era mesmo um mar de Espanha, basta dizer que do Coxim saíram mais de três mil homens sadios e ao Taboco só chegaram pouco mais de dois mil, quase todos agorentados.

Juca Ventura não tivera a menor moléstia, não que se poupasse ao trabalho, mas porque era de seu natural resistir às epidemias. Isso para o serviço foi sempre dos melhores e de machado em punho para derrubar árvores e fazer pontes ou de foice para a faxina era um grande.

Também os oficiais o tinham em muita estimação e nos acampamentos só se ouvia gritar: "Furriel Ventura, vai fazer isto. Furriel Ventura, vai fazer aquilo." E ele de boa vontade sempre, quando os companheiros estavam quebrados de cansaço, obedecia aos seus superiores, não só do seu corpo, como de outros batalhões.

O comandante de sua companhia, o sr. capitão Juca Duarte, que morreu, coitado, em Miranda todo inchado, moço tão bom que até os soldados choravam quando o iam carregando no caixão, queria muito ao furriel, assim como o sr. major Juca Borges, que depois veio a comandar o batalhão e era muito valente e, segundo a gazeta, se afogou há pouco no Araguaia de Goiás.

Era um homem muito alegre esse major e tratava bem os soldados, e também um capitão, quase criança, chamado sr. capitão Enoc, e mais o sr. tenente Tobias, sr. tenente Raimundo e outros muitos.

Por isso fazia gosto servir naquele batalhão. O comandante Eneias era homem sério e meio carrancudo, mas não deixava perecer a sua gente de maus-tratos e injustiças.

A força de Mato Grosso entrou na vila de Miranda, onde sofreu muito de moléstias esquisitas que levaram uma *máquina* de oficiais e soldados ao cemitério; depois foi para Nioac, que outros chamam Anhuac, e é lugar bonito e sadio; desceu para a colônia de Miranda; desceu ainda para o Apa e aí entrou no Paraguai, assim com ares de quem queria engolir aquela terra toda.

Quanto tempo já se tinha passado desde a saída de Uberaba! Mais de dois anos...

E carta de Babita, nem sombra. Também só chegava uma ou outra, isso mesmo para a gente lá de cima, e saída do Rio de Janeiro e outras cidades que valem alguma coisa.

Ventura não desanimava, mas, para falar a verdade, já não escrevia mais. Que é de papel para no fundo de sertões brutos estar riscando finezas, quando muitas centenas de léguas separam os namorados?

Se a expedição tinha sofrido para chegar ao Apa, quando ela se viu sem gado nem mantimentos e teve que recuar de um lugar chamado Invernada de Laguna, parece que tudo quanto é desgraça se juntou para fazer a gente ter saudades dos tempos de dantes.

Que calamidade, meu Deus!

Inimigo era o menos, e Juca Ventura fez pagar caro a muito castelhano de blusa vermelha o incômodo de vir os procurar tão longe, mas o cólera, mas a fome, mas o fogo na macega do campo, as chuvas, os aguaceiros, o sol de rachar, os rios todos cheios, a falta de caminhos, cruz!, era de quebrantar a coragem de um roldão.

Tanto sofrimento ao mesmo tempo só se vê uma vez em cem anos, e quem escapou daquela feita pode dizer que tomou passagem para a eternidade, mas não embarcou por ser afilhado da sorte.

Juca Ventura nos dias de maior desespero ainda achava ocasião de dizer a sua gaiatazinha, mas já a sua prosa não alegrava a ninguém: tudo andava muito jururu e murcho, porque se via quase a morte estar voando por cima da cabeça da gente, matando este, matando aquele, aquele outro e assombrando a todos.

Daí a pouco até nem houve outro remédio senão deixar jogados no meio do campo como carniça mais de duzentos companheiros a morrerem de cólera e de ferimentos.

E os ouvidos ouviam aqueles gritos sem ficarem surdos, e o coração batia, mas parecia pedra ou pau porque nada sentia.

É que naquela hora cada qual cuidava em si e só tratava de salvar o vulto.

Os bons e fortes se encostavam aos bons, e a expedição vinha rolando as suas misérias, caminhando quanto podia.

Lá se foi o sr. coronel Camisão que comandava aquela tropa toda, lá se foi o sr. tenente-coronel Juvêncio, e de nada lhes valeram as divisas de ouro bem grossas que tinham no braço.

Era mesmo um *despotismo* da morte, e nem se livrou quem estava já afeito àqueles lugares malvados e de pestes e foram batendo a bota o prático Francisco Lopes e o filho dele, por sinal que iam deixando os brasileiros no sertão que ninguém conhecia, nem tinha ainda cruzado, e donde não havia de escapar um só ao menos para vir contar onde é que paravam os ossos dos outros.

Mas Deus foi servido mandar que morressem, um no dia, o outro na hora em que a coluna pisou terreno conhecido. Olhe que foi um milagre!

Afinal, depois de toda aquela barulhada, morre daqui, morre dacolá, chegou-se a salvamento, tudo muito porco, muito magro e esfarrapado, mas enfim ainda com vida e vontade de saber o que era passar um pouco melhorzinho do que naquela desgraça.

Foi no Canuto.

Os paraguaios nos deixaram de cansados e voltaram lá para as suas tocas: nós, então, fizemos acampamento perto de um rio grande, o Aquidauana, que só uma força assim de água é que podia acabar com a sujidade que todos, soldados e oficiais, traziam no corpo e na roupa.

Aí o major José Tomás, que tinha tomado o comando, disse numa ordem do dia que os inimigos estavam *anarquizados* com a nossa retirada, que os batalhões tinham feito maravilha e que a história havia de falar nos soldados de Mato Grosso e um bando mais de coisas.

Quando Juca Ventura ouviu o sargento da companhia estar lendo toda aquela escrita, disse para os outros:

– Olhe, gente, custou caro este recado, mas afinal chegou.

E os outros se riram, porque já estava passado o perigo, mas deveras o furriel tinha razão. Mais de mil e seiscentos homens foram ao Apa cheios de vida e *talento*, e, em menos de mês e meio, de lá voltaram só uns setecentos, cobertos de bicharia e esfarrapados que parecia uma tropa de ladrões do mato.

Não, aquilo foi demais!

Depois dessas passadas, Juca Ventura foi com o batalhão para Cuiabá, daí desceu para o Paraguai, ainda entrou em fogo e foi acampar no Humaitá, que outrora fez barulho no mundo, mas que era então uma barranca de rio.

Cinco anos lá se tinham ido depois que ele saíra de Uberaba, e, há mais de quatro, não recebera uma cartinha de Babita, uma notícia sequer.

Mas *porém* o rapaz era de palavra e não houve, neste tempo todo, um só dia, uma só hora, em que o seu pensamento não fizesse viagem até a cidade em que morava a namorada.

Afinal, como tudo tem um fim neste mundo, a guerra acabou.

O batalhão nº 17 voltou para o Rio de Janeiro: houve muita festa; discursos como terra, gritaria, e, o que valia mais, cada voluntário recebeu uma boa bolada de cobres na pagadoria da Corte.

Juca Ventura, que tinha uns fardamentos atrasados e certas diferenças de soldo, de uma assentada meteu no bolso trezentos mil-réis do prêmio de voluntário da pátria e setecentos e picos do resto.

Mais de um conto de réis em notas, saídas fresquinhas da caixa do governo.

Então o batalhão seguiu para Ouro Preto por Juiz de Fora, e, por toda a parte onde passava, havia muito discurso, havia festa a valer e tudo o mais.

Um dia, enfim, cada um teve licença de tomar o rumo de sua casa.

Foi um grande dia aquele!...

Juca Ventura montou a cavalo para voltar a Uberaba, assim com modos de passarinho que achou a porta da gaiola aberta e lá vai pelos ares afora, tonto de alegria e cantando como um maluco. A saúde do tropeiro era sempre a mesma: pouca diferença fazia no rosto, mas nas maneiras era mais compassado e orgulhoso.

Também estava com o peito cheio de medalhas de campanha e ganhara até o hábito da Rosa.

Tinha honras de capitão!

Oh! como ele foi rápido por aquelas estradas! Não perguntou notícias a ninguém.

O coração lhe batia sossegado e só o que queria era chegar, chegar depressa...

Foi num dia de sol bonito que entrou em Uberaba, a 15 de julho de 1870, e frechou direitinho para a casa da noiva.

À porta, estava sentada uma mulher com uma criancinha no colo.

Quando Juca Ventura parou defronte, ela deu um grito forte, levantou-se e correu para dentro como uma doida.

Era Babita!

IV

Juca Ventura apeou do cavalo, trêmulo e assombrado.

Sem saber pelo quê, suava frio e estava com os olhos escuros.

Mas, fazendo-se de forte, gritou como quem queria parecer alegre, mas não estava:

– Ó de casa, ó minha gente!

Ninguém lhe respondeu.

Ele entrou na sala.

Nada estava mudado: eram as mesmas cadeiras, o mesmo sofá velho, uma imagem do Menino Jesus entre dois vasinhos com flores, tudo como há cinco anos passados.

Ventura bateu palmas.

Ninguém lhe respondeu ainda.

Oh! Era caso de pensar.

O nosso homem assarapantado empurrou a porta do interior... nem viva alma na varanda: correu a casa toda, nada.

Mas estava claro que ali há pouco tinha estado gente que havia fugido às carreiras.

Decididamente sucedera alguma novidade graúda.

Juca Ventura sentiu a boca lhe amargar. Padecia que nem um condenado à forca, mas, como não era precipitado em seus juízos, não quis logo cuidar em mal.

– Talvez Babita não me conhecesse logo – pensou ele –, e tomasse um susto.

Nestas ideias saiu de casa.

Lá fora fazia um sol valente. Um sujeito passava rente com as casas para apanhar um pouco de sombra.

Juca perguntou-lhe se conhecia d. Cula.

– Cheguei há pouco da Formiga – lhe respondeu o cujo –, por isso não conheço, mas sei que a filha dela é casada com o Chico Luís, o Emboaba.

Como Juca Ventura não saltou às goelas do sujeito que lhe deu aquela notícia, ou como não caiu no chão morto para todo e sempre, é o que ele mesmo não sabe.

Sentia mil sofrimentos, maiores a um tempo do que todos os de Mato Grosso e por cima uma vergonha tão grande que a sua cara ardia como se fosse uma fogueira.

Tudo estava perdido!

Tudo!

Ele que só tinha vivido com a lembrança daquela mulher, ele que vinha cheio de amor, limpo de misérias, depois de ter dado conta de sua obrigação, ele que tinha ganho as suas medalhas, as suas fitas para enfeitar a noiva, e agora vinha encontrar o lugar que lhe pertencia já tomado, e em vez de um coração para o afagar e estimar, a traição e o pouco caso?!

Ah! por que a sorte não o atirou como tantos outros nos campos do Apa para ser degolado pelos paraguaios?

De que lhe servia a vida?

A sua felicidade caía toda em pedaços, como casa velha de taipa em dia de furacão.

Que restava fazer?

Nada... nada mais!

E vingar-se?... por que é que o valente que vinha da guerra não havia de tirar despique do desprezo de uma mulher?

Isso lá, não. Babita podia dispor de si, dar o corpo e o coração a quem quisesse; mas ele o bravo do 17º. de Voluntários de Minas precisava se desafrontar.

Tremessem os desalmados que haviam brincado com a honra do tropeiro!

Com isso tudo a lhe ferver no sangue, *amontou* Juca a cavalo e foi *sestear* num rancho fora da cidade.

Não se tinha espalhado a notícia da chegada dele, senão é de crer que se fizessem em Uberaba alguns festejos e que o comandante superior da guarda nacional o viesse abraçar à vista de todos.

Mas para abraços não estava ele.

Parecia uma onça que acaba de cair num fojo.

Não tocou no prato que lhe puseram na mesa, mas, com o queixo encostado na mão, estava carrancudo como um tigre preto, e os seus olhos faiscavam. Na cintura tinha uma garrucha de dois canos carregada e um facão-punhal.

Quando o sol vinha caindo, vermelho e grande, Juca saiu do rancho, mas as pernas lhe tremiam.

Queria pisar firme, não podia.

É que nunca fora assassino e agora ia matar!

Caminhou a pé para a cidade e muitas vezes teve que se sentar à beira da estrada pela afrontação em que vinha.

O coração quase que lhe saltava pela boca.

Ah! Babita! Babita! Que lhe tinha feito aquele homem para você o tratar assim? Pois não pode haver uma só mulher no mundo que tenha felicidade?

E o certo é que lá ia Juca Ventura, já com ares de matador, quando podia entrar no lugar de seu nascimento, de cabeça bem levantada e estufando o peito em que estava escrita a sua história de soldado! E todos haviam de festejar e até adular!...

Mas não... O destino assim não quis.

Apareciam as primeiras casas da cidade quando o pobre coitado sentou-se num matacão de barro duro a um lado da estrada, à espera que a noite fechasse.

Do sol já só se via uma beiradinha e estava um calor de rachar. Lá no nascente umas nuvens cor de chumbo pareciam estar ameaçando a terra, e de quando em quando um relâmpago fuzilava no meio delas.

Juca Ventura olhava para aquele lado e pensava que assim estava o seu coração, faiscando, faiscando, mas que também daí a bocadinho um raio havia de ferir a quem menos cuidava.

Um barulho de passos lhe chamou a atenção.

Era um homem branco, de meia-idade e bem *limpo*, que tinha um ar sério e muita composição no andar.

Quando Juca Ventura lhe pôs os olhos em cima, como que virou-se em pedra.

Depois fez um esforço grande sacudindo a tontura, sacou da cintura a pistola e pulou para a frente do outro como uma onça-pintada.

A sua boca deu um uivo.

– O emboaba!

Se Chico Luís, pois era ele, não tivesse a tempo lhe agarrado no braço, era um homem morto.

E ficaram os dois, um olhando para o outro, bons pares de minutos: Juca Ventura com os olhos de engolir um cristão vivo, Chico Luís muito senhor de si e de sangue-frio.

– Portuga do diabo – gritou Ventura sempre com o braço preso –, você sabe quem eu sou?

– Sei – respondeu o emboaba muito sereno –, é um soldado brasileiro, não é um matador.

O modo por que estas palavras caíram da boca de Chico Luís e o seu propósito fizeram um abalo tão forte no voluntário que ele ficou branco como cera.

– Sim – retrucou ele –, nunca fui assassino, mas agora vou ser...

– Ao menos deixe eu me defender. Na guerra você fazia assim...

– Não; todos vocês hão de morrer como cachorros. Todos... porque cuspiram na minha cara.

– Juca Ventura, você tem o direito de me matar, isso eu reconheço: mas a mais ninguém, ouviu? O único culpado sou eu.

A cada palavra que Chico Luís dizia, o tropeiro como que sentia o coração ficar frio. Quis puxar pelo braço, mas a mão do português, se não apertava com força, segurava com firmeza.

– Sim – continuou ele parando a todo instantinho e com os olhos pregados nos do seu inimigo –, eu vim até cá ter com você, sem armas, sem um pau sequer, e lhe dizer atire em mim, porque nesta história desgraçada ninguém mais pode ser acusado... Agora...

E, de repente, soltando o braço de Ventura, apresentou o peito:

– Aqui estou – disse –, faça fogo. Execute a sua vingança!

O modo era de quem estava preparado para morrer naquele instante mesmo.

Juca levantou a pistola, mas depois recuou uns passos, como que vexado e murmurando:

– Eu nunca matei ninguém assim...

– Pois bem – secundou Chico Luís dessa feita muito depressa –, eu quero defender não a mim, mas a uma pessoa que em tudo isto tem tanta culpa como N. S. da Conceição...

E como Ventura fizesse um gesto de raiva:

– Sim – exclamou ele com força –, eu juro pela minha salvação eterna, Babita é inocente; Babita resistiu quanto pôde a este casamento. Babita não se esqueceu um só momento de seu noivo; chorou todas as lágrimas do seu coração; foi fiel quanto pôde à sua promessa.

O português falava com sotaque lá da sua terra, mas falava como quem diz a verdade. Cada um de seus ditos era uma punhalada em cheio no peito de Ventura.

– Mas então – bramiu ele –, ela foi enganada?

– Não – respondeu com energia Chico Luís.

– Que aconteceu pois?

– Se você quiser me ouvir, eu lhe abrirei o meu coração; se não, dispare já esta garrucha que está engatilhada, mas tenha certeza que há de vir dia em que o sangue que hoje cair se levantará a gritar: sua mão deu cabo de gente inocente!

E a voz de Chico Luís ficou de quem estava pedindo uma coisa muito grande.

– Você me ouve? – perguntou ele ainda.

Houve um silêncio de meter medo. A sorte daquele homem estava se decidindo.

– Fale – disse por fim Juca Ventura muito abatido e pondo ao cinto a garrucha, depois de ter abaixado devagarinho o cão.

– Eu direi poucas palavras – começou logo o outro. – Você partiu para Mato Grosso e só houve notícia certa de sua pessoa por uns seis meses. Depois passaram-se anos inteiros, e ninguém sabia onde parava e qual o seu fim. Babita, coitada, perguntava, indagava de um e de outro, escrevia muita carta, punha tudo no correio e a chorar dia e noite que era uma coisa por demais. No fim de três anos chegou, parece que desertado, a Uberaba um soldado do 17º de Voluntários que disse que conhecia muito a você, que você tinha morrido há mais de um ano e até ele tinha carregado o seu caixão. Nós todos então fomos ouvir uma missa por sua alma, e Babita esteve entre a vida e a morte um mês inteiro. Correu muito tempo. Nisso chegou outro soldado que também deu a você por morto e enterrado. Já ninguém tinha dúvida. Foi então que eu, apesar de ter levado de tábua uma vez, me apresentei de novo para casar com ela. Nesse tempo d. Cula estava de cama; pedia muito à filha que aceitasse; ela resistiu, eu insisti; todos os dias ia lá; fiz muitos quartos quando a minha sogra ficou a sair deste mundo. Então Babita, para obedecer, eu sei bem, a quem todos já faziam na cova, casou-se comigo haverá uns dez meses. Esta é a verdade.

E acrescentou:

– Agora estou às suas ordens.

Juca Ventura, enquanto Chico Luís falava no tempo em que um gato passa por cima de um braseiro, estava calado e mais sombrio do que a noite que vinha chegando.

As suas sobrancelhas estavam tão apertadas que formavam uma só linha na testa.

Ele via que tudo aquilo era certo, mas queria poder não acreditar.

– Ah! já sei – retrucou ele como que chasqueando –, vocês todos enganaram a Babita. Foi você quem inventou a *embromação* da minha morte.

– Pela alma de minha mãe eu lhe juro que não! Caia ela no inferno se eu estiver mentindo. A cidade inteira ouviu aqueles soldados... E depois olhe para mim, e veja se sou capaz disso...

Sem querer, Juca Ventura levantou os olhos e fitou o português.

O seu ar tinha tanta sinceridade que a convicção entrou no fundo do coração do tropeiro; mas ele ficou mudo com a cabeça caída sobre o peito...

Já era quase noite fechada, e se não escurecera de todo é que no céu havia umas nuvenzinhas vermelhas que aos poucos iam perdendo as cores.

Os dois homens estavam calados.

De repente Chico Luís disse com voz muito suave.

– Você me perdoa?

Juca Ventura estremeceu todo.

– Ah! – exclamou ele com a boca encrespada de amargura –, não bastou a você, portuga de desgraças, me tomar a *minha* noiva, me arrancar o coração, pisar com pé de chumbo na minha felicidade, matar para sempre a minha alegria, quer também o meu perdão?...

– Quero – atalhou Chico Luís com força. – Você é homem de honra, é homem de bem, eu também sou. Da conversa de hoje é que vai sair o futuro da mulher que nós dois amamos, da mulher que ainda ama a você, Ventura, mas que me pertence a *mim*. Eu falo aos seus sentimentos. Aqui lhe peço de joelhos...

– Não, não!

– Perdão, perdão. Eu quero ou morrer de sua mão, ou que você me dê o seu perdão. Nossa Senhora abrande o seu coração... Tem pena de minha mulher, tem pena de meu filho!...

E Chico Luís, no meio da estrada, se atirou de joelhos aos pés de Juca Ventura, mas com tanta dignidade que ninguém havia de ver naquele ato não uma baixeza ou medo, mas uma *mensagem* à desgraça do tropeiro.

– Levante-se, homem – disse enfim com muita pausa Ventura. – Eu... vou pensar.

E, depois de novo silêncio, acrescentou com esforço.

– Se... amanhã eu... aparecer na... sua casa... então... é sinal que... para mim... o passado, passado. Se... eu não for lá... é que parti para nunca... mais ouvir falar... em Uberaba... e na gente que aqui mora.

E, acenando a mão, sumiu-se, sem dizer mais palavra, na escuridão da noite...

No dia seguinte Juca Ventura fez às claras a sua entrada na cidade de Uberaba.

Isso foi um alarme nunca visto, e pelo ar com que todos olhavam para ele, conhecia que era a pura verdade tudo o que Chico Luís lhe tinha dito. Pareciam encarar alguém que saía da cova para fazer coisas do arco da velha.

Tudo botava uns olhos arregalados e espantadiços. Muitas velhas já faziam cruzes pelo que ia suceder sem falta, e alguns que muito à toa tinham raiva do português só porque os negócios lhe corriam bem, lá no coração sentiam certa alegria, apesar de estarem a dizer por toda a parte que o delegado de polícia devia estar alerta se não quisesse ver uma desgraça feia.

Os modos de Ventura puseram os bisbilhoteiros de queixo caído. Começou a falar que já sabia desde muito que a Babita tinha se casado, mas que não se admirava disso, porque tinha corrido a *rodela* de sua morte, e mais isto e mais aquilo e tanta coisa com sossego tão grande que não se sabia o que pensar se era disfarce ou não.

Mais ainda cresceu o espanto, quando, depois do furriel ter-se apresentado, como militar, às autoridades que o receberam muito bem, o abraçaram e o fizeram sentar, foi ele com sol alto para a porta do emboaba.

Chico Luís estava então no balcão de sua loja de negócio, e nem de propósito, a casa estava cheia de freguesia que nada lhe comprava, é preciso notar.

Juca Ventura *desapeou* meio branco. O outro ficou um tanto amarelo, mas se adiantou a encontrar quem vinha entrando.

– Seja louvado Nosso Senhor Jesus Cristo que o traz a esta casa – disse o portuga, estendendo a mão.

O tropeiro mal a tocou.

– Para sempre seja louvado – respondeu pausado e muito sério.

E acrescentou:

– Eu venho visitar a sua família, d. Cula e a filha dela.

Houve um silêncio grande.

Chico Luís desviou o corpo, e apontando para dentro:

– Pode entrar – disse. – Esta casa lhe pertence. A minha sogra e a minha mulher hão de ver com gosto um conhecido antigo e amigo.

E deixou que Juca Ventura entrasse sozinho.

Na salinha junto à loja estavam d. Cula e ao lado Babita, a bela e corada Babita, com o filhinho no colo, como se fosse bandeira de misericórdia.

Ventura ficou de pé, branco como cera. As duas mulheres, que de tudo sabiam, tinham os olhos pregados no chão e choravam sem fazer barulho.

– Bons... dias... minhas... senhoras – saudou o tropeiro parando em cada palavra.

Ninguém lhe respondeu.

– D. Cula – disse de repente Ventura –, eu perdoo a vocês todos... No meu coração só guardo uma coisa: é tristeza para sempre.

Babita deu um soluço de desespero.

Ventura chegou-se para ela.

Baixinho, mas com muita doçura, lhe perguntou:

– E você é feliz?

– Chico... Luís... é... o... pai do meu filho.

– Babita, d. Cula – disse por fim o tropeiro –, não fiquem me querendo mal... Adeus, adeus!

As duas coitadas abaixaram a cabeça e choraram até não poder mais.

Já então Juca havia saído e, ao despedir-se do português, lhe apertou uma outra vez a mão.

*

Dois meses depois o tropeiro tinha tornado a tomar o emprego do outro tempo, mas já não era o mesmo de *dantes*. Calado sempre, só achava gosto no trabalho.

A ninguém mais contava histórias, a ninguém fazia festas e mostrava amizade. Não se metia com pessoa alguma, nem queria que se metessem com a vida dele.

Uma vez, porém, saiu do sério.

Desafiado por um camarada, que tanto tinha de forte como de malcriado, e que se lembrou de falar da Babita, foi acima dele e lhe deu tanta pancada que por pouco não o mandou para o outro mundo.

Desde esse dia, não há quem se lembre de mexer com Juca Ventura.

Uma só coisa ainda lhe agrada um tanto: é cantar alto quando vai tocando o seu lote de bestas, mas essas mesmas cantorias são tão tristes que a gente vê bem claro que alguma coisa o está consumindo e minando por dentro.

Longes terras viajei
Padeci muito na vida.
E o Deus de compaixão
Não me quer findar a lida.

Faço força para ter
Paciência, meu senhor:
Mas debalde aperto o peito
Através rompe-me a dor.

Coração, meu coração,
À razão por que não cedes?
Se não há poder no mundo
Que te dê o que tu pedes...

Por que, pois, tanto afligir?
Palpitar com violência?
O destino já falou
E foi fala sem clemência.

Golpes duros contra mim
Desfechou sorte perjura,
Mas cruel, deixou-me o nome,
por chacota, de Ventura.

Sim, ventura hei de enfim ter
Quando a morte aparecer.
Sim, ventura sentirei,
Quando me sentir morrer.

Inglês de Sousa

ACAUÃ

O capitão Jerônimo Ferreira, morador da antiga vila de S. João Batista de Faro, voltava de uma caçada a que fora para distrair-se do profundo pesar causado pela morte da mulher, que o deixara subitamente só com uma filhinha de dois anos de idade.

Perdida a calma habitual de velho caçador, Jerônimo Ferreira transviou-se e só conseguiu chegar às vizinhanças da vila quando já era noite fechada.

Felizmente, a sua habitação era a primeira, ao entrar na povoação pelo lado de cima, por onde vinha caminhando, e por isso não o impressionaram muito o silêncio e a solidão que a modo se tornavam mais profundos à medida que se aproximava da vila. Ele já estava habituado à melancolia de Faro, talvez o mais triste e abandonado dos povoados do vale do Amazonas, posto que se mire nas águas do Nhamundá, o mais belo curso d'água de toda a região. Faro é sempre deserta. A menos que não seja algum dia de festa, em que a gente das vizinhas fazendas venha ao povoado, quase não se encontra viva alma nas ruas. Mas se isso acontece à luz do sol, às horas de trabalho e de passeio, à noite a solidão aumenta. As ruas, quando não sai a lua, são de uma escuridão pavorosa. Desde as sete horas da tarde, só se ouve na povoação o pio agoureiro do murucututu ou o lúgubre uivar de algum cão vagabundo, apostando queixumes com as águas múrmuras do rio.

Fecham-se todas as portas. Recolhem-se todos, com um terror vago e incerto que procuram esconjurar, invocando:

– Jesus, Maria, José!

Vinha, pois, caminhando o capitão Jerônimo a solitária estrada, pensando no bom agasalho da sua fresca rede de algodão trançado e lastimando-se de não chegar a tempo de encontrar o sorriso encantador da filha, que já estaria dormindo. Da caçada nada trazia, fora um dia infeliz, nada pudera encontrar, nem ave nem bicho, e ainda em cima perdera-se e chegava tarde, faminto e cansado. Também quem lhe mandara sair à caça em sexta-feira? Sim, era uma sexta-feira, e, quando depois de uma noite de insônia se resolvera a tomar a espingarda e a partir para a caça, não se lembrara que estava num dia por todos conhecido como aziago, e especialmente temido em Faro, sobre que pesa o fado de terríveis malefícios.

Com esses pensamentos, o capitão começou a achar o caminho muito comprido, por lhe parecer que já havia muito passara o marco da jurisdição da vila. Levantou os olhos para o céu a ver se se orientava pelas estrelas sobre o tempo decorrido. Mas não viu estrelas. Tendo andado muito tempo por baixo de arvoredo, não notara que o tempo se transtornava e achou-se de repente numa dessas terríveis noites do Amazonas, em que o céu parece ameaçar a terra com todo o furor da sua cólera divina.

Súbito, o clarão vivo de um relâmpago, rasgando o céu, mostrou ao caçador que se achava a pequena distância da vila, cujas casas, caiadas de branco, lhe apareceram numa visão efêmera. Mas pareceu-lhe que errara de novo o caminho, pois não vira a sua casinha abençoada, que devia ser a primeira a avistar. Com poucos passos mais, achou-se numa rua, mas não era a sua. Parou e pôs o ouvido à escuta, abrindo também os olhos para não perder a orientação de um novo relâmpago.

Nenhuma voz humana se fazia ouvir em toda a vila; nenhuma luz se via; nada que indicasse a existência de um ser vivente em toda a redondeza. Faro parecia morta.

Trovões furibundos começaram a atroar os ares. Relâmpagos amiudavam-se, inundando de luz rápida e viva as matas e os grupos de habitações, que logo depois ficavam mais sombrios.

Raios caíram com fragor enorme, prostrando cedros grandes, velhos de cem anos. O capitão Jerônimo não podia mais dar um passo, nem já sabia onde estava. Mas tudo isso não era nada. Do fundo do rio, das profundezas da lagoa formada pelo Nhamundá, levantava-se um ruído que foi crescendo, crescendo e se tornou um clamor horrível, insano, uma voz sem nome que dominava todos os ruídos da tempestade. Era um clamor só comparável ao brado imenso que hão de soltar os condenados no dia do Juízo Final.

Os cabelos do capitão Ferreira puseram-se de pé e duros como estacas. Ele bem sabia o que aquilo era. Aquela voz era a voz da cobra grande, da colossal sucuriju, que reside no fundo dos rios e dos lagos. Eram os lamentos do monstro em laborioso parto.

O capitão levou a mão à testa para benzer-se, mas os dedos trêmulos de medo não conseguiram fazer o sinal da cruz. Invocando o santo do seu nome, Jerônimo Ferreira deitou a correr na direção em que supunha dever estar a sua desejada casa. Mas a voz, a terrível voz aumentava de volume. Cresceu mais, cresceu tanto afinal, que os ouvidos do capitão zumbiram, tremeram-lhe as pernas e caiu no limiar de uma porta.

Com a queda, espantou um grande pássaro escuro que ali parecia pousado, e que voou cantando:

– Acauã, acauã!

Muito tempo esteve o capitão caído sem sentidos. Quando tornou a si, a noite estava ainda escura, mas a tempestade cessara. Um silêncio tumular reinava. Jerônimo, procurando orientar-se, olhou para a lagoa, e viu que a superfície das águas tinha um brilho estranho, como se a tivessem untado de fósforo. Deixou errar o olhar sobre a toalha do rio, e um objeto estranho, afetando a forma de uma canoa, chamou-lhe a atenção. O objeto vinha impelido por uma força desconhecida em direção à praia para o lado em que se achava Jerônimo. Este, tomado de uma curiosidade invencível, adiantou-se, meteu os pés na água e puxou para si o estranho objeto. Era com efeito uma pequena canoa, e no fundo dela estava uma criança que parecia dormir. O capitão tomou-a nos braços. Nesse momento, rompeu o sol por entre os animais de uma ilha vizinha, cantaram os galos da vila, ladraram os cães, correu rápido o rio, perdendo o brilho desusado. Abriram-se algumas portas. À luz da manhã, o capitão Jerônimo Ferreira reconheceu que caíra desmaiado justamente no limiar da sua casa.

No dia seguinte, toda a vila de Faro dizia que o capitão adotara uma linda criança, achada à beira do rio e que se dispunha a criá-la, como própria, conjuntamente com a sua legítima Aninha.

Tratada efetivamente como filha da casa, cresceu a estranha criança, que foi batizada com o nome de Vitória.

Educada da mesma forma que Aninha, participava da mesa, dos carinhos e afagos do capitão, esquecido do modo por que a recebera.

Eram ambas moças bonitas aos quatorze anos, mas tinham tipo diferente.

Ana fora uma criança robusta e sã, era agora franzina e pálida. Os anelados cabelos castanhos caíam-lhe sobre as alvas e magras espáduas. Os olhos tinham uma languidez doentia. A boca andava sempre contraída, numa constante vontade de chorar. Raras rugas divisavam-se-lhe nos cantos da boca e na fronte baixa, algum tanto cavada. Sem que nunca a tivessem visto verter uma lágrima, Aninha tinha um ar tristonho, que a todos impressionava, e se ia tornando cada dia mais visível.

Na vila, dizia toda a gente:

– Como está magra e abatida a Aninha Ferreira que prometia ser robusta e alegre!

Vitória era alta e magra, de compleição forte, com músculos de aço. A tez era morena, quase escura, as sobrancelhas negras e arqueadas; o queixo fino e pontudo, as narinas dilatadas, os olhos negros, rasgados, de um brilho estranho.

Apesar da incontestável formosura, tinha alguma coisa de masculino nas feições e nos modos. A boca, ornada de magníficos dentes, tinha um sorriso de gelo. Fitava com arrogância os homens até obrigá-los a baixar os olhos.

As duas companheiras afetavam a maior intimidade e ternura recíproca, mas o observador atento notaria que Aninha evitava a companhia da outra, ao passo que esta a não deixava. A filha do Jerônimo era meiga para com a companheira, mas havia nessa meiguice um certo acanhamento, uma espécie de sofrimento, uma repulsão, alguma coisa como um terror vago, quando a outra cravava-lhe nos olhos dúbios e amortecidos os seus grandes olhos negros.

Nas relações de todos os dias, a voz da filha da casa era mal segura e trêmula; a de Vitória, áspera e dura. Aninha, ao pé de Vitória, parecia uma escrava junto da senhora.

Tudo, porém, correu sem novidade, até ao dia em que completaram quinze anos, pois se dizia que eram da mesma idade. Desse dia em diante, Jerônimo Ferreira começou a notar que a sua filha adotiva ausentava-se da casa frequentemente, em horas impróprias e suspeitas, sem nunca querer dizer por onde andava. Ao mesmo tempo que isso sucedia, Aninha ficava mais fraca e abatida. Não falava, não sorria, dois círculos arroxeados salientavam-lhe a morbidez dos grandes olhos pardos. Uma espécie de cansaço geral dos órgãos parecia que lhe ia tirando pouco a pouco a energia da vida.

Quando o pai chegava-se a ela e lhe perguntava carinhosamente:

– Que tens, Aninha?

A menina, olhando assustada para os cantos, respondia em voz cortada de soluços:

– Nada, papai.

A outra, quando Jerônimo a repreendia pelas inexplicáveis ausências, dizia com altivez e pronunciado desdém:

– E que tem vosmecê com isso?

Em julho desse mesmo ano, o filho de um fazendeiro do Salé, que viera passar o S. João em Faro, enamorou-se da filha de Jerônimo e pediu-a em casamento. O rapaz era bem-apessoado, tinha alguma coisa de seu e gozava de reputação de sério. Pai e filha anuíram gostosamente ao pedido e trataram dos preparativos do noivado. Um vago sorriso iluminava as feições delicadas de Aninha. Mas um dia que o capitão Jerônimo fumava tranquilamente o seu cigarro de tauari à porta da rua, olhando para as águas serenas do Nhamundá, a Aninha veio se aproximando dele a passos trôpegos, hesitante e trêmula, e, como se cedesse a uma ordem irresistível, disse, balbuciando, que não queria mais casar.

– Por quê? – foi a palavra que veio naturalmente aos lábios do pai, tomado de surpresa.

Por nada, porque não queria. E, juntando as mãos, a pobre menina pediu com tal expressão de sentimento, que o pai, enleado, confuso, dolorosamente agitado por um pressentimento negro, aquiesceu, vivamente contrariado.

– Pois não falemos mais nisso.

Em Faro, não se falou em outra coisa durante muito tempo, senão na inconstância da Aninha Ferreira. Somente Vitória nada dizia. O fazendeiro do Salé voltou para as suas terras, prometendo vingar-se da desfeita que lhe haviam feito.

E a desconhecida moléstia da Aninha se agravava, a ponto de impressionar seriamente o capitão Jerônimo e toda a gente da vila.

"Aquilo é paixão recalcada", diziam alguns. Mas a opinião mais aceita era que a filha do Ferreira estava enfeitiçada.

No ano seguinte, o coletor apresentou-se pretendente à filha do abastado Jerônimo Ferreira.

– Olhe, seu Ribeirinho, disse-lhe o capitão, é se ela muito bem quiser, porque não a quero obrigar. Mas eu já lhe dou uma resposta nesta meia hora.

Foi ter com a filha e achou-a nas melhores disposições para o casamento. Mandou chamar o coletor, que se retirara discretamente, e disse-lhe muito contente:

– Toque lá, seu Ribeirinho, é negócio arranjado.

Mas, daí alguns dias, Aninha foi dizer ao pai que não queria casar com o Ribeirinho.

O pai deu um pulo da rede em que se deitara havia minutos para dormir a sesta.

– Temos tolice?

E como a moça dissesse que nada era, nada tinha, mas não queria casar, terminou em voz de quem manda:

– Pois agora há de casar que o quero eu.

Aninha foi para o seu quarto e lá ficou encerrada até ao dia do casamento, sem que nem pedidos nem ameaças a obrigassem a sair.

Entretanto, a agitação de Vitória era extrema.

Entrava a todo o momento no quarto da companheira e saía logo depois com as feições contraídas pela ira.

Ausentava-se da casa durante muitas horas, metia-se pelos matos, dando gargalhadas que assustavam os passarinhos. Já não dirigia a palavra a seu protetor nem a pessoa alguma da casa.

Chegou, porém, o dia da celebração do casamento. Os noivos, acompanhados pelo capitão, pelos padrinhos e por quase toda a população da vila, dirigiram-se para a matriz. Notava-se com espanto a ausência da irmã adotiva da noiva. Desaparecera, e, por maiores que fossem os esforços tentados para a encontrar, não lhe puderam descobrir o paradeiro. Toda a gente indagava, surpresa:

– Onde estará Vitória?

– Como não vem assistir ao casamento da Aninha?

O capitão franzia o sobrolho, mas a filha parecia aliviada e contente.

Afinal, como ia ficando tarde, o cortejo penetrou na matriz, e deu-se começo à cerimônia.

Mas eis que, na ocasião em que o vigário lhe perguntava se casava por seu gosto, a noiva põe-se a tremer como varas verdes, com o olhar fixo na porta lateral da sacristia.

O pai, ansioso, acompanhou a direção daquele olhar e ficou com o coração do tamanho de um grão de milho.

De pé, à porta da sacristia, hirta como uma defunta, com uma cabeleira feita de cobras, com as narinas dilatadas e a tez verde-negra, Vitória, a sua filha adotiva, fixava em Aninha um olhar horrível, olhar de demônio, olhar frio que parecia querer pregá-la imóvel no chão. A boca entreaberta mostrava a língua fina, bipartida como língua de serpente. Um leve fumo azulado saía-lhe da boca, e ia subindo até ao teto da igreja. Era um espetáculo sem nome!

Aninha soltou um grito de agonia e caiu com estrondo sobre os degraus do altar. Uma confusão fez-se entre os assistentes. Todos queriam acudir-lhe, mas não sabiam o que fazer. Só o capitão Jerônimo, em cuja memória aparecia de súbito a lembrança da noite em que encontrara a estranha criança, não podia despegar os olhos da pessoa de Vitória, até que esta, dando um horrível brado, desapareceu, sem se saber como.

Voltou-se então para a filha e uma comoção profunda abalou-lhe o coração. A pobre noiva, toda vestida de branco, deitada sobre os degraus do altar-mor, estava hirta e pálida. Dois grandes fios de lágrimas, como contas de um colar desfeito, corriam-lhe pela face. E ela nunca chorara, nunca desde que nascera se lhe vira uma lágrima nos olhos!

– Lágrimas! – exclamou o capitão, ajoelhando aos pés da filha.

– Lágrimas! – clamou a multidão tomada de espanto.

Então convulsões terríveis se apoderaram do corpo de Aninha. Retorcia-se como se fora de borracha. O seio agitava-se dolorosamente. Os dentes rangiam em fúria. Arrancava com as mãos os lindos cabelos. Os pés batiam no soalho. Os olhos reviravam-se nas órbitas, escondendo a pupila. Toda ela se maltratava, rolando como uma frenética, uivando dolorosamente.

Todos os que assistiam a esta cena estavam comovidos. O pai, debruçado sobre o corpo da filha, chorava como uma criança.

De repente, a moça pareceu sossegar um pouco, mas não foi senão o princípio de uma nova crise. Inteiriçou-se. Ficou imóvel. Encolheu depois os braços, dobrou-os a modo de asas de pássaro, bateu-os por vezes nas ilhargas, e, entreabrindo a boca, deixou sair um longo grito que nada tinha de humano, um grito que ecoou lugubremente pela igreja:

– Acauã!

– Jesus! – bradaram todos caindo de joelhos.

E a moça, cerrando os olhos como em êxtase, com o corpo imóvel, à exceção dos braços, continuou aquele canto lúgubre:

– Acauã! Acauã!

Por cima do telhado, uma voz respondeu à de Aninha:

– Acauã! Acauã!

Um silêncio tumular reinou entre os assistentes. Todos compreendiam a horrível desgraça.

Era o Acauã!

O GADO DO VALHA-ME-DEUS

Sim, para além da grande serra do Valha-me-Deus, há muito gado perdido nos campos que, tenho para mim, se estendem desde o Rio Branco até às bocas do Amazonas! Já houve quem o visse nos campos que ficam para lá da margem esquerda do Trombetas, de que nos deu a primeira notícia o padre Nicolino, coisa de que alguns ainda duvidam, mas todos entendem que, a existir tal gado, nessas paragens, são reses fugidas das fazendas nacionais do Rio Branco. Cá o tio Domingos tem outra ideia, e não é nenhuma maluquice dos seus setenta anos puxados até o dia de S. Bartolomeu, que é isso a causa de todos os meus pecados, ainda que mal discorra; tanto que, se querem saber a razão desta minha teima, lá vai a história tão certa como se ela passou, que nem contada em letra de forma ou pregada do púlpito, salvo seja, em dia de sexta-feira maior. O tio Domingos Espalha chegou à casa dos setenta sem que jamais as unhas lhe criassem pintas brancas, e os dentes lhe caíram todos sem nunca haverem mastigado um carapetão, isso o digo sem medo de que traste nenhum se atreva a chimpar-me o contrário na lata.

Pois foi, já lá vão bons quarenta anos ou talvez quarenta e cinco, que nisto de contagem de anos não sou nenhum sábio da Grécia, tinha morrido de fresco o defunto padre Geraldo, que Deus haja na sua santa glória, e cá na terra foi o dono da fazenda Paraíso, em Faro, e possuía também os campos do Jamari, onde bem bons tucumãs-açu eu comi no tempo em que ainda tinha mobília na sala, ou, salvo seja, dentes esta boca que nunca mentiu, e que a terra fria há de comer.

Padre Geraldo fez no seu testamento uma deixa da fazenda ao Amaro Pais que levava toda a vida de pagode em Faro, e aqui em Óbidos, e nunca pôde contar as milhares de cabeças que o defunto padre havia criado no Paraíso, e que passavam pelas mais gordas e pesadas de toda esta redondeza.

Não que o visse, não senhores, eu não vi; mas todos gabavam o asseio com que o padre criava aquele gado, que era mesmo a menina dos seus olhos, a ponto de passar quinze anos de sua vida sem comer carne fresca, por não ter ânimo de mandar sangrar uma rês. Quando fui contratado para a fazenda, já o defunto havia dado a alma a Deus por causa de umas friagens que apanhara embarcado, e de que lhe nascera um pão de frio, bem por baixo das costelas direitas, não havendo lambedor nem mezinha que lhe valesse, porque, enfim, já chegara a sua hora, lá isso é que é verdade.

Havia um ano que a fazenda Paraíso estava, por assim dizer, abandonada, porque o Amaro nunca lá aparecia, senão para se divertir, atirando ao gado, como quem atira a onças e fazendo-se valente na caçada dos pobres bois, criaturas de Deus, que a ninguém ofendem, porque, enfim, isso lá de uma pequena marrada de vez em quando é para se defenderem e experimentarem o peito do vaqueiro, porque o boi sempre é animalzinho que embirra com gente maricas. As proezas do Amaro Pais tinham feito embravecer o gado, que, por fim, já ninguém era capaz de o levar para a malhada e ainda menos de o meter no curral, o que era pena para um gadinho tão amimado pelo padre Geraldo, um verdadeiro rebanho de carneiros pela mansidão, que era mesmo de se lavar com um bochecho para não dizer mais, e a alma do padre lá em cima havia de estar se mordendo de zanga, vendo as suas reses postas naquele estado pelo estrompa do herdeiro, que fazia dor de coração.

Não pensem que eu agora digo isto para me gabar, pois quem pensar o contrário não tem mais do que perguntar aos moleques do meu tempo a razão por que me deram o apelido de Domingos Espalha, que era porque nenhum vaqueiro da terra, do Rio Grande, ou de Caiena me aguentava no repuxo da vaqueação; eu era molecote ainda, mas, quando se tratava de alguma fera difícil, era o Domingos Espalha que se ia buscar onde estivesse, porque ninguém melhor do que ele conhecia as manhas do gadinho, e segurava-se melhor na sela sem estribos nem esporas, à moda da minha terra, de onde vim pequeno, mas já entendido nestes assados.

Pois para a festa de S. João, que o Amaro Pais ia passar na vila, queria ele uma vaca bem gorda para comer, e me incumbiu a mim e ao Chico Pitanga de tomarmos conta da fazenda, assinalar o gado orelhudo e remeter a vaca a tempo de chegar descansada nas vésperas da festa, o que me parecia a mim que era a tarefa mais à toa de que me encarregara até então, embora os outros vaqueiros me dissessem que havia de perder o meu *latim* com o tal gadinho de uma figa.

O Chico Pitanga e eu entramos na *montaria*, levando um par de cordas de couro feitas por mim mesmo com corredeiras de ferro, um paneiro de farinha e um frasco de cachaça da boa, feita de farinha de mandioca, que era de queimar as goelas e consolar a um filho de Deus.

Abicamos ao porto do Paraíso às seis horas da tarde, recolhemo-nos à casa por ser já tarde para procurar o gado, que, entretanto, ouvíamos mugir a pequena distância, e parecia estar encoberto por um capão de mato. Fizemos a nossa janta de pirarucu assado e farinha, não mostramos cara feia à aguardente de beiju e ferramos num bom sono toda a noite até que pela madrugadinha saímos em busca do gado, montando em pelo dois cavalos da fazenda que encontramos pastando perto do curral. Qual gado, nem pera gado! Batemos tudo em roda, caminhamos todo o santo dia, e eu já dizia para o Chico Pitanga que a fama do Espalha tinha espalhado a boiama, quando lá pelo cair da tarde fomos parar à ilha da Pacova-Sororoca, que fica bem no meio do campo, a umas duas léguas da casa-grande. Bonita ilha, sim, senhores, é mesmo de alegrar a gente aquele imenso pacoval no meio do campo baixo, que parece um enfeite que Deus Nosso Senhor botou ali para se não dizer que quis fazer campo, campo e mais nada. Bonita ilha, sim, senhores, porém muito mais bonita era a vaca que lá encontramos, deitada debaixo de uma árvore, mastigando, olhando pra gente muito senhora de si, sem se afligir com a nossa presença, parecia uma rainha no seu palácio, tomando conta daquela ilha toda, com um jeito bonzinho de quem gosta de receber uma visita e tem prazer em que a visita se assente debaixo da mesma árvore, goze da mesma sombra e descanse como está descansando. Não, senhores, não tinha nada de gado bravo a tal vaquinha, grande, gorda, roliça de fazer sela, negra da cor da noite, com um ar de tão boa carne que o diacho do Chico Pitanga ficou logo de água na boca, e vai não vai prepara laço para lhe botar nos madeiros, com perdão da palavra. Me bateu uma pancada no coração, dura como acapu, de não sei que me parecia ofender aquela vaca tão gorda e lisa, que ali estava tão a seu gosto, querendo meter a gente no coração com os olhos brandos e amigos, sem cerimônia nenhuma e muito senhora de si, e disse pro Chico que aquilo era uma vergonha pra mim ser mandado como vaqueiro mais sacudido a amansar aquele gado bravo, e por fim de contas segurar a primeira vaca maninha que encontrava, como qualquer curumim sem prática da arte; mas o tinhoso falou na alma de meu companheiro que, sem mais aquela, atirou o laço e segurou os cornos da vaca. Ela, coitadinha, se empinou toda, deixando ver o peito branco, com umas tetinhas de moça, palavra de honra! E eu, pra não parecer que receava o lance, botei-lhe a minha corda também. Olhem que corda tecida por mim é dura de arrebentar, pois arrebentaram ambas como se fossem linha de coser, só com um puxão que a tal vaquinha lhe deu, e vai senão quando, com a força, cai a vaca no chão e fica espichada que nem um defunto.

Cá pra mim, que conheço as manhas do povo com que lido, disse logo que aquilo era fingimento, e botei-me pra ela pra a sujeitar pelos chifres, que para isso pulso tinha eu, não é por me gabar. Mas qual fingimento nem meio fingimento! A vaca estava morta e bem morta, como se a queda lhe tivesse arrebentado os bofes, apesar de eu a ter visto, havia tão pouco tempo, viva e sã, como nós aqui estamos, mal comparando, o que mostra que o homem não é nada neste mundo.

Mas era tão nova a morte, e havia já mais de uma semana que não comíamos senão pirarucu seco, que aquela gordura toda me fez ferver o sangue, me deu uma fome de carne fresca, que parecia que já tinha o sal na boca, da baba que me caía pelos beiços abaixo; trepei em cima da vaca e sangrei-a na veia do pescoço, e logo o Chico Pitanga lhe furou a barriga, rasgando-a dos peitos até as maminhas, com perdão de vosmecês. O diacho da vaca, dando um estouro, arrebentou como uma bexiga cheia de vento, e em vez de aparecer a carne fresca, era espuma e mais espuma, uma espuma branca como algodão em rama, que saía da barriga, dos peitos, dos quartos, do lombo, de toda parte enfim, pois que a vaca não era senão ossos, espuma e couro por fora, e acabou-se; e logo (me disse depois o Chico Pitanga) o demônio da rês começou a escorrer choro pelos olhos, como se lhe doesse muito aquela nossa ingratidão.

Largamos a rês no campo e, como já se ia fazendo tarde, voltamos de corrida para casa, onde dormimos sabe Deus como, sem cear, é verdade, porque a malvada espuma me tinha revirado as tripas que tudo me fedia.

Mal veio a madrugada, fomos caminho da ilha da Pacova-Sororoca, à procura da vacada, levando cada um o seu saquinho cheio de farinha d'água, e outro de sal, para a demora que houvesse, e vimos uma grande batida de gado, em roda do lugar onde havíamos deixado na véspera o corpo da vaca preta, mostrando que eram talvez para cima de cinco mil cabeças, mas não achamos uma só rês, nem mesmo a tal vaquinha assassinada por nós.

Me ferveu o sangue, e eu disse para o Chico Pitanga:

– Isto também já é demais. Ou eu hei de encontrar os diachos das reses, ou não me chame Domingos Espalha.

E botamo-nos no campo, busca daqui, bate de lá, vira dali, corre pra cá, até que pela volta do meio-dia descobrimos o rasto, uma imensa batida, com as pegadas no chão, que se estava vendo que o gado passara ali naquele instantinho, e tivemos certeza de que eram mais de cinco mil cabeças, pois a estrada era larga como o Amazonas aqui defronte, e as pegadas unidas miúdo, miúdo, de gado muito apertado que foge a toda pressa, com os cornos no rabo uns dos outros; e vosmecês desculpem esta minha franqueza, que eu nunca andei na escola. A batida ia direito, direito para o centro das terras, e vai o Chico Pitanga disse:

"Seu Espalha, a bicharia passou ainda agorinha". E nos botamos a toda a brida, seguindo o rasto, sempre vendo sinais certos da passagem da vacada, mas sem encontrar viv'alma, no caminho.

Já estávamos cansados da vida, mais mortos do que outra coisa, nos apeamos e sentamos à beira do Igarapé dos Macacos para nos refrescarmos com um pouco de chibé. Vinha caindo a noite, e do outro lado do Igarapé, no meio de um capinzal de dez palmos de altura, ouvíamos mugir o gado, tão certo como estarem vosmecês me ouvindo a mim, com a diferença que nós tivemos um alegrão e tratamos de dormir depressa para acordarmos cedo, bem cedinho, e irmos cercar os bois do Amaro Pais que daquela feita não nos haviam de escapar, ainda que tivesse eu de botar os bofes pela boca fora, ficando estirado ali no meio do campo.

Eu nunca na minha vida passei nem hei de passar, com perdão de Deus, uma noite tão feia como aquela! Começou a chover uma chuvinha miúda, que não tardou em varar as folhas dos ingazeiros que nos cobriam, de forma que era o mesmo que estarmos na rua; os pingos d'água, rufando no arvoredo, caíam duros e frios nas nossas roupas já úmidas de suor, e punham-nos a bater queixo, como se tivéssemos sezões; logo, logo começou a boiada a uivar, *paresque* chorando a morte da maninha, que fazia um berreiro dos meus pecados, com a diferença que era um choro que parecia de gente humana, e nos dava cada sacudidela no estômago que só por vergonha não solucei, ao passo que o maricas do Chico Pitanga chorava como um bezerro, que metia dó. Aquilo estava bem claro que a vaca preta era a mãe do rebanho, e, como nós a tínhamos assassinado, havíamos de aguentar toda aquela choradeira.

Por maior castigo ainda, os cavalos pegaram medo daquele barulho, romperam as cordas e fugiram tão atordoados que nos deram grande canseira para os agarrar, e nisso levamos a noite toda, sem pregar olho nem descansar um bocado. Quando vinha vindo a madrugada, passamos o Igarapé dos Macacos e entramos no capinzal, que era a primeira vez que avistávamos aquelas paragens, que já nem sabíamos a quantas léguas estávamos da fazenda Paraíso, navegando naquele sertão central. Era um campo muito grande, que se estendia a perder de vista, quase despido de árvores, distanciando-se apenas de longe em longe no meio do capinzal verde as folhas brancas das embaúbas, balançadas pelo vento para refrescar a gente no meio daquela soalheira terrível, capaz de assar um frango vivo.

Vimos perfeitamente o lugar onde o gado passara a noite, um grande largo, com o capim todo machucado, mas nem uma cabecinha pra remédio! Já tinham os diachos seguido seu caminho, sempre deixando atrás de si uma rua larga, aberta no capinzal, em direção à serra do Valha-me-Deus, que depois de duas horas de viagem começamos a ver muito ao longe, espetando no céu as suas pontas azuis. Galopamos, galopamos atrás deles, mas qual gado, nem pera gado, só víamos diante da cara dos cavalos aquele imenso mar de capim com as pontas torradas por um sol de brasa, parecendo sujas de sangue, e no fundo a serra do Valha-me-Deus, que parecia fugir de nós a toda pressa. Ainda dormimos aquela noite no campo, a outra e a outra, sempre seguindo durante o dia as pegadas dos bois, e ouvindo à noite a grande choradeira que faziam a alguns passos de distância de nós, mas sem nunca lhes pormos a vista em cima, nem um bezerro desgarrado, nem uma vaquinha preguiçosa! Eu já estava mesmo levado da carepa, anojado, triste, desesperado da vida, cansado na alma de ouvir aquela prantina desenfreada todas as noites, sem me deixar pregar o olho, e o Chico Pitanga cada vez mais pateta, dizendo que aquilo era castigo por termos assassinado a mãe do gado; ambos com fome, já não podíamos mover os braços e as pernas, galopando, galopando por cima do rasto da boiada, e nada de vermos coisa que parecesse com boi nem vaca, e só campo e céu, céu e campo, e de vez em quando bandos e bandos de marrecas, colhereiras, nambus, maguaris, garças, tuiuiús, guarás, carões, gaivotas, maçaricos e arapapás que levantavam o voo debaixo das patas dos cavalos, soltando gritos agudos, verdadeiras gargalhadas por se estarem rindo do nosso vexame lá na sua língua deles. E os cavalos, cansados, trocando a andadura, e nós com pena deles, a farinha acabada, de pirarucu nem uma isca, sem arma para atirar aos pássaros, nem vontade para isso, sem uma pinga de aguardente, sem uma rodela de tabaco, e a batida do gado espichando diante de nós, cada vez mais comprida, para nunca mais acabar, até que uma tarde, já de todo sem coragem, fomos dar com os peitos bem na encosta da serra do Valha-me-Deus, onde nunca sonhei chegar, e bem raros são os que se têm atrevido a aproximar-se dela.

Mas o diacho das pegadas do gado subiam pela serra acima, trepavam em riba uma das outras até se perder de vista, por um caminho estreito que volteava no monte e parecia sem fim. Ali paramos, quando vimos aquele mundo da serra do Valha-me-Deus, que ninguém subiu até hoje, nos tapando o caminho, que era mesmo uma maldição; pois, se não fosse o diacho da serra, eu cumpriria a minha promessa, ainda que tivesse de largar a alma no campo.

Nunca vi cachorro mais danado do que eu fiquei. Voltamos para trás, moídos que nem mandioca puba em *tipiti*, curtindo oito dias de fome de farinha e sede de aguardente, até chegarmos à fazenda Paraíso, e só o que eu digo é que nunca encontrei gado que me desse tanta canseira.

Lúcio de Mendonça

O HÓSPEDE

A frau Sidonia Peretti

Ele aí está, que o diga o Oliveira, aquele rapagão de bigode loiro e olhar azul, que viajou como caixeiro de cobranças, *cometa*, e hoje é *repórter*. Por sinal que foi a última viagem de cobranças que fez, e de tão horrorizado mudou de vida e profissão. Foi ele mesmo quem me referiu o caso. Aqui o dou pelo custo, sem nada de meu.

* * *

Ao cair de uma tarde chuvosa de março, chegava o cobrador, extenuado e faminto, a uma vendola à beira da estrada, da longa estrada fastidiosa, pelos campos, que vai de Alfenas ao Machado, no sul de Minas.

Junto à venda havia a casa de morada, pequena, tosca e suja, de um velho casal português, que ali se fixara e vendia os produtos da pequena lavoura, cultivada nas suas terrinhas, e os furtos trazidos à noite pelos escravos da vizinhança.

Pousada, não era costume dar-se ali; Alfenas ficava a uma légua, e os donos da casa diziam despachadamente que aquilo não era hospedaria. Mas, com o Oliveira, o caso era especial; trazia já as suas oito léguas bem puxadas e uma fome de carrapato, e depois, com tanta carga d'água, não havia meio de continuar a viagem. Pediu pousada e ceia – pagando eu – acrescentou.

– Ceia, arranja-se-lhe – disse o Zé Manuel, o taverneiro velho –; lá a cama é que está mais difícil, que não recebemos hóspedes para dormir.

E com o olhar consultava a mulher, a mulheraça, anafada e pachorrenta, aboborada para dentro do balcão.

– Não, por isso não seja – opinou ela –; dá-se-lhe o quarto do Jequim...

– Bem lembrado – concordou o vendeiro –; temos ali assim um quarto agora desocupado, que é o do nosso rapaz, que anda por fora; lá para o Carmo do Rio Claro; tem cama e colchão, que é o preciso para dormir... Se lhe serve...

– Serve, serve – aceitou logo o Oliveira. – E deem-me alguma coisa que se coma; estou morto de fome!

Enquanto se punha a janta, desarreou a besta, guardou os arreios no quarto que lhe destinaram, contíguo à saleta da frente e com a janela para a estrada; levou o animal ao pasto, um pastinho fechado, muito perto; e voltou para cuidar de si.

Antes, porém, de sentar-se à mesa, onde já fumegava o feijão com couves e a canjiquinha, pediu que lhe trouxessem uma peneira.

– Uma peneira! ora essa!

– É cá para uma precisão!

Trouxeram-lha, e ele então sacou do bolso das calças um maço de dinheiro em papel, uma bolada de notas úmidas da chuva que apanhara, e estendeu pelo crivo da taquara as cédulas grandes, de duzentos, de cem, de cinquenta mil-réis, uma boa meia dúzia de contos. Passou a peneira para a ponta da mesa a que não chegava a toalha, e entrou a servir-se da ceia no prato de louça azul, com a colher de ferro.

Ao levar à boca uma colherada, surpreendeu à porta da saleta o olhar aceso com que lhe comiam o estendal das notas a velha portuguesa, que o servia, e o marido, que entrava com uma garrafa de vinho.

Tão cobiçoso era o olhar de ambos que coou na alma do rapaz um frio de medo e um clarão de pressentimento. Logo, ali mesmo, resolveu acautelar-se, arrependido da imprudência de ter mostrado tanto dinheiro.

Acabando de cear, declarou que muito cedo, ao romper do dia, seguia para Alfenas, e por isso deixava paga a hospedagem; deram-lhe a boa-noite, e recolheu, com uma vela de sebo, ao quarto de Joaquim. Mal se viu só, tratou de ajuntar as notas que espalhara na peneira, tornou a enfiá-las no bolso, e apenas a casa sossegou em silêncio, ali por volta da meia-noite, saltou pela janela, com os arreios e a mala à cabeça, foi ao pastinho fechado, selou a besta e tocou para a cidade, ao belo clarão da lua que despontava.

* * *

Nem bem se perdera ao longe o estrupido da besta que levava o cobrador quando novo tropel de animal soou no terreiro da venda: era outro cavaleiro que saltou do lombilho abaixo e em três tempos desarreou o cavalo em que veio e com um chupão dos beiços apinhados tocou-o para o campo.

– Diacho! minha janela aberta! – murmurou consigo. – Melhor! entro sem precisar bater e acordar os velhos a esta hora.

E, agarrando-se com o braço direito ao peitoril da janela, saltou para dentro, levando na outra mão o lombilho, o baixeiro e o freio, e logo tornou a fechar a janela, que o frio não era graça.

* * *

Alta madrugada, quando começava a amiudar o canto dos galos, dois vultos, cautelosos, sorrateiros, surdiram no interior da saleta da frente; um deles, o mais alto, impeliu de manso a porta apenas cerrada e penetrou no quarto. Da cama, ao fundo, ouvia-se a respiração compassada e forte de um bom sono ferrado. Aproximou-se o vulto, guiado pelo resfolegar do que dormia e pela tênue claridade que vinha da saleta, onde o outro vulto, agachado e trêmulo, sustentava e velava com a mão encarquilhada um candeeiro de azeite.

Súbito, no silêncio da habitação, soaram, soturnas, repetidas, machadadas rápidas, uma, duas, três, muitas, regulares a princípio, depois desatinadas.

– Anda! traze a luz! – estertorou uma voz estrangulada.

Entrou no quarto o outro vulto, a velha gorda, com a candeia acesa. Apenas a luz bateu na cama, numa horrível massa de roupas e carnes ensanguentadas, dois gritos sufocados misturaram o seu horror:

– O Jequim!!!

– O filho!! o meu rapaz!!!

* * *

Fora, na estrada deserta, voejavam os bacuraus, como almas penadas.

LUIZ DA SERRA

A meu irmão João de Mendonça

I

A serra do Sambê, que domina, de grande altura, a hoje cidade, então vila, do Rio Bonito, é das mais belas na admirável orografia fluminense; pela amplíssima encosta, grandes regaços de verdura abrigam casais, que alvejam à distância como pérolas esparsas no vestido da montanha; nem faltam, para simular fios de brilhantes, os veios de água cristalina que serpeiam pela espalda da giganta.

Ali se encontra, na quase inviolada expansão da natureza, o magnífico poema selvagem que é a mata virgem, arroubo inigualável do artista, sonho vivo em que os sentidos se entontecem na orquestra dos pássaros, dos insetos, dos ventos e das águas, na rica fragrância do hálito silvestre, na infinita variedade das cores, num enlevo religioso e extático, que tolhe a palavra e o próprio pensamento. Ali pompeiam ainda os gigantes de nossa flora estupenda, o jequitibá, rei da floresta, a garaúna, o tapinhoã, o cedro, a caneleira, a cangerana, a peroba, o vinhático, a ouracica, o jacarandá.

Ali revoam, cantam, passeiam, palpitam, adejam, devassam e animam todos os recessos da selva as aves mais queridas do caçador – o macuco, o jacu, a jacutinga, o tucano, o araçari, o uru, o inhambu, a juriti, o surupuá, a capaçorobà, a pomba-cabocla, o sabiá, o papagaio, o periquito, a rola. Ali, nas grandes árvores, que os festões de trepadeiras entrelaçam, as orquídeas, as catleias, o oncidium, a *lalia crispa* rósea, as bromélias, os catacetuns adornam suntuosamente a pasmosa catedral de verdura.

Ali, numa vivenda rústica, no viso da montanha, varrida dos ventos da altura, açoitada pelos temporais de inverno, requeimada pelos sóis de verão, toucada das névoas da manhã, coberta do infinito azul do meio-dia ou das amplas noites estreladas, nascera o Luiz da Serra. Quem lhe foram os pais, ninguém sabia; quando entrou a aparecer na vila, era já rapaz taludo, caçador feito, e de si não declarava mais que o curto nome de batismo: alcunhando-o de Luiz da Serra, o povo, com o talento pitoresco que é só dele, puseralhe verdadeiramente o nome de sua mãe.

Alto, magro, musculoso, ágil, muito moreno, feio e desconfiado, era Luiz, aos vinte anos que parecia ter, um caipira benquisto e respeitado, pela bravura tranquila raras vezes manifestada e sempre em defesa do mais fraco, pela sobriedade até em dias de festa, de mutirão e de cateretê, e pela taciturna bondade com que a todos atendia e era útil, proferindo apenas as palavras estritamente necessárias para se tornar compreendido.

O que deveras e de vez o tornou popular foi a briga com os ingleses por causa da onça. No alto da serra, junto ao lago da Mãe-d'água, na grande furna que também abre para a vertente de Braçanã, vivia, desde anos sem conta, uma onça legendária naqueles sítios; era conhecida como a amiga de Luiz da Serra, porque o caçador mais de uma vez a tinha defendido de outros caçadores, chegara a indenizar os lesados pelas depredações da fera nos chiqueiros e currais das fazendas circunvizinhas, e até, sabendo, um dia, que a onça estava doente – como sabia de tudo que se passava na serra –, levou-lhe à boca do covil potes d'água fresca e peças de caça morta. Pois uma madrugada subiram a serra dois rapazes ingleses, que vinham do Rio, informados por um negociante do lugar, expressamente para matar a onça. Luiz, que o percebeu, pelos cães que traziam, acompanhou-os a poucos passos de distância, pelo mato adentro; ao acercarem-se da lapa, os cães, que eram seis, de pelo eriçado, afitando as orelhas, amarraram; então, um dos caçadores, de *rifle* engatilhado, tocou-lhes com a ponta da bota nos quadris, impelindo-os; foi quando, rompendo o mato como um bicho, e com os olhos a fuzilar como os de fera, surgiu Luiz, adiantando o braço direito com tão poderosa intimativa que os caçadores estacaram.

– Essa onça não se mata! – rugiu, mais que disse.

– Mata-se a onça e quanto bicho do mato nos incomodar! – voltou-lhe um dos rapazes, logo que tornaram da primeira surpresa, crescendo para Luiz, enquanto o outro de novo impelia os cães.

Luiz, sem uma palavra mais, tirou da cinta uma pistola canadense, como sem apontar, tão rápido foi o tiro, meteu uma bala no cão que se adiantara; o nobre animal estorceu-se ganindo e morreu no lugar.

Sem perda de um instante, o caipira sacou da cinta a outra pistola do par e engatilhou-a, esperando.

Os ingleses, que, no primeiro ímpeto, haviam levado à cara os *rifles*, refletiram e esmoreceram, e, com a tradicional prudência da raça em face do mais forte, houveram por mais acertado voltar com um cão de menos e todas as costelas no lugar. Foram eles próprios que contaram, na hospedaria da vila, a proeza de Luiz, a quem de boa mente perdoavam o cão, que lhes matara, pela singular valentia de que lhes dera mostra.

O melhor dos lucros do caçador era com os pássaros e insetos que vendia a um lojista português da vila, o qual os revendia, pelo triplo, às casas da rua do Ouvidor no gênero da de mme. Nathé; e com tanto cuidado os matava ou caçava que dentro de algum tempo as remessas do Rio Bonito chegaram a ter decidida preferência no mercado da capital e eram já conhecidas entre os especialistas.

Assim, não foi surpresa para Luiz o ouvir, uma noite, ao Zé Matias, o seu freguês de passarinhos e insetos, que fosse, no outro dia, à casa do juiz de direito, com o melhor que pudesse obter dos bichinhos, como o português dizia, que era para a cunhada do doutor, uma "avoada", qualificava o tendeiro, que aí chegara, a semana passada, e trazia a vila em rebuliço, com passeatas a cavalo, em que já lhe desbocara o castanho, e em cantarolas pela estrada e pela rua de manhãzinha, ao voltar do banho na cachoeira do sítio da Genoveva, e em bailaricos e tocatas até a madrugada, com que trazia pelo beiço a rapaziada da terra, o dr. Paulo, o João Drummond, o Gouveia e o Torquato Moreira, estudantes em férias, que a conheciam da Corte e lhe arrastavam a asa à porfia.

– E é menina para dar sota e basto a qualquer um! Ora não se esqueça você de lá ir amanhã, pela volta do meio-dia, que esta noite vai toda de musicatas e dançatas e é contar que só se levanta para o almoço.

No outro dia, depois de missa, batia Luiz da Serra à porta do juiz de direito, no largo defronte da igreja, donde borbotava a multidão variegada dos vestidos domingueiros e das cabeças cobertas de lenços de cores vistosas, verdes, vermelhos, azuis, roxos e amarelos. Veio abrir, estouvadamente, aos risinhos com uma prima que a seguia, fazendo-lhe cócegas, uma rapariguinha morena, magríssima, de cabelinho frisado na testa, enfiada num penteador branco, rescendente de perfumes que nem um galho de manacá silvestre.

Maravilhada pela fieira de passarinhos multicores que o caboclo trazia a tiracolo, pousou-lhe a mão no ombro, familiaridade que o perturbou todo:

– Que lindo! que beleza! Fico com isto tudo... ainda que tenha de vender os anéis. É muito caro?

Sem esperar a resposta, foi sacando a fieira do pescoço do caçador e correndo com ela para dentro, manchando de sangue as mãos e o roupão, aos saltos de alegria, chamando pelo cunhado:

– Olhe, maninho! veja a minha caçada: vou encher tudo isto para o meu camarim das Laranjeiras! que trabalhão para a coitada da Luizinha!... mas que bonito! que belo!... que *ponta* que vai ser no meu primeiro baile na cidade! Muito deste *pessoal* vai para aqui! – e mostrava a cabeça, eriçando com as mãos ambas os tufos frisados.

O juiz de direito exultava, como com todos os triunfos da comarca:

– Não te dizia eu que, em belezas naturais, não há terra como esta?!

– Fico com tudo! – decidiu Luizinha para o caçador. – Quanto é?

Luiz da Serra nunca tratara negócios com senhoras: dava uma perna ao diabo para se ver fora dali!

– Da primeira vez, não custa nada – disse afinal –; é para amostra.

– Isso não, Luiz – interveio o juiz de direito –; caçador não dá amostra. Diga o seu preço.

– Já disse – insistiu o caçador.

E, com um cumprimento rápido e desengraçado, saiu, sem mais esperar.

– Então?!

– Caíste-lhe em graça, menina. É certo que o Luiz é um esquisitão.

– *Gracias* pelo cumprimento.

– Não, entende-se, não o digo porque engraçasse contigo, que és mesmo uma feiticeira, mas porque semelhante gente é pouco acessível aos encantos da boa sociedade, e esta paixão fulminante...

– Ah, maninho! também não é o caso para tamanha exageração. Só porque o coitado do rapaz me deu uns passarinhos, já você o transforma num Peri do Rio Bonito.

– E por que não? Luiz é um selvagem e tu, uma flor, mas flor como não há nas matas onde ele vive. Para ser mais completo o romance, olha, pede-lhe viva a onça da Mãe-d'água.

E contou-lhe a história da estranha amiga do caçador, sem se esquecer do episódio com os ingleses.

– Essa, sim, é que é a amante do selvagem – comentou Luizinha –; mais facilmente ele me atiraria à sua fera para que me devorasse do que me faria o sacrifício dela!

– Olhem já os ciúmes – remoqueou o juiz.

II

Sabina, que vivia em casa de Luiz, como criada de todo o serviço, quase não dormia às noites, com a sua asma de preta velha; notou que também certa noite, ao voltar da vila, o caipira veio ainda mais pensativo do que era, e não tirava da boca o cigarro dos momentos de grande apreensão; uns após outros arderam, pela noite alta, na varanda do copiar, onde se recostara ao banco de tijolo, esquecido de procurar a cama; e, ao romper do dia, engolida à pressa a cuia do café, sem um beiju que fosse, meteu-se Luiz pelo mato.

Qual sabe o filho o segredo da casa materna, assim conhecia Luiz a vida múltipla extraordinária da mata; era capaz de dizer a cor da água do lago a qualquer das horas do dia; que pássaros andavam de manhã e quais os do meio-dia e os da tarde; e que fruta cada um deles preferia; a hora certa em que as pacas e as capivaras iam beber ao córrego, e o momento certo em que a onça recolhia da caçada; onde abria a mais bela orquídea e onde amadurecia o fruto mais sumarento e saboroso.

Sabia que o jequitibá, a mais alta árvore da floresta, é procurada pelos macacos para se refugiarem do caçador; que a tapinhoã dá a melhor madeira para vasilhame de engenho de açúcar e para canoas e pontes; que o pau-pra-tudo, chamado no Norte camamu, tem a casca e o fruto preciosos pelas propriedades medicinais; que da ouracica, a mais direita árvore do mato, é que se fazem ripas de telhado; que o imbiú fornece ótima fibra para cordas; que o garibu, madeira rija e mais pesada de todas, se emprega para raios e cubos de rodas de carro; que as árvores cujas frutas são procuradas mais avidamente pelos pássaros são as caneleiras, principalmente a canela-azeitona, assim chamada pela semelhança com o fruto da oliveira, e é também o murici, de pequenos frutos amarelos, a jabuticabeira, ali muito abundante, e o jacatirão, cujos frutinhos se assemelham a bagos de chumbo e são cobiçados por todos os pássaros da mata virgem.

Eram-lhe familiares os costumes de todas as aves do mato. Sabia que o macuco, do tamanho de uma boa galinha, cor de cinza-escuro, com asas e peito matizados de riscas brancas, só come no chão, como aquela ave doméstica, com a qual muito se parece, e só empoleira para dormir; nessa ocasião, pia seguidamente, e, depois que esconde a cabeça sob a asa, só a retira ao raiar do dia; esse canto da noite chama-se na roça o *chororão* e é o que o denuncia ao caçador.

Não ignorava que a ave mais arisca da floresta é a jacutinga, semelhante ao faisão, de corpo esguio, maior que um frango, de pernas cor de rapé escuro e papo vermelho; passa o dia oculta na mais embastida das frondes, e só pode ser surpreendida na fruteira, ao romper d'alva e ao pôr do sol.

Observara que o tucano, a ave que o rito monárquico tornou célebre, de bico enorme e preto, como pretas tem as penas, com exceção das do peito, que são escarlates, procura as árvores mais altas, onde se junta em bandos, e assim percorre toda a mata, estacionando momentos em cada lugar; e que o araçari, espécie de tucano, muito menor, tem diverso o matiz das plumas e o bico amarelo-claro. Conhecia duas espécies: o araçari-poca, de penas dum amarelo sujo e papo avermelhado, e a outra, de nome torpe, de plumagem amarelo-claro, verde, cor de havana e vermelha.

Conhecia que o uru, ali chamado capoeira, pequeno galináceo de penas cor de rapé, sarapintadas de branco, vive em bandos e só come no chão os frutos que caem dos galhos; assobia em escala ascendente, como sinal de reunir; se canta fora da manhã ou da noitinha, é sinal certo de mudança de tempo. Tão bem se esconde que é difícil descobri-lo. Quando o caçador encontra um lote de capoeiras, oculta-se e arremeda-as, com um assobio de cana, e, iludidas, vão as aves aparecendo a uma por uma.

O mais lindo pássaro, o que melhor vendia, era o surupuá, pouco menor que um pombo doméstico, de plumagem variadíssima, em que predominam o verde e o amarelo.

Era já noite fechada quando o caçador voltou à casa; veio alegre, trauteando, desde a porteira da entrada, uma cantiga dos seus raros momentos joviais. Trazia uma carga preciosa de parasitas e pássaros bonitos. Comeu em dez minutos o jantar e desceu para a vila, cantarolando outra vez o seu estribilho faceto:

Chove, chuva miudinha,
Na copa do meu chapéu.
Menina, eu sou gato velho,
Não caio no seu mundéu.

E, na vasta noite estrelada, a preta velha, sentada à porta da cozinha, com o cachimbo preso nas gengivas sem dentes, ouvia, numa toada que a surdina da distância tornava cada vez mais dolente, rolando pelas quebradas, serra abaixo, a longa voz melancólica.

De longe, de mais de uma volta do caminho, avistava Luiz a casa do juiz de direito, no largo da vila. Aquela noite, brilhava por todas as janelas, numa iluminação desusada.

– Lá está nos bailaricos, como diz o Zé Matias – resmoneou com azedume o caipira.

E pensava, irritado, que tão formosa criatura devia poupar-se mais, deixar-se de noitadas de dança, de saracoteio com os badamecos da Corte e de S. Paulo; pensava ralado de ciúme, torturado pela ideia de que nunca, triste caboclo da serra, poderia, como esses rapazolas perrengues, que não valiam metade dele, apertar ao peito, nos meneios da valsa, aquele corpinho feiticeiro, que havia de ser doce ao contato como a penugem da rola.

Com estas ideias amargas chegara à vila, desembocando na rua única e tomando para o largo; a alguns passos da casa, parou, cosendo-se com o tronco de uma amendoeira, em cuja sombra dissimulava bem o vulto. Dali via, sem ser visto, a sala de visitas, nadando na glória de duas lâmpadas belgas, e, bem defronte do esconderijo, a saleta do piano, na penumbra que uma vela apenas espalhava.

A sala estava cheia de gente que conversava, ria, fumava; no gabinete, só Luizinha ao piano, com o roupão branco que ele adorava, que lhe dava irresistível encanto, quase sobrenatural, de fada vaporosa. Cantava agora, acompanhando-se, um romance italiano, que o caboclo, de tanto lho ouvir, já decorara e quase compreendia. Chegavam-lhe trechos repassados de apaixonada ternura:

Io vivo e t'amo
Altro non bramo.
....

Angiolo mio,
Morro per te!
....

Le tue catene
Son dolci al cor.

Voava-lhe a alma, ao rude caçador, por aquela janela adentro, e ia rojar, perdida de amor e de enlevo, aos pés da criança angélica, não diversa da avezinha fascinada, que, piando e gemendo, vai atraída para a serpe oculta.

Desgraçado! no mais doce êxtase, uma afronta brutal apunhalou-o na sombra; da sala esgueirou-se para o camarim um vulto de rapaz, acercou se do piano, tomou as mãos à pianista, que acabava o romance, beijou-lhas com apaixonada efusão, e beijo foi que das mãos passou à boca, a linda boca erguida para o receber e o restituir, enquanto na alvura do roupão o traço negro de um braço cingia o corpinho airoso.

Na vertigem que o salteou, nada mais viu distintamente o caipira; mas, para que o mal fosse de morte, ouviu, ah! ouviu bem, com o seu infalível ouvido de caçador da floresta, umas palavras apenas murmuradas, no vão da janela fronteira, a que os dois chegavam abraçados:

– De madrugada, sim! deixa apenas cerrada a janela!

– Que infames! – estertorou a cólera na alma da testemunha infeliz.

Tão infeliz que dali fugiu, alucinado de dor, e vagou, vagou por horas sem conta, nem soube por onde, no vale escuro, onde encharcou os pés nos atoleiros que atravessou às tontas, no cemitério, atrás da igreja, por onde errou como um fantasma, topando nas cruzes, arranhando-se nos espinhos dos rosais. E, sempre inconsciente como um ébrio, achou-se de novo em frente à casa do juiz de direito no momento exato em que um vulto escuro saltava da janela do gabinete para a rua, e outro vulto, branco esse, debruçava-se para fora e abraçava ainda o busto do amante e enchia-lhe de beijos a cabeça descoberta.

De manso, tornou-se a fechar a janela; então, com um salto de fera, o caçador pulou, do recesso onde se ocultava, para cima do rival; mas o corpo do fraco adolescente desmaiou nos braços irados que o iam estrangular.

– Vai-te, porcaria – rugiu Luiz da Serra, repelindo com o pé o mesquinho, que foi cair estatelado na calçada.

Ele então, penetrado de angústia, mordido de dor incomportável, como um réu que tivesse ouvido a condenação capital, foi, cambaleante e perdido, pela rua afora, pela estrada afora, pela vida afora...

III

O alto da serra do Sambê, com os seus três picos ameaçadores e arrojados como blasfêmias de titãs, é maravilha, até no cenário de nossa esplêndida natureza.

Em um dos cabeços, no planalto que o coroa, está o lago legendário, a Mãe-d'água.

Dali brota a linfa puríssima, com surdo burburinho, e, tomando curso para uma e outra vertente, para o Rio Bonito e para Braçanã, desdobra-se e despenha-se em saltos, catadupas, cascatas e cachoeiras, frios linhos alvejantes no vestuário da montanha.

A vegetação, naquelas alturas, é de uma exuberância opulenta, majestosa e severa, de um verde-escuro quase negro; está para o verde gaio do vale como uma tragédia para um idílio.

Sol a pino, pleno meio-dia, ali não há mais que penumbra, tão densa é a cortina de verdura por onde se coa a luz exterior; grandes pedras recobertas de musgos e algas contornam o lago, como muralha protetora da nascente.

As altas árvores que há em derredor, e cujas frondes sombrias e graves formam suntuoso dossel ao trono da Mãe-d'água, são entrelaçadas por bastos festões de trepadeiras de toda espécie, predominando a imberana, orquídea muito abundante naquelas matas; um tesouro de catleias e bromélias enriquece a vetustez dos troncos, espalhando como risos, no severo aspecto dos anciãos gigantes, as flores claras e vivas.

Ali, segundo a crendice popular, habita a Mãe-d'água, misterioso nume da floresta, que a seu arbítrio derrama ou suspende a urna das águas vivificantes.

A poucos passos do lago abria-se uma escura lapa, com outra saída para a banda de Braçanã. Era a cova da onça.

Lá se recolhia para a sesta, depois do repasto sangrento, a formidável moradora da serra.

Naquele meio-dia de dezembro, quando toda a mata cantava, num uníssono grandioso, o hino eterno da vida, pairava no planalto da Mãe-d'água uma calma terrífica, um como religioso assombro, transunto da alta paz que caía das cortinas de verdura, do sussurro da água e do inseto, do aroma selvagem que se evolava das flores e dos troncos, dominado tudo pela estranha impressão de pavor e morte, de irremediável e de monstruoso, com que a natureza sabe preparar o cenário da catástrofe.

De feito, a calma augusta foi perturbada pelos estalidos de passo rápido e ágil, que se aproximava, e dentro em pouco surgiu no terreiro, emergindo da selva, um vulto agreste, figura quase fantástica de caipira alto e magro, de olhos fuzilantes, trazendo acima da cabeça uma braçada de palha de coqueiro, que, ao primeiro conspecto, semelhava fabulosa cabeleira de fauno desgrenhado.

Veio com o andar mecânico de um sonâmbulo até junto à boca da furna; deitou no chão a carga de palhiço e logo lhe ateou fogo e, abrasada, meteu-a pela goela da lapa adentro.

Não decorreu um minuto sem que um rugido surdo respondesse à provocação, e sem tardança, como evocado por arte mágica, rojando como um gato enorme, desenhou-se no fundo avermelhado pelas chamas o vulto hediondo da fera.

Faiscavam os olhos da onça como os do insólito provocador; mas, coisa estupenda!, quando os olhares se encontraram, o do caipira ficou firme, hostil e resoluto, e foi o do tigre que esmoreceu e aos poucos se lhe foi diluindo a fereza numa expressão de ternura.

Parece que o rude visitante contava com o bom acolhimento e o não queria, pois logo, correndo a destra pela cinta, arrancou uma pistola e com o trovão de um tiro descomunal, disparado para cima, atroou o silêncio da floresta.

A onça estremeceu toda; mas, como um observador que se certifica, fitou de novo o olhar no adversário, e de novo o olhar terrível tingiu-se de meiguice.

Mal o reconheceu, o homem, com um gesto de impaciência, sacou da cinta outra pistola igual e, agora apontando, esflorou com a bala certeira a espalda da fera, abrindo-lhe no pelo fulvo uma flor de sangue.

Como um relâmpago, saltou a onça a grande altura e foi cair sobre o agressor, que a esperava de braços descaídos, com o peito oferecido à sanha que excitara; lançou-o o tigre de costas, farejou-lhe o peito, e instantâneo, com as garras possantes, abriu-lhe a arca do tórax e bebeu, com um surdo rosnar de gozo, as espadanas do sangue quente.

IV

Rio Bonito, 10 de dezembro.

"Juju,

Prepara-te, minha incrédula, para ler coisa inaudita, uma extraordinária página de romance, inesperada, inculta e grande, inserida, como por um ímpeto de tufão, no livro banal de minha vida.

Ainda na última carta, há três dias, contava-te, como episódio picante do meu exílio na roça, a súbita paixão que, sem pensar nem querer, acendi no coração de um caçador destas serras, rapaz magro e feio, mas bravo como o heroísmo! Mal sabia que estava tão próximo e havia de ser tão dramático o desfecho dessa aventura, que, na ordem natural das coisas, era para ficar sem consequência.

Ainda há, porém, surpresas na vida, e na vulgaridade humana, como reflexo de tempos mais nobres ou de mais elevadas esferas, ainda, de improviso, fulgura, num clarão de apoteose, a face estranha a que os poetas chamam heroísmo e os sábios, loucura.

Segundo meias revelações que me fez o Gouveia, parece que o meu Peri o viu entrar, em hora indevida e pela janela da rua, no aposento de Ceci, e de tal sorte se lhe abrasou de ciúme a alma primitiva que foi pedir conforto e esquecimento à morte.

Mas que morte, filha! hás de ler a minuciosa narração do caso na imprensa, para onde a escreveu, em estilo patético, o promotor público, dado às letras, como sabes, ainda que mal correspondido delas; limito-me, pois, a dizer-te, na minha linguagem de conversa de bonecas, que o meu Luiz da Serra, desesperado por ter visto que um homem saía de meus braços, foi provocar, no próprio antro da fera, uma onça medonha que habita o alto da serra do Sambê e é o pavor de toda a gente destes sítios; chegou a disparar contra ela dois tiros, pois acharam-se descarregadas as duas pistolas que levava; não a quis matar, senão que ela o matasse, é convicção de todos; um caçador como aquele não se deixaria surpreender pelo inimigo. Amavam-se até, o caipira e a onça; antes de mim, não se lhe conhecia outro amor.

Vês, meu bem, quanto devo estar impressionada; mas não te quero ocultar que esta impressão não é destituída de certo encanto. Então?! não são todas que chegam a inspirar paixão tamanha e tão nova.

E, para dizer-te afinal o fundo do meu pensamento, ando a imaginar e não sei bem até onde chegaria o meu romance deste verão, se Peri, em vez do suicídio trágico, se houvesse atirado à mais pacífica aventura, e, outra noite, seguisse o caminho do rival... Que horror! antes assim, antes mesmo como foi, não achas? por amor da moral pueril e honesta, e também, um pouco, para que se não perdesse o efeito artístico, que, afinal, foi belo.

Não me chames desalmada, por este tom faceto; seria injustiça. Chorei de comoção sincera quando ouvi referir o caso a meu cunhado, e ontem, na capela-mor, onde esteve exposto, antes do enterro, o corpo de Luiz da Serra, fui vê-lo e, sem que ninguém visse, com um pudor de noiva, beijei-lhe três vezes a boca morta.

E já amanhã me vou embora, faz-me mal este episódio lúgubre; não sei até quando sentirei nos lábios a algidez daqueles beijos. Guarda-me os teus, de boa amiga, para apagar os do morto, e que teu primo, o meu Carlos (a quem, está entendido, nada contarás da cena da janela), colabore também na obra de consolação e de misericórdia.

Rio, janeiro, 1897.

LUIZINHA."

NO MANANTIAL

Está vendo aquele umbu, lá embaixo, à direita do coxilhão?

Pois ali é a tapera do Mariano. Nunca vi pêssegos mais bonitos que os que amadurecem naquele abandono; ainda hoje os marmeleiros carregam, que é uma temeridade!

Mais para baixo, como umas três quadras, há uns olhos-d'água, minando das pedras, e logo adiante uns coqueiros; depois pega um cordão de araçazeiros.

Diziam os antigos que aí encostado havia um lagoão mui fundo onde até jacaré se criava.

Eu, desde guri conheci o lagoão já tapado pelos capins, mas o lugar sempre respeitado como um tremedal perigoso: até contavam de um mascate que aí atolou-se e sumiu-se com duas mulas cargueiras e canastras e tudo...

Mais de uma rês magra ajudei a tirar de lá; iam à grama verde e atolavam-se logo, até a papada.

Só cruzam ali por cima as perdizes e algum cusco leviano.

Com certeza que as raízes do pasto e dos aguapés foram trançando uma enrediça fechada, e o barro e as folhas mortas foram-se amontoando e, pouco a pouco, capeando, fazendo a tampa do sumidouro.

E depois nunca deram *desgoto* na ponta do lagoão, porque, se dessem, a água corria e não se formaria o mundéu...

Mas onde quero chegar: vou mostrar-lhe, lá, bem no meio do manantial, uma cousa que vancê nunca pensou ver; é uma roseira, e sempre carregada de rosas...

Gente vivente não apanha as flores, porque quem plantou a roseira foi um defunto... e era até agouro um cristão enfeitar-se com uma rosa daquelas!...

Mas mesmo ninguém poderia lá chegar; o manantial defende a roseira baguala: mal um firma o pé na beirada, tudo aquilo treme e bufa e borbulha...

Uns carreteiros que acamparam na tapera do Mariano contaram que pela volta da meia-noite viram sobre o manantial duas almas, uma, vestida de branco, outra, de mais escuro... e ouviram uma voz que chorava um choro mui suspirado e outra que soltava barbaridades...

Mas como era longe e eles estavam de cabelos em pé... – pois nem os cachorros acuavam, só uivavam... uivavam... – não puderam dar uma relação mais clara do caso.

E o lugar ficou mal-assombrado.

Mas onde quero chegar: foi assim, como lhe vou contar. Estes campos eram meio sem dono, era uma pampa aberta, sem estrada nem divisa; apenas os trilhos do gado cruzando-se entre aguadas e querências.

A gadaria, não se pode dizer que era alçada: quase toda orelhana, isso sim.

Mas vivia-se bem, carne gorda sobrava, e potrada linda isso era ao cair do laço.

O Mariano apareceu aqui, diz que vindo de Cima da Serra, corrido dos bugres; uns, porque lhe morrera a mulher, da bexiga preta, outros, ainda, à boca pequena, que não era por santo que ele mudara de cancha.

Mas fosse como fosse, chegou e arranchou-se.

Trazia para o brigadeiro Machado uma carta que devia ser de gente pesada, porque o brigadeiro tratou-o muito bem e decerto foi com o seu consentimento que ele aboletou-se aqui nos pagos.

Tocava uma carreta de tolda, uma ponta de gado manso e uma quadrilha de ruanos.

De gente, ele, duas velhuscas, uma menina, uns pretos, campeiros e uma negra mina, chamada mãe Tanásia.

A menina era filha dele; das velhas uma era a avó da criança, e a outra, irmã dessa, vinha a ser tia-avó. Ele dava-se por genro da velha, mas não era: havia suspendido com a moça da casa, e depois nunca se proporcionou ocasião de padre para fazer-se o casamento, e o tempo foi passando até que a defunta morreu, ficando a inocente nesse paganismo de não ser filha de casal legítimo... por sacramento. Mas davamse bem, todos.

O paisano era trabalhador e entendido nas cousas; desde o torrão para os ranchos, e quinchar, madeiras, cercados, lavouras, tudo passou pelas suas mãos. E tanto falquejava um linhote como semeava uma quarta de trigo, e já capava um touro como amanonseava um bagual.

Quando a Maria Altina – era a menina, a filha dele – andava nos dezasseis anos, este arranchamento era um paraíso: o arvoredo todo crescido e dando; lavouras, criação miúda, de tudo era uma fartura; havia galpões, eira, currais, tafona.

O Mariano e as duas velhas traziam nas palminhas a pequena. Ela era o – ai-jesus! – de todos, até dos negros.

Duma feita que a família foi ao povo, para um terço de muita fama que se rezou na casa do brigadeiro Machado, a Maria Altina fez um fachadão entre a moçada; mas de todos ela tomou-se de camote com um tal André, que era furriel e gauchito teso. Não entro nisto mais pelo miúdo porque não vale a pena de falar nestes chicos pleitos de namoriscos e milongagens de crianças.

Mas segue-se é que na despedida da volta o furriel André deu-lhe uma rosa colorada, com um pé de palmo... e ela atravessou a flor no seu chapéu de palha, ali no mais, com toda a inocência, à vista de todos.

Cá pra mim havia algum conchavo entre o brigadeiro e o Mariano, porque naquele soflagrante da flor os dois piscaram os olhos um para o outro e riram-se à sorrelfa por debaixo do bigode.

Ah!... o furriel era afilhado e ordenança do galão-largo... e até diziam mais alguma cousa... Vancê entende!...

A comitiva nessa noite pousou no caminho, e a menina deu jeito e arrumou a rosa numa botija com água, para não murchar.

De manhãzita, marcharam; e de chegada em casa, o primeiro cuidado da pécora foi cortar a rosa bem rente do cachimbo e plantar o galho numa terra peneirada e fresquinha.

E tais cuidados deu-lhe que a planta pegou, botando raízes firmes e espigando ramos e folhas; e quando vieram os primeiros botões, ela apanhou-os, fez um ramo todo cheiroso, amarrou-o com a fita dos cabelos e foi prendê-lo no pé da cruz dum Nosso Senhor que estava na frente do oratório... como quem dá uma prenda, a modo de pagamento de promessa feita!...

Nesses entrementes – cousa arranjada pelo brigadeiro – o furriel pousou em casa do Mariano, de passagem para um destacamento onde ia levar ofícios. Foi um alegrão para todos, mas para a Maria Altina, nem se fala!...

Vancê pense... A paisaninha só teve alma e vida e coração para o moço... ele também estava entregue, de rédea no chão.

Aquela visita trazia água no bico... era o trato de casamento.

Depois que o furriel se foi as velhas pegaram a fazer rendas de bilros e outros preparos do aprontamento da noiva.

A roseira estava em todo o viço: recendia que era um gosto e bordava de vermelho o caniçado da horta, que se via desde longe.

Mas perto da pomba andava rondando o gavião.

Na Restinguinha, obra de um quarto de légua pra lá do Mariano, morava um tal Chico Triste, que tinha filhos como rato, e o mais velho era já homem feito.

Este, que pro caso chamava-se Chicão, andava mui enrabichado pela Maria Altina.

Ele era um bruto, que só olhava, só queria a Maria Altina – de carne e osso. Do mais não se lhe dava; não queria saber se a menina era vergonhosa, ou trabalhadeira, ou prendada.

Ele só olhava-lhe para as ancas, e os seios, e para a grossura dos braços; era – mal comparando – como um pastor no faro de uma guincha...

A rapariga tinha-lhe quase tanto medo como raiva. Uma vez ele pediu-lhe uma muda da roseira, e ela, sem negar, para não fazer desfeita, disse-lhe que tirasse o que quisesse.

– Mas eu quero é dada pela senhora!...

– Ah! não!... Tire o senhor mesmo, a seu gosto...

– Não dá?... pois qualquer dia pico a facão toda essa porcaria!...

E levantou-se e saiu, todo apotrado.

Outras vezes trazia-lhe de presente ovos de perdiz, ou ninhadas de mulitas, que ela criava com paciência, e logo que podiam manter-se, largava para o campo. Uma ocasião trouxe-lhe um veadinho; ela soltou-o; uns gatos viscachas, soltou-os também.

O Chicão, que não via nunca os seus presentes, soube do caso, e, por despique, apanhou uns quantos filhotes de avestruz, e a tirões arrancou-lhes – ainda vivos, criatura! – as pernas e as asas, e assim arrebentados e estrebuchando, mandou-os à Maria Altina;... a pobre desatou num pranto de choro, ao ver a malvadez daquele judeu...

Assim estavam as cousas quando o furriel passou e logo depois correu a nova do casamento.

O Chicão espumou de raiva... Levava os cavalos a sofrenaços, os cachorros a arreador, os irmãos a manotaços e até a mãe, com respostas duras.

Só respeitava o pai, o velho Chico, e assim mesmo porque este tinha marca na paleta, mas não era tambeiro...

No dia – véspera da barbaridade, houve na casa do Chico Triste um batizado feito por um padre missioneiro que ia de caminho; a gente do Mariano foi convidada. Nessa noite comeram doces, tocaram viola, cantaram e até dançaram uma tirana e o anu.

Aí o Chicão cargoseou muito a Maria Altina.

A jantarola e o resto do festo iam ser no dia seguinte – que foi o do caso.

Vancê acredita?... Nesta manhã, desde cedo, os pica-paus choraram muito nas tronqueiras do curral e nos palanques... e até furando no oitão da casa;... mais de um cachorro cavoucou o chão, embaixo das carretas;... e a Maria Altina achou no quarto, entre a parede e a cabeceira da cama, uma borboleta preta, das grandes, que ninguém tinha visto entrar...

Sol nado o Mariano e uma das velhas foram para o Triste, para dar um ajutório. Os campeiros, como de costume, para os seus serviços, uns de campo, outros lenhar.

Na casa só ficaram, para irem mais tarde, a Maria Altina e a outra velha, que era a avó; e para as duas, debaixo do umbu, dois mancarrões encilhados.

Ficou também a negra mina, que viu tudo e foi quem depois fez o conto.

A avó estava na cozinha frigindo uns beijus e a Maria Altina na varanda, apenas em saia, arrematava um timãozinho novo.

Na cabeça, como gostava, trazia uma rosa fresca, e que ficava-lhe sempre a preceito no negrume da cabeleira. E garganteava umas coplas que tinha aprendido na véspera, quando dançava a tirana e se divertia. Umas coplas que eram assim... e me lembro, porque quem as botou – para uma outra – foi mesmo este seu criado Matias!...

Quem canta pra tu ouvires
Devia morrer cantando...
Pois quando daqui saíres,
Do cantor vais te olvidando;

E pode ser que morrendo,
Dele então tu te lembrasses:
Se visses outro defunto,
Ou se outra vez tu dançasses...

Minha voz no teu ouvido,
Soluçaria de dor,
Não por deixar a vid...

E nem acabou o verso, porque estourou na cozinha um esconjuro e logo a voz da avó, sumida e arroucada, gritando – bandido! bandido! – e depois um gemido ansiado, uns ais... e um baque surdo...

De pé, com o timãozinho numa mão e a agulha na outra, pálida como a cal da parede, o coração parado, Maria Altina pregada no chão, de puro medo, ouviu... ouviu... e aí no mais entrou e veio a ela o Chicão... – o Chicão, entende vancê? – com uns olhos de bicho acuado, e um bafo de fogo na boca...

E como chegou, atropelou-a, agarrou-a, apertou-a, abraçando-a pela cintura, metendo a perna entre as dela, forcejando por derrubá-la, respirando duro, furioso, desembestado... mais mordendo que beijando o pescoço amorenado... e garboso...

A rapariga gritou, empurrando-o num desespero, unhando-lhe a cara, ladeando o corpo... por fim atacou-lhe os dentes num braço.

Ele urrou com a dor e largou-a um momento; ela aproveitou o alce e disparou... ele quis pegá-la de novo, mas no mover-se enredou as esporas no timãozinho que caíra, e testavilhou maneado...

A pobre, ao passar pela cozinha viu a avó estendida, com as roupas enrodilhadas, a cabeça branca numa sangueira... e então desatinada, num pavor, correu para o umbu e foi o quanto pulou a cavalo e já tocou, a toda, coxilha abaixo!...

Mas logo, logo, mesmo sem se voltar, sentiuse quase alcançada pelo Chicão, que também montara e se lhe vinha em perseguição...

E os dois – à que te pego! à que te largo! – se despencaram por aquele lançante, em direitura ao manantial! E, ou por querer atalhar, ou porque perdesse a cabeça ou nem se lembrasse do perigo, a Maria Altina encostou o rebenque no matungo, que, do lance que trazia costa abaixo, se foi, feito, ao tremedal, onde se afundou até as orelhas e começou a patalear, num desespero!... A campeirinha varejada no arranco, sumiu-se logo na fervura preta do lodaçal remexido a patadas!... E como rastro, ficou em cima, boiando, a rosa do penteado.

E da mesma carreira, o cavalo do Chicão, que também vinha tocado à espora e relho, chapulhou no pantanal, um pouco atrás do outro, cousa de braça e meia... e ali ficou, o corpo todo sumido, procurando aguentar as ventas, as orelhas fora da água.

O Chicão, agora deslombando-se em esforços para sair da enrascada, não podia, porque bem sentia as esporas enleadas nas raízes – e os cabrestilhos eram fortes... – e parecia-lhe que tinha um pé quebrado por uma patada do cavalo, que se despedaçava aos arrancos, sentindo-se chupado para o fundo...

Depois desse estropício, tudo ficou como estava: tudo no sossego, o sol subindo sempre, nuvens brancas correndo no céu, passarinhos cruzando para um lado e outro... os galos cantando lá em cima... uns latidos, muito longe... pios de perdiz... algum inhé de sapo ali perto...

Parecia que nada se havia dado: se não fosse a rosa colorada boiando, lá, e o Chicão atolado até o peito, mais pra cá.

O cavalo dele, com a cabeça alinhada, mal podia aguentar fora da água o focinho e ressolhava, o pobre, puxando a respiração em assobios grossos, e o dono, todo salpicado de barro, suava em cordas, cada vez mais ansiado, não podendo desprender-se das malditas esporas, que o sujeitavam em cima do bagual, que ia se afundando... afundando... afundando... E a cada sacudida feita naquele reduto todo o manantial bufava e borbulhava...

Com pouco mais o Chicão desceu ainda, atolado até os sovacos; o cavalo já se não via e nem bulia, sufocado e morto, pesando entregue no mole do tremedal...

E as esporas... as malditas esporas, nem nada!...

Obrigado pela postura em que estava, ele olhava para o buraco que tinha engolido a Maria Altina: sobre a água barrenta, escura, nadavam folhas secas, capins pisoteados, gravetos... e no meio deles, limpa e fresca, boiava a rosa que se soltara dos cabelos da cobiçada no momento em que ela entrava pela morte adentro, dentro do lodaçal...

E o tempo foi passando, a tranquito, sem pressa nem vagar.

Vancê lembra-se? ...

Como eu disse, havia ficado em casa, além das brancas, a tia mina – a mãe Tanásia –, que, quando sentiu a desgraceira, ganhou no paiol, escondendo-se, e daí pôde bombear alguma cousa. Quando viu as criaturas montarem e tocarem – como caça e caçador –, a mãe Tanásia saiu da toca e voltou à cozinha, dando com a – nhanhã – morta... e logo viu que a sinhazinha fugira. E pensou em ir ao Chico Triste, avisar o Mariano. O mais perto era ir pelos olhos-d'água, acima do manantial; desceu o caminho; costeou pelas pedras e quando dobrava a estradinha frenteou com o Chicão...

A mãe Tanásia ficou estatelada... e daí a pedaço – em que olhou só, sem pensar nada – foi que a coitada falou.

– Eh! eh!... siô moço!... que é que suncê fez!...

E o desalmado gritou-lhe:

– Vai, bruaca velha, vai contar!...

– Ah! ah!... Deus perdoe!...

E foi andando, estradinha afora, lomba acima, apurando o passo, um pouco renga.

Nesse meio tempo também chegavam à casa os campeiros; era hora de comer; repararam que só estava amarrado um cavalo; a casa aberta, silenciosa; um espiou pela janela da cozinha... e gritou pelos outros, benzendo-se...

Lá estava a senhora, com a cabeça arrebentada a olho de machado... O fogo apagado, a banha coalhada, os beijus frios... e mui a seu gosto, de papo para o ar, dormindo na saia da morta, uma gata brasina e a sua ninhada.

Chamaram pela mãe Tanásia... gritaram... procuraram... e nada! Um deles, mais alarife, propôs que fugissem... que era melhor ser carambola do que ser estaqueado... que por certo iam acusá-los daquela maldade.

Porém outro mais precatado disse:

– Cala a boca, parceiro... Vamos é avisar sinhô velho...

E ficando uns de guarda, tocaram-se os outros, a meia rédea, para o Triste, onde, fulos de medo, desovaram a novidade.

Que canhonaço, amigo! A gentama toda se alvorotou; o que era de mulheres abriu num alarido, o que era homem apresilhou as armas, e já se saiu, muitos de em pelo, cobrindo a marca dos fletes, o Mariano na frente, como um louco.

Eu estava nessa arrancada. Chegamos como um pé de vento e, conforme boleamos a perna, vimos o mesmo que os negros contavam. E da Maria Altina, nada; da mãe Tanásia, nada. Apenas no chão da varanda novelos desparramados, a mesa arredada, o timãozinho novo com um rasgão grande...

Nisto, um aspa-torta, gaúcho mui andado no mundo e mitrado, puxou-me pela manga da japona e disse-me entre dentes:

– O Chicão repontava a rapariga;... ele não estava em casa, nem veio conosco; ela não está...

Patrício... que lhe parece?...

– Hom!... – respondi eu, e fiquei-me com aquele zunido de varejeira no ouvido... Mas o paisano tinha o estômago frio e foi passando língua;... daí a pouco todos faziam as mesmas contas, até que um, mais golpeado, disse-o claro ao Mariano!

O homem relanceou os olhos a ver talvez se descobria o Chicão... depois teve a modo uns engulhos e depois ficou como entecado...

Pensaria mesmo que a filha tinha fugido com o querendão?... Quem sabe lá!... Que o rapaz rondava, isso ele e todos sabiam e que ela não fazia caso do derretimento, isso também se sabia: agora, como dum momento para o outro os dois se tinham combinado, isso é que era!...

Mas ao mesmo tempo perguntava-se – quem matou a velha e por quê?...

E quando estávamos neste balanço ouvimos então a gritaria das mulheres, que tinham vindo de a pé, encontrando no caminho a mãe Tanásia.

Em antes de chegarem, já os cuscos, ponteiros, tinham começado a acuar, por debaixo dos araçazeiros; as crianças, curiosas e mais ligeiras, tinham corrido pensando ser algum bicho... e recuaram assustadas, fazendo cara-volta, umas chorando, outras sem fala, apenas apontando para o manantial...

E quando a ranchada das damas chegou perto e viu... viu o Chicão atolado; o Chicão atolado, e logo adiante, no barro revolvido, a rosa colorada boiando; a rosa boiando, porque a moça estava no fundo, afogada, porque... porque... por causa do Chicão?... por medo dele, que queria abusar dela?... quando as senhoras-donas, todas caladas, viram aquele condenado, e uma, mais animosa, gritou-lhe – cachorro desavergonhado! – foi que a mãe dele, jungindo as lágrimas para não saltarem, perguntou:

– Chicão, meu filho, que é isto?...

– Atolado... as esporas... um laço!...

– Filho!... que desgraça! E a Maria Altina?...

– Aí!... embaixo da rosa...

Foi neste ponto que rompeu o alarido, os choros, os chamados que ouvimos lá em cima, nas casas, e descemos logo. O Mariano vinha com os olhos raiados de sangue e batendo os dentes, como porco queixada...

E quando paramos todos e vimos o jeito daquele rufião maldito, ainda um lembrou, alto:

– Vamos laçar o homem, e puxar cá pra fora!...

O Mariano, porém, gritou:

– Espera!... e voltando-se para o atolado, indagou:

– Por que mataste a velha?...

– Não!

– Viste a Maria Altina?

– Não!

– Que esburacado é esse, aí na tua frente?

– Não sei!

– E aquela rosa... também não sabes?...

– Pois sei, sim! É dela... e a velha, também, fui eu... e agora?...

– Vou rebentar-te a cabeça...

– Arrebenta! Se não fosse as esporas!...

Então o Mariano sacou a pistola do cinto e trovejou... e errou! Secundou o tiro e a bala quebrou o ombro do Chicão, que deu um urro e estorceu-se todo; quis firmar-se, porém o braço são afundava-se no barro, acamando os capins já machucados; com esses tirões e arrancos o manancial todo tremia e bufava, borbulhando...

O Mariano amartilhou a outra pistola; o Chicão berrou de lá:

– Mata! Eu não pude!... mas o furriel também não há de!...

Mas nisto a mãe dele abraçou-se nos joelhos do Mariano, e o padre missioneiro levantou a cruzinha do rosário, meteu o Nosso Senhor Crucificado na boca do cano da pistola... e o Mariano foi baixando o braço... baixando, e calado varejou a arma para o lameiro...; mas de repente, como um parelheiro largado de tronco, saltou pra diante e de vereda atirou-se no manantial... e meio de pé, meio de gatinhas, caindo, bracejando, afundando-se, surdindo, todo ele numa plasta de barro reluzente, alcançou o Chicão, e – por certo – firmando-se no corpo do cavalo morto, botou-se ao desgraçado, com as duas mãos escorrendo lodo apertou-lhe o gasganete... e foi calcando, espremendo, empurrando para trás..., para trás... até que num – vá! – aqueles abraçados escorregaram, cortou o ar uma perna, um pé do Chicão – livre da espora – e tudo sumiu-se na fervura que gorgolejou logo por cima!...

Imagine vancê, aquilo passando-se ali pertinho a meio laço de distância e ninguém podendo remediar...

Houve só uma palavra em todas as bocas: Jesus, Senhor!...

O manantial borbulhava por todas as costuras... Se fosse água limpa... Credo!...

D'espacito... d'espacito... o missionário foi estendendo o braço, como esperando que as almas subissem... depois riscou uma cruz larga, na claridade do dia; e ajoelhando-se na beira daquela cova balofa, de três defuntos de razão de morrer tão diferente e de morte tão a mesma, começou a rezar.

E logo no derredor a gentama também se foi arrodilhando... e todos com os olhos firmados no manantial, e todos de mãos postas, todos empeçaram um – Salve-Rainha – que foi alteando e subindo no descampado, tão penaroso, tão sentido, tão do coração, que até parece que amansou os próprios bichos, porque, entrementes, nem um cachorro latiu, nem passarinho piou, nem cavalo se mexeu!...

Nas paradas da reza só se ouvia os soluços da mãe do Chicão e um leve guasqueio do vento nas talas dos jerivás.

Acabada a devoção e marchando como uma procissão, fomos para a casa levando a outra velhinha, a irmã da que lá estava, de cabeça esmigalhada. Velamos o corpo e na manhã seguinte fizemos-lhe o enterro, também lá embaixo, na costa do manantial.

O missioneiro benzeu, e então fincamos uma cruz morruda, de cambará, para vigia às almas dos quatro mortos.

Depois, cada qual tomou seu rumo.

Anos depois passei por aqui: cortava a alma olhar para o arranchamento. Os negros tinham tomado a alforria por sua mão, e se foram a la cria!... Ficaram as duas mulheres, a mãe Tanásia e a sua senhora velha, que, por caridade, o brigadeiro Machado mandou buscar pra casa dele.

O arranchamento ficou abandonado; e foi chovendo dentro; desabou um canto de parede; caiu uma porta, os cachorros gaudérios já dormiam lá dentro. Debaixo dos caibros havia ninhos de morcegos e no copiar pousavam as corujas; os ventos derrubaram os galpões, os andantes queimaram as cercas, o gado fez paradeiro na quinta. O arranchamento alegre e farto foi desaparecendo... o feitio da mão de gente foi-se gastando, tudo foi minguando; as carquejas e as embiras invadiram; o gravatá lastrou; só o umbu foi guapeando, mas abichornado, como viúvo que se deu bem em casado...; foi ficando tapera... a tapera... que é sempre um lugar tristonho onde parece que a gente vê gente que nunca viu... onde parece que até as árvores perguntam a quem chega: – onde está quem me plantou?... onde está quem me plantou?...

Olhe! Veja vancê: ali embaixo... hem? 'Stá vendo?... aqueles coqueiros, o matinho de araçás?

Pois é ali o manantial, que virou sepultura naquele dia brabo em que desde manhã tanto agouro apareceu, de desgraça: os pica-paus chorando... os cachorros cavoucando... a bruxa preta entrada sem ninguém ver...

Sempre dói na alma mexer nestas lembranças. E há quem não acredite!...

A cruz... onde já foi!... mas a roseira baguala, lá está! Roseira que nasceu do talo da rosa que ficou boiando no lodaçal no dia daquele cardume de estropícios...

Vancê está vendo bem, agora?

Pois é... coloreando, sempre! Até parece que as raízes, lá no fundo do manantial, estão ainda bebendo sangue vivo no coração da Maria Altina...

Vancê quer, paramos um nadinha. Com isto damos um alcezito aos mancarrões, e eu... desaperto o coração!...

Ah! saudade!... Parece que ainda vejo a minha morena, quando no rancho do Chico Triste botei-lhe os versos...

Minha voz no teu ouvido
Fez seu ninho pra cantar...

– Diabo!... parece que tenho areia nos olhos...
e um pé-de-amigo na goela... Ah! saudade!...
É uma amargura tão doce, patrãozinho!...

Saudade é dor que não dói,
Doce ventura cruel,
É talho que fecha em falso
É veneno e sabe a mel...

O BOI VELHO

Cuê-pucha!... é bicho mau, o homem!

Conte vancê as maldades que nós fazemos e diga se não é mesmo!... Olhe, nunca me esqueço dum caso que vi e que me ficou cá na lembrança, e ficará té eu morrer... como unheiro em lombo de matungo de mulher.

Foi na estância dos Lagoões, duma gente Silva, uns Silvas mui políticos, sempre metidos em eleições e enredos de qualificações de votantes.

A estância era como aqui e o arroio como a umas dez quadras; lá era o banho da família. Fazia uma ponta, tinha um sarandizal e logo era uma volta forte, como uma meia-lua, onde as areias se amontoavam formando um baixo: o perau era do lado de lá. O mato aí parecia plantado de propósito: era quase que pura guabiroba e pitanga, araçá e guabiju; no tempo, o chão coalhava-se de fruta: era um regalo!

Já vê... o banheiro não era longe; podia-se bem ir lá, de a pé, mas a família ia sempre de carretão, puxado a bois, uma junta, mui mansos, governados de regeira por uma das senhoras-donas e tocados com uma rama por qualquer das crianças.

Eram dois pais da paciência, os dois bois. Um se chamava Dourado, era baio; o outro, Cabiúna, era preto, com a orelha do lado de laçar, branca, e uma risca na papada.

Estavam tão mestres naquele piquete, que, quando a família, de manhãzita, depois da jacuba de leite, pegava a aprontar-se, que a criançada pulava para o terreiro ainda mastigando um naco de pão e as crioulas apareciam com as toalhas e por fim as senhoras-donas, quando se gritava pelo carretão, já os bois havia muito tempo que estavam encostados no cabeçalho, remoendo muito sossegados, esperando que qualquer peão os ajoujasse.

Assim correram os anos, sempre nesse mesmo serviço.

Quando entrava o inverno eles eram soltos para o campo, e ganhavam num rincão mui abrigado, que havia por detrás das casas. Às vezes, um que outro dia de sol mais quente, eles apareciam ali por perto, como indagando se havia calor bastante para a gente banhar-se. E mal que os miúdos davam com eles, saíam a correr e a gritar, numa algazarra de festa para os bichos.

– Olha o Dourado! Olha o Cabiúna! Ooch!... ooch!...

E algum daqueles traquinas sempre desencovava uma espiga de milho, um pedaço de abóbora, que os bois tomavam, arreganhando a beiçola lustrosa de baba, e punham-se a mascar, mui pachorrentos, ali à vista da gurizada risonha.

Pois veja vancê... Com o andar do tempo aquelas crianças se tornaram moças e homens feitos, foram-se casando e tendo família, e como *quera*, pode-se dizer que houve sempre senhoras-donas e gente miúda para os bois velhos levarem ao banho do arroio, no carretão.

Um dia, no fim do verão, o Dourado amanheceu morto, mui inchado e duro: tinha sido picado de cobra.

Ficou pois solito o Cabiúna; como era mui companheiro do outro, ali por perto dele andou uns dias pastando, deitando-se, remoendo. Às vezes esticava a cabeça para o morto e soltava um mugido... Cá pra mim o boi velho – uê! tinha caraca grossa nas aspas! – o boi velho berrava de saudades do companheiro e chamava-o, como no outro tempo, para pastarem juntos, para beberem juntos, para juntos puxarem o carretão...

– Que vancê pensa!... os animais se entendem... eles trocam língua!...

Quando o Cabiúna se chegava mui perto do outro e farejava o cheiro ruim, os urubus abriam-se, num trotão, lambuzados de sangue podre, às vezes meio engasgados, vomitando pedaços de carniça...

Bichos malditos, estes encarvoados!...

Pois, como ficou solito o Cabiúna, tiveram que ver outra junta para o carretão e o boi velho por ali foi ficando. Porém começou a emagrecer... e tal e qual como uma pessoa penarosa, que gosta de estar sozinha, assim o carreteiro ganhou o mato, quem sabe, de penaroso, também...

Um dia de sol quente ele apareceu no terreiro.

Foi um alvoroto da miuçalha.

– Olha o Cabiúna! O Cabiúna! Ooch! Cabiúna! ooch!...

E vieram à porta as senhoras-donas, já casadas e mães de filhos, e que quando eram crianças tantas vezes foram levadas pelo Cabiúna; vieram os moços, já homens, e todos disseram:

– Olha o Cabiúna! Ooch! Ooch!...

Então, um notou a magreza do boi; outro achou que sim; outro disse que ele não agüentava o primeiro minuano de maio; e conversa vai, conversa vem, o primeiro, que era mui golpeado, achou que era melhor matar-se aquele boi, que tinha caraca grossa nas aspas, que não engordava mais e que iria morrer atolado no fundo dalguma sanga e... lá se ia então um prejuízo certo, no couro perdido...

E já gritaram a um peão, que trouxesse o laço; e veio. À mão no mais o sujeito passou uma volta de meia-cara; o boi cabresteou, como um cachorro...

Pertinho estava o carretão, antigão, já meio desconjuntado, com o cabeçalho no ar, descansando sobre o muchacho.

O peão puxou da faca e dum golpe enterrou-a até o cabo, no sangradouro do boi manso; quando retirou a mão, já veio nela a golfada espumenta do sangue do coração...

Houve um silenciozito em toda aquela gente.

O boi velho sentindo-se ferido, doendo o talho, quem sabe se entendeu que aquilo seria um castigo, algum pregaço de picana, mal dado, por não estar ainda arrumado... – pois vancê creia! –: soprando o sangue em borbotões, já meio roncando na respiração, meio cambaleando, o boi velho deu uns passos mais, encostou o corpo ao comprido no cabeçalho do carretão, e meteu a cabeça, certinho, no lugar da canga, entre os dois canzis... e ficou arrumado, esperando que o peão fechasse a brocha e lhe passasse a regeira na orelha branca...

E ajoelhou... e caiu... e morreu...

Os cuscos pegaram a lamber o sangue, por cima dos capins... um alçou a perna e verteu em cima... e enquanto o peão chairava a faca para carnear, um gurizinho, gordote, claro, de cabelos cacheados, que estava comendo uma munhata, chegou-se para o boi morto e, metendo-lhe a fatia na boca, batia-lhe na aspa e dizia-lhe na sua língua de trapos:

– *Tome, tabiúna! Nó té... Nô fá bila, tabiúna!...*

E ria-se o inocente para os grandes, que estavam por ali, calados, os diabos, cá pra mim, com remorsos por aquela judiaria com o boi velho, que os havia carregado a todos, tantas vezes, para a alegria do banho e das guabirobas, dos araçás, das pitangas, dos guabijus!...

– Veja vancê, que desgraçados; tão ricos... e por um mixe couro do boi velho!...

– Cuê-pucha!... é mesmo bicho mau, o homem!

Coelho Neto

OS POMBOS

Quando Joana apareceu à porta bocejando, fatigada da longa noite passada em claro à cabeceira do filho, Tibúrcio, de pé no terreiro, firmado à enxada, olhava o pombal alvoroçado.

O sol começava a subir dourando as folhas úmidas; à beira do córrego esvoaçavam rolas e os sanhaços faziam uma alegre algazarra nos ramos altos das árvores das cercanias.

O caboclo, imóvel, não tirava os olhos do pombal que ficava à sombra duma copada mangueira. Por vezes franzia a fronte acusando a luta íntima, graves preocupações que lhe trabalhavam o espírito. Um pombo abalava, outro, logo outro – ele voltava a cabeça, seguia-os até os perder de vista e tornava à contemplação melancólica.

As aves iam e vinham, entravam, saíam agitadas, arrulhando alto; esvoaçavam em redor da habitação, pousavam nas árvores, no sapê da cabana, baixavam à terra irrequietas, fazendo roda, arrufadas.

Algumas pareciam orientar-se buscando rumo – estendiam os olhos pelo claro espaço, aprofundando a vista nos horizontes remotos; outras voavam, descreviam grandes voltas e regressavam ao pombal. Juntavam-se em reboliço turturinando, como se discutissem, combinassem a abalada.

Algumas, indecisas, abriam as asas ameaçando o voo, mas logo as fechavam; outras arrojavam-se, mas retrocediam sem ânimo e o rumor crescia, na atropelada da excitação da faina da partida.

O caboclo não se arredava, olhando. Ele bem sabia que era a vida de seu filho que ali estava em jogo, pendente da resolução das aves. "Quando os pombos desertam, a desgraça vem logo."

Vendo-o, Joana perguntou:

– Que é? – O caboclo coçou a cabeça sem responder. Ela insistiu:

– Que é, Tibúrcio?

– A mode que os pombos 'tão arribando, Joana. – A cabocla sorriu tristemente:

– Uai! só agora é qu'ocê 'tá dando por isso? Desne que ele caiu de cama. Eu não quis falar, mas bem que eu 'tava vendo. – O caboclo pôs a enxada ao ombro e foi-se lentamente a caminho da roça, por entre o capim molhado que exalava um cheiro picante.

Galinhas cacarejavam ocultas nas ervas altas e um fio d'água, que derivava fino e suave, lampejava aqui, ali, nas abertas do mato. Tibúrcio, sempre de cabeça baixa, enxada ao ombro, seguia impressionado com a repentina migração das aves.

Era o anúncio fatal. Ele bem ouvira a coruja noites e noites seguidas; não fizera caso – tudo ia bem: o pequeno com saúde, eles sempre robustos. Mas ali estava a confirmação do aviso – a fuga dos pombos; todos criados por ele, lá iam, abandonavam-no pressentindo a chegada da morte.

Voltou-se, levantou o olhar – as aves esvoaçavam descrevendo círculos e Joana lá estava na soleira da cabana, encostada ao umbral, os braços cruzados, a cabeça pendida, decerto chorando, coitada!

Revoltou-se com uma surda explosão de ódio contra as aves ingratas. Nunca tivera a coragem de matar uma só e vivia sempre a consertar o pombal, mais uma coisa, mais outra, pensando em aumentá-lo para os novos casais. E o filho? não era ele quem pilava o milho para os borrachudos? quem sempre andava pela mangueira, de ramo em ramo, a ver se havia alguma fenda no pombal por onde a chuva penetrasse? Quem sabe se era porque o não viam que os pombos abandonavam a casa?

Encolheu os ombros e seguiu, mato dentro. Quando passou a estiva, o coração bateu-lhe com força, na emoção dum presságio. Parou. A água rebalsada refletia-o imóvel e ele olhava sem ver a sua imagem, pensando no pequeno que delirava, ardendo em febre.

Enveredou pela roça – o milharal apendoado era tão alto que ele desaparecia seguindo os carreiros cobertos de folhas secas – pomas de terra fofa encobriam formigueiros que ele sempre arrasava nos dias tranquilos. Nem deu por eles. Seguia. Papagaios fugiam chalrando, com as verdes asas luzindo ao sol; gafanhotos enormes saltavam nas folhas; por vezes um calango rastejava ligeiro.

Havia um ranchinho de palha – era ali que o filho costumava ficar arranjando as suas arapucas; ainda lá estava um feixe de taquaras, mas a erva começava a invadir o abrigo abandonado. Também ia já para um mês que o pequeno ali não aparecia. Quando chegou ao mandiocal, sentou-se alquebrado – a enxada pesava-lhe ao ombro como uma carga, as pernas afrouxavam, todo o corpo ressentia-se de fadiga como se ele chegasse de estirada viagem. Sentou-se num cômoro e pôs-se a riscar a terra com um graveto, pensando.

Às vezes parecia-lhe ouvir a voz da mulher ecoando; levantava a cabeça e, atento, sobressaltado, ficava à escuta. Só ouvia o crepitar das folhas balançadas pela viração e o zizio dos insetos ao sol. A terra transpirava, um vapor diáfano subia tremulamente do solo aquecido, as folhas pendiam lânguidas, e no céu, de um azul intenso, passavam urubus vagarosos demandando as malhadas longínquas.

De repente um pombo atravessou os ares, outro, outro logo depois. Tibúrcio pôs-se de pé olhando – lá iam eles, lá iam! Asas estalaram – eram outros. Aqueles não tornariam mais! fugiam espavoridos, sentindo a morte que devia vir perto.

Lançou um olhar largo em volta e só viu a verdura farta ondulando à brisa, sob a claridade cálida. Devia ter levado o filho à vila logo que ele caiu doente; mas quem podia contar com aquilo? De repente, um febrão, delírio... Que fazer? Levantou os olhos para o céu e ficou contemplando o azul luminoso. Mais um pombo passou. Meneou a cabeça desanimado e, atirando um murro à coxa, pôs a enxada ao ombro e deu volta tornando à casa. Quando Joana o descobriu no terreiro, como se adivinhasse o seu pensamento, disse:

– Foi mesmo melhor você voltar, meu velho. Eu aqui sozinha nem sei que hei de fazer.

Ele olhou o pombal – estava deserto, em silêncio.

Ao cair da tarde sentou-se no limiar da cabana e, fumando, ficou à espera dos pombos. As cigarras cantavam, todos os pássaros, que tinham os seus ninhos nas árvores próximas, recolhiam e, como ainda havia luz, deixavam-se ficar nos ramos, desferindo os últimos galreios.

O céu empalidecia, nublava-se de leve o fundo campo triste. A aragem da tarde espalhava o suave aroma das açucenas que abriam. Perto, um cão ladrava, a espaço; por vezes um lento mugido entristecia o silêncio. Tibúrcio não tirava os olhos do pombal senão para os alongar pelo espaço, procurando descobrir uma das aves. Talvez tornassem.

Onde achariam elas melhor abrigo? A floresta era arriscada e pombos de casa não fazem vida no mato. Que outro pombal os teria atraído? Se ele houvesse seguido a direção do voo... Alguns tinham tomado para os lados dos campos, outros haviam endireitado para a serra. E não voltavam.

Começava a escurecer. Joana acendeu a candeia. Já os sapos coaxavam nos aguaçais. Uma estrela luziu no céu. Tibúrcio fitou nela os olhos e pôs-se a rezar baixinho. O silêncio era apenas interrompido pelo burburinho da água do córrego que rolava perto, nos fundos da cabana, saltando, escachoando em pedrouços. Tibúrcio suspirou e ergueu-se, encostou-se ao umbral sem ânimo de entrar.

Joana chegou-se à porta.

– Então?...

– No mesmo. Agora nem água. Qual!

Ele desceu o degrau de madeira, chamou-a e caminharam vagarosamente no terreiro que começava a clarear. Junto à mangueira, justamente sob o pombal, pararam, e o caboclo, baixinho, como se receasse ser ouvido pelo filho, perguntou:

– Joana, você não sabe reza nenhuma pra isso? – e mostrou o pombal deserto.

– Nhá Lina é que sabe.

– E chama?

– Diz que sim.

Tibúrcio ficou a pensar. Súbito, levantando resolutamente a cabeça, disse em voz firme:

– Eu vou lá.

– Agora?

– Então? Você não diz que chama?

– Eu nunca vi, Tibúrcio. Dizem.

– Você não quer.

– Eu? eu não. Só o que acho é que é muito tarde. Você já viu como ele está? não dá acordo de nada. Eu ando, falo, viro e mexo no quarto e ele... nem como coisa. Ali só Deus!

A voz ia-se-lhe travando na garganta; de repente desatou a chorar. Tibúrcio afastou-se, pôs-se a andar vagamente no terreiro. A lua subia, os campos alvejavam e as sombras das árvores, muito negras, tisnavam a claridade.

– Tem paciência, minha velha. A gente fez tudo.

Os grilhos cantavam estrídulos; um caboré passou com um grito rascante. O caboclo murmurou: – Já sei. – De repente estremeceu, voltou-se hirta para a cabana, por cuja porta escancarada saía ao terreiro um raio de luz lívida e, depois de olhar um momento, como assombrada, partiu de arranco.

Tibúrcio, imóvel, sem compreender o que fizera a mulher, esperava vê-la reaparecer tranquila, quando um grito lancinante atravessou o silêncio. O caboclo arrojou-se para a cabana, foi direito ao quarto que uma lamparina alumiava: a mulher, de joelhos junto ao catre, debruçada sobre o filho, soluçava desesperadamente.

– Que é, Joana?

Ela rouquejou, atirando os braços sobre o corpo da criança.

– Acabou! Vê...

Ele inclinou-se: o seu rosto roçou por uma face que ardia, a sua mão trêmula pôs-se a apalpar um corpo abrasado, sentindo o peito magro ripado pelas costelas, o ventre fundo.

– Vê o coração, Tibúrcio.

Ele apenas disse:

– Acabou.

A mulher ergueu-se d'ímpeto, desfigurada, com os cabelos desgrenhados, os olhos flamejantes; quis falar, estendeu os braços para o marido, mas caiu molemente numa canastra e, dobrando-se toda, rompeu a chorar, redizendo o nome do filho com a ternura a coar-se pelos soluços:

– Meu Luiz! Meu Luizinho! Tão vivo, minha Nossa Senhora.

Tibúrcio afastou-se e, na sala, diante da mesa em que jazia a candeia, parou com o olhar perdido, os lábios trêmulos e as lágrimas rolando em grossas gotas ao longo da face ossuda. Joana rompeu do quarto cambaleando como ébria e, vendo-o, atirou-se-lhe nos braços; ele amparou-a sem dizer palavra e, abraçados, ficaram largo tempo de pé na estreita sala obscura onde os grilos cantavam.

Joana tornou para o quarto. Tibúrcio ficou encostado à mesa, de olhos fitos na luz da candeia, que oscilava com o vento. O luar entrava alvo, caleando as paredes. Ele moveu-se com arrancado suspiro, foi até à porta, sentou-se na soleira, acendeu o cachimbo e quedou olhando o campo iluminado. De repente pareceu-lhe ouvir arrulhos – levantou a cabeça, olhando. As estrelas cintilavam na altura, a copa das árvores reluzia ao luar. Seria ilusão?

Encolheu-se e, imóvel, atento, ficou à escuta: os arrulhos continuavam. Ergueu-se impetuosamente e caminhou direito ao pombal, colando-se ao tronco da mangueira. Seriam os pombos que voltavam depois da passagem da morte? Respondendo à sua ideia, pôs-se a resmungar enfurecido:

– Agora é tarde! Agora é tarde, malditos!

Um ruflo de asas, turturinos meigos, pios, partiram do pombal. Não havia dúvida. O rosto contraiu-se-lhe em ricto. Adiantou-se e, do meio do terreiro, olhou o pombal, caminhando resolutamente para a cabana.

Joana soluçava. Ele apanhou a candeia, dirigiu-se à cozinha e, vendo o machado a um canto, tomou-o resmungando. Voltou ao terreiro e, sob a mangueira, arregaçando as mangas da camisa grossa, brandiu o machado.

Ao primeiro golpe no poste que sustentava o pombal as aves calaram-se. Tibúrcio redobrava de esforço, arquejando. A um estalo seco afastou-se, mas a construção continuava de pé, resistindo. Encostou o machado ao tronco e, agarrando-se aos galhos, guindou-se, foi marinhando pela árvore acima, e, firmando-se numa forquilha, atirou um pontapé à grande caixa que rapidamente pendeu, ruiu com estrondo no terreiro.

Dois pombos voaram assustados, estonteados, incertos na claridade noturna, e pousaram no teto da palhoça.

O caboclo escorregou ligeiro pelo tronco e viu dois pequenos corpos que piavam, oscilavam, arrastavam-se – eram dois borrachos. Agachou-se, tomou-os nas mãos, pôs-se a mirá-los: eram hediondos, ainda implumes, tendo apenas leve penugem sobre as nervuras do corpo engelhado e mole. O caboclo virando-os, revirando-os nas mãos encoscoradas, sentia-lhe os ossos frágeis, e os animais debatiam-se movendo o coto das asas, esticavam o pescoço, piavam.

Rilhando os dentes, foi-os espremendo, esmagando – os ossos tenros estalavam como gravetos, o sangue espirrou, escorreu-lhe por entre os grossos dedos, pelos punhos.

Em ímpeto de fúria arremessou-os ao chão, eles bateram fofos como frutos podres que se esborrachassem e o caboclo espezinhou-os com rugidos surdos. Os pais arrulhavam aflitos na palha da cabana, indo e vindo.

Joana, abraçada ao filho, soluçava, quando Tibúrcio entrou no quarto. Quedou diante do catre, a olhar. Subitamente a mulher estremeceu e, levantando-se de salto, agarrou o braço do marido, os olhos muito abertos, a boca em hiato, a cabeça inclinada como a ouvir vozes, rumores longínquos.

– Que é, Joana? Que é qu'ocê tem?

Ela murmurou apavorada:

– Os pombos, meu velho. Ocê não tá ouvindo? (Eram os arrulhos tristes que vinham de cima da casa.) Estão voltando. Quem sabe?! Ele ainda está quente...

E havia uma esperança imensa no coração dolorido da cabocla. Tibúrcio encolheu os ombros:

– É choro deles. Estão chorando como nós. É um casal que ficou por causa dos filhos. Eu derrubei o pombal, matei os borrachos. Olha – e mostrou as mãos ensanguentadas. – Eles voaram, estão em cima da casa. Você quer ver?

Foi saindo; ela acompanhou-o. Desceram ao terreiro. Tibúrcio mostrou o pombal tombado, depois apanhou os esmagados corpos dos borrachos: – Olha aqui... – Joana olhava sem dizer palavra. Cessara de chorar, espantada, mirando o marido, cujos olhos acesos fulguravam. Ele derreou o busto e atirou o primeiro borracho ao sapê, rugindo: "É bom?!"; atirou o segundo: "É bom?!" Os pombos abalaram espavoridos, perderam-se nas galhadas negras. "É bom?!" Joana não tirava os olhos do marido, muda, aterrada, vendo-o chorar aos arrancos, a olhar as mãos espalmadas, tintas de sangue.

– Vamos, meu velho. Foi a vontade de Deus. Está no céu.

E vagarosamente o foi levando.

Entraram e, diante do catre em que jazia o filho morto, as lágrimas romperam dos olhos de ambos, e sobre o teto da palhoça os pombos, que haviam tornado, arrulhavam doridamente.

FIRMO, O VAQUEIRO

Sentados na soleira da palhoça, em face do verde campo, à hora vesperal em que os rebanhos recolhem, o velho Firmo e eu fumávamos, relembrando passagens alegres da vida de outrora.

Firmo era meu companheiro quando eu ia passar as férias na roça. O que ele sabia de histórias! e como as contava fazendo voz enternecida e meiga para imitar as princesas que imploravam ou arremetendo com vozeirão terrível para que eu tivesse a impressão exata do bradar horrível dos gigantes antropófagos. E não só histórias dos livros, outras sabia que eu jamais em letras vira: a que descrevia a iara branca seduzindo o remador do Itapicuru e o conto do curupira, com que no bom tempo faziam cessar a minha impertinência. Algumas eram inventadas por ele, diziam; outras o velho Firmo, vaqueano e andejo, aprendera por esses sertões de Deus por onde caminhara.

Andava pelos oitenta anos, mas quem o visse a cavalo, no campo, não lhe daria tanta idade. O diabo era o reumatismo que lhe não deixava as pernas. No seu tempo ninguém levava o melhor ao Firmo do *Curral novo*. Raparigas, que uma vez o viam montado no garboso *Fábrica*, o laço em volta da cinta, a aguilhada firme sobre a coxa coberta de couro cru, perdiam-se de amor por ele.

Era um caboclo atirado, musculoso e rijo: grandes olhos negros brilhavam no seu rosto queimado pelos verões e os cachos do seu cabelo rolavam-lhe pelos ombros largos.

Velho, embora, "ninguém lhe chegava ao pé sem muito jeito", como ele próprio dizia sorrindo com os seus dentes limados, agudos como pontas de frechas. Apesar de alquebrado e enfermo, andava com arrogância e notava-se-lhe na voz, áspera e forte, o hábito de comando.

Em tempos de festa, quando vinham para a mesma eira moças do lugar e moças de mais longe, Firmo saltava na roda, sapateando, rasgando na viola a *tirana* dos campeiros, e quem ousava pegar o verso do caboclo?! As tabaroas morenas sorriam com os olhos fascinados e unidas desfaziam-se das flores para que o cantador as fosse pisando no sapateado... por isso o Firmo andava sempre de ponta com os companheiros e, mais de uma vez, o descante acabou varrido à faca; mas quem ficasse do lado do caboclo podia estar descansado – nunca fugiu de arrelia, fosse com um, fosse com dez ou mais.

Mãezinha, a velha mucama de casa, quando o via passar no caminho, curvado, pitando o seu cachimbo de taquara, dizia maliciosa:

– Isso, ahn! isso foi o diabo!

Firmo "vivia encostado no tempo de dantes", a saudade era o seu conforto. "Hoje em dia qu'é qu'a gente vê? má língua e moleza só", dizia e citava o valente d'antanho e mostrava as velhas gabando-lhes a beleza que a idade fanara: "Serapião, homem que nem o diabo!... Ana Rosa, essa curumba... foi mulata de dengue, era um motim aqui em cima por causa dela. Filomena, com essa cara de peixe moqueado, teve o seu luxo e foi gente... Eu também pisei duro, ora!"

Firmo vivia das recordações. Passava os dias caminhando de um para outro lado, visitando as palhoças, ou à beira do rio para ver e ouvir as lavadeiras, quando não se metia a fazer bodoques para as crianças.

À tarde sentava-se em um pilão quebrado, à porta da casa, e deixava-se estar inerte, os olhos ao longe: "Estava vivendo...", dizia quando eu lhe perguntava que fazia ali sozinho. Estávamos, às vezes, sentados juntos, ele a contar-me histórias, quando nos chegava, nítido e agudo, o grito do campeiro. Firmo calava-se, um estremecimento agitava-o, os olhos dilatados recobravam o brilho antigo e punha-se de pé, devassando a paisagem triste, à luz crepuscular.

De repente aparecia a nuvem de poeira anunciando o gado que chegava... uma mancha vermelha, uma mancha negra, outra e logo o magote, os bois juntos, emaranhando os chifres; um mugia, outros imitavam-no levantando os focinhos ou ferravam-se às marradas, sendo às vezes necessária a intervenção do vaqueiro que apartava os dois a ponta de vara. E a marcha aproximava-se morosa.

Firmo ficava enlevado acompanhando os movimentos da manada, inclinando-se para um lado, para outro, aspirando sôfrego. De repente batia as palmas e juntava, logo em seguida, as mãos na boca à guisa de porta-voz, bradando:

– Eh! ah! eh eou! ruma! ruma! Eh! lou...

E ficava longo tempo excitado, a olhar. Não perdia uma só das peripécias e, se um touro espirrava, correndo aos galões pela campina, o velho entrava a bramar do outeiro, tão alto, tão alto que as raparigas, que andavam na eira recolhendo a roupa ou socando o arroz, paravam assustadas erguendo os olhos para o lado da palhoça do vaqueiro velho. Mas ninguém o acomodava antes de ser laçado o boi fujão e quando o vaqueiro aparecia, arrastando o animal laçado, Firmo suspirava baixinho:

– Ah! Nossa Senhora! meu tempo!

Foi pelo Natal que o vi pela última vez. Começavam os preparativos da festa, quando cheguei ao sítio. Nas casas dos escravos, às vezes, à noite, ensaiavam as crianças. Na eira os rapazolas preparavam jiraus; colhia-se o arroz novo para os presepes e de todos os lados, mal o sol fugia, começavam as toadas das cantigas ao *Deus Menino* e as falas dos infantes que figuravam no *Mistério*.

Firmo estava doente, mal podia mover-se: passava os dias na rede. Subi a vê-lo, uma noite justamente na véspera do grande dia. Encontrei-o deitado, fumando, os olhos semicerrados.

– Eh! Vaqueiro velho... Então que é isso?!

– Estou derrubado, patrãozinho.

– Mas que diabo tem você?

– Moléstia má, patrãozinho; parece que desta feita vou mesmo.

– Ora qual...

– Eu é que sei como me sinto, patrãozinho. Se até o *pito* me faz nojo...

– Pois eu preparei uma surpresa que te vai fazer mais bem do que todas as *mezinhas* de mãe Tude. Quem está aí fora? adivinha...

– Ah! patrãozinho, alguma alma boa... quem há de ser?!!

– Raimundinho.

O velho sacudiu-se novamente na rede e, voltando-se para a porta com um sorriso, perguntou:

– E onde está esse negro que não entra?

– Boa noite à gente da casa! – disse da porta o cafuzo.

– Entra, negro!

O cafuzo, um codoense de fama, atravessou o limiar da porta:

– Então, tio Firmo, a febre pode mais, hein?

– Sim, porque eu não vi quando ela entrou... quando não! Então, negro, que é que vamos fazendo?...

– Vim fazer a minha festa. Dizem que vão queimar fogaréus no *Curral novo*...

– Como vai Noca?

– Boa.

– E Ana? está na cidade mais o pai?

– Hem, hem – afirmou o cafuzo.

– Negro, você não vai daqui hoje. Ah! patrãozinho, vosmecê vai ver o que é um diabo. Negro, ajunta a madeira ali atrás da arca...

– Está encordoada?

– Ó danado! Onde você viu uma viola sem corda? e afinada, ajunta.

O codoense agachou-se, apanhou a viola do vaqueiro e logo correu os dedos ágeis pelas cordas.

– Passa pra luz, cafuzo.

– Lá vou...

Sentou-se no centro da mesa, cruzou as pernas e, tombando a cabeça, gemeu a toada sertaneja.

– Anda com Deus.

– Lá vai; pigarreou e desferiu:

No coração de quem ama
Nasce uma flor que envenena.

– Eh! – gritou o Firmo entusiasmado, concluindo a quadra:

Morena, essa flor que mata
Chama-se paixão, morena...

– Pega, negro... não deixa o verbo no chão!

De fora, contínuo e doce, vinha o coro longínquo das crianças em louvor de Jesus e, de vez em vez, reboava o mugido de um touro.

Quando o cafuzo descansou a viola, Firmo disse da rede com esforço, arrastando a voz fraca:

– Canta, canta mais, cafuzo... Quem não tem Nosso Pai ouve a cantiga. Canta.

Era tarde quando desci o outeiro. Raimundinho lá ficou cantando.

No dia seguinte, à hora em que saía o gado, estava eu debruçado à varanda quando vi o cafuzo que preparava o animal viajeiro:

– Raimundinho, como vai ele?...

De longe apontou a palhoça.

– Sim.

O braço caiu-lhe, olhou-me algum tempo comovido; depois, saltando para o animal, levou o polegar à boca fazendo estalar a unha nos dentes: "Às quatro horas da manhã... Atirei um verso e disse, para bulir com ele: Pega, velho! Não respondeu. Tio Firmo, mesmo velho e doente, não era homem para deixar um verso no chão... Fui ver, coitado!... estava morto". E deu de esporas para que eu não lhe visse as lágrimas.

Subi ao outeiro... Pobre Firmo! Lá estava no fundo da rede, cercado de gente. Guardara o sorriso, morrera feliz, ouvindo os cantos do seu tempo e bem perto da casa o mugido dos rebanhos. E bem que o choraram nessa noite os grandes bois, e diziam, entretanto, que eles estavam louvando o Senhor Menino; chorando o companheiro é que eles estavam, os grandes bois que pressentem todas as desgraças e que veem a morte passar, à noite, com a foice de rastro, através das campinas. Bem que choraram nessa noite os bois: decerto viram a morte entrar na cabana de Firmo.

Afonso Arinos

ASSOMBRAMENTO
(História do sertão)

I

À beira do caminho das tropas, num tabuleiro grande, onde cresciam a canela-de-ema e o pau-santo, havia uma tapera. A velha casa assombrada, com grande escadaria de pedra levando ao alpendre, não parecia desamparada. O viandante a avistava de longe, com a capela ao lado e a cruz de pedra lavrada, enegrecida, de braços abertos, em prece contrita para o céu. Naquele escampado, onde não ria ao sol o verde-escuro das matas, a cor embaçada da casa suavizava mais ainda o verde esmaiado dos campos.

E quem não fosse vaqueano naqueles sítios iria, sem dúvida, estacar diante da grande porteira escancarada, inquirindo qual o motivo por que a gente da fazenda era tão esquiva que nem ao menos aparecia à janela quando a cabeçada da madrinha da tropa, carrilhonando à frente dos lotes, guiava os cargueiros pelo caminho afora.

Entestando com a estrada, o largo rancho de telha, com grandes esteios de aroeira e moirões cheios de argolas de ferro, abria-se ainda distante da casa, convidando o viandante a abrigar-se nele. No chão havia ainda uma trempe de pedras com vestígios de fogo e, daqui e dacolá, no terreno acamado e liso, espojadouros de animais vagabundos.

Muitas vezes, os cargueiros das tropas, ao darem com o rancho, trotavam para lá, esperançados de pouso, bufando, atropelando-se, batendo uns contra os outros as cobertas de couro cru; entravam pelo rancho adentro, apinhavam-se, giravam impacientes à espera da descarga, até que os tocadores a pé, com as longas toalhas de crivo enfiadas no pescoço, falavam à mulada, obrigando-a a ganhar o caminho.

Por que seria que os tropeiros, ainda em risco de forçarem as marchas e aguarem a tropa, não pousavam aí? Eles bem sabiam que, à noite, teriam de despertar, quando as almas perdidas, em penitência, cantassem com voz fanhosa a encomendação. Mas o cuiabano Manuel Alves, arrieiro atrevido, não estava por essas abusões, e quis tirar a cisma da casa mal-assombrada.

Montado em sua mula queimada frontaberta, levando adestro seu macho crioulo por nome "Fidalgo" – dizia ele que tinha corrido todo este mundão, sem topar coisa alguma, em dias de sua vida, que lhe fizesse o coração bater apressado, de medo. Havia de dormir sozinho na tapera e ver até onde chegavam os receios do povo.

Dito e feito.

Passando por aí de uma vez, com sua tropa, mandou descarregar no rancho com ar decidido. E enquanto a camaradagem, meio obtusa com aquela resolução inesperada, saltava das selas, ao guizalhar das rosetas no ferro batido das esporas e os tocadores, acudindo de cá e de lá, iam amarrando nas estacas os burros, divididos em lotes de dez, Manuel Alves, o primeiro em desmontar, quedava-se de pé, recostado a um moirão de braúna, chapéu na coroa da cabeça, cenho carregado, faca nua aparelhada de prata, cortando vagarosamente fumo para o cigarro.

Os tropeiros, em vaivém, empilhavam as cargas, resfolegando ao peso. Contra o costume, não proferiam uma jura, uma exclamação; só, às vezes, uma palmada forte na anca de algum macho teimoso. No mais, o serviço ia-se fazendo e o Manuel Alves continuava quieto.

As sobrecargas e os arrochos, os buçais, a penca de ferraduras, espalhados aos montes; o surrão da ferramenta aberto e para fora o martelo, o puxavante e a bigorna; os embornais dependurados; as bruacas abertas e o trem de cozinha em cima de um couro; a fila de cangalhas de suadouro para o ar, à beira do rancho – denunciaram ao arrieiro que a descarga fora feita com a ordem do costume, mostrando também que à rapaziada não repugnava acompanhá-lo na aventura.

Então, o arrieiro percorreu a tropa, correndo o lombo dos animais para examinar as pisaduras; mandou atalhar à sovela algumas cangalhas, assistiu à raspagem da mulada e mandou, por fim, encostar a tropa acolá, fora da beira do capão, onde costumam crescer as ervas venenosas.

Dos camaradas o Venâncio lhe fora malungo de sempre. Conheciam-se a fundo, os dois tropeiros, desde o tempo em que puseram o pé na estrada pela primeira vez, na era da fumaça, em trinta e três. Davam de língua às vezes, nos serões do pouso, um pedação de tempo, enquanto os outros tropeiros, sentados nos fardos ou estendidos sobre os couros, faziam chorar a tirana com toada doída de uma cantilena saudosa.

Venâncio queria puxar a conversa para as coisas da tapera, pois viu logo que o Manuel Alves, ficando aí, tramava alguma das dele.

– O macho lunanco está meio sentido da viagem, sô Manuel.

– Nem por isso. Aquele é couro n'água. Não é com duas distâncias desta que ele afrouxa.

– Pois olhe: não dou muito para ele urrar na subida do morro.

– Este? não fale!

– Inda malhando nesses carrascos cheios de pedra, então é que ele se entrega de todo.

– Ora!

– Vossemecê bem sabe: por aqui não há boa pastaria; acresce mais que a tropa deve andar amilhada. Nem pasto, nem milho na redondeza desta tapera. Tudo que sairmos, daqui, topamos logo um catingal verde. Este pouso não presta; a tropa amanhece desbarrigada, que é um deus nos acuda.

– Deixe de poetagens, Venâncio! Eu sei cá.

– Vossemecê pode saber, eu não duvido; mas na hora da coisa feia, quando a tropa pegar a arriar a carga pela estrada, é um vira-tem-mão e – Venâncio pr'aqui, Venâncio pr'acolá.

Manuel deu um muxoxo. Em seguida, levantou-se de um surrão onde estivera assentado durante a conversa e chegou à beira do rancho, olhando para fora. Cantarolou umas trovas e, voltando-se de repente para o Venâncio, disse:

– Vou dormir na tapera. Sempre quero ver se a boca do povo fala verdade uma vez.

– Hum, hum! está aí! Eia, eia, eia!

– Não temos eia, nem peia! Puxe para fora minha rede.

– Já vou, patrão. Não precisa falar duas vezes.

E, daí a pouco, veio com a rede cuiabana bem tecida, bem rematada por longas franjas pendentes.

– Que é que vossemecê determina agora?

– Vá lá à tapera enquanto é dia e arme a rede na sala da frente. Enquanto isso, aqui também se vai cuidando no jantar.

O caldeirão preso à rabicha grugrulhava ao fogo; a carne-seca chiava no espeto e a camaradagem, rondando à beira do fogo, lançava às vasilhas olhares ávidos e cheios de angústias, na ansiosa expectativa do jantar. Um, de passagem, atiçava o fogo, outro carregava o ancorote cheio d'água fresca; qual corria a lavar os pratos de estanho, qual indagava pressuroso se era preciso mais lenha.

Houve um momento em que o cozinheiro, atucanado com tamanha oficiosidade, arremangou aos parceiros, dizendo-lhes:

– Arre! tem tempo, gente! Parece que vocês nunca viram feijão. Cuidem de seu quefazer, se não querem sair daqui a poder de tição de fogo!

Os camaradas se afastaram, não querendo turrar com o cozinheiro em momento assim melindroso.

Pouco depois chegava o Venâncio ainda a tempo de servir o jantar ao Manuel Alves.

Os tropeiros formavam roda, agachados, com os pratos em cima dos joelhos e comiam valentemente.

– Então? – perguntou Manuel Alves ao seu malungo.

– Nada, nada, nada! Aquilo por lá, nem sinal de gente.

– Uai! é estúrdio!

– E vossemecê pousa lá mesmo?

– Querendo Deus, sozinho, com a franqueira e a garrucha, que nunca me atraiçoaram.

– Sua alma, sua palma, meu patrão. Mas... é o diabo!

– Ora! pelo buraco da fechadura não entra gente, estando bem fechadas as portas. O resto, se for gente viva, antes dela me jantar eu hei de fazer por almoçá-la. Venâncio, defunto não levanta da cova. Você há de saber amanhã.

– Sua alma, sua palma, eu já disse, meu patrão; mas, olhe, eu já estou velho, tenho visto muita coisa e, com ajuda de Deus, tenho escapado de algumas. Agora, o que eu nunca quis foi saber de negócio com sombração. Isso de coisa do outro mundo, pr'aqui mais pr'ali – terminou o Venâncio sublinhando a última frase com um gesto de quem se benze.

Manuel Alves riu-se, e, sentando-se numa albarda estendida, catou uns gravetos do chão e começou a riscar a terra, fazendo cruzinhas, traçando arabescos... A camaradagem, reconfortada com o jantar abundante, tagarelava e ria, bulindo de vez em quando no guampo de cachaça. Um deles ensaiava um rasgado na viola; e outro – namorado talvez –, encostado ao esteio do rancho, olhava para longe, encarando a barra do céu de um vermelho enfumaçado e falando baixinho, coa voz tremente, à sua amada distante...

II

Enoitara-se o escampado, e com ele o rancho e a tapera. O rolo de cera, há pouco aceso e pregado ao pé-direito do rancho, fazia uma luz fumarenta. Embaixo da tripeça, o fogo estalava ainda. De longe vinham aí morrer as vozes do sapo-cachorro, que latia, lá, num brejo afastado, sobre o qual os vaga-lumes teciam uma trama de luz vacilante. De cá se ouvia o resfolegar da mulada, pastando espalhada pelo campo. E o cincerro da madrinha, badalando compassadamente aos movimentos do animal, sonorizava aquela grande extensão erma.

As estrelas, em divina faceirice, furtavam o brilho às miradas dos tropeiros, que, tomados de langor, banzavam, estirados nas caronas, apoiadas as cabeças nos serigotes, com o rosto voltado para o céu.

Um dos tocadores, rapagão do Ceará, pegou a tirar uma cantiga. E, pouco a pouco, todos aqueles homens errantes, filhos dos pontos mais afastados desta grande pátria, sufocados pelas mesmas saudades, unificados no mesmo sentimento de amor à independência, irmanados nas alegrias e nas dores da vida em comum, responderam em coro, cantando o estribilho. A princípio, timidamente, as vozes meio veladas deixaram entreouvir os suspiros; mas, animando-se, animando-se a solidão foi se enchendo de melodia, foi se povoando de sons dessa música espontânea e simples, tão bárbara e tão livre de regras, onde a alma sertaneja soluça ou geme, campeia vitoriosa ou ruge traiçoeira – irmã gêmea das vozes das feras, dos roncos da cachoeira, do murmulho suave do arroio, do gorjeio delicado das aves e do tétrico fragor das tormentas. O idílio ou a luta, o romance ou a tragédia viveram no relevo extraordinário desses versos mutilados, dessa linguagem brutesca da tropeirada.

E, enquanto um deles, rufando um sapateado, gracejava com os companheiros, lembrando os perigos da noite nesse ermo – consistório das almas penadas –, outro, o Joaquim Pampa, lá das bandas do sul, interrompendo a narração de suas proezas na campanha, quando corria à cola da bagualada girando as bolas no punho erguido, fez calar os últimos parceiros que ainda acompanhavam nas cantilenas o cearense peitudo, gritando-lhes:

– Ché, povo! Tá chegando a hora!

O último estribilho:

Deixa estar o jacaré:
A lagoa há de secar!

expirou magoado na boca daqueles poucos, amantes resignados, que esperavam um tempo mais feliz, onde os corações duros das morenas ingratas amolecessem para seus namorados fiéis:

Deixa estar o jacaré:
A lagoa há de secar!

O tropeiro apaixonado, rapazinho esguio, de olhos pretos e fundos, que contemplava absorto a barra do céu ao cair da tarde, estava entre estes; e, quando emudeceu a voz dos companheiros ao lado, ele concluiu a quadra com estas palavras, ditas em tom de fé profunda, como se evocasse mágoas longo tempo padecidas:

Rio Preto há de dar vau
Té pra cachorro passar!

– Tá chegando a hora!

– Hora de quê, Joaquim?

– De aparecerem as almas perdidas. Ih! vamos acender fogueiras em roda do rancho.

Nisto, apareceu o Venâncio, cortando-lhes a conversa.

– Gente! o patrão já está na tapera. Deus permita que nada lhe aconteça. Mas vocês sabem: ninguém gosta deste pouso mal-assombrado.

– Escute, tio Venâncio. A rapaziada deve também vigiar a tapera. Pois nós havemos de deixar o patrão sozinho?

– Que se há de fazer? Ele disse que quer ver com seus olhos, e havia de ir só, porque assombração não aparece senão a uma pessoa só, que mostre coragem.

– O povo conta que mais de um tropeiro animoso quis ver a coisa de perto; mas, no dia seguinte, os companheiros tinham de trazer defunto para o rancho, porque dos que dormem lá não escapa nenhum.

– Qual, homem, isso também não! Quem conta um conto acrescenta um ponto; eu cá não vou me fiando muito na boca do povo; por isso é que não gosto de pôr o sentido nessas coisas.

A conversa tornou-se geral e cada um contou um caso de coisa do outro mundo. O silêncio e a solidão da noite, realçando as cenas fantásticas das narrações de há pouco, filtraram nas almas dos parceiros menos corajosos um como terror pela iminência das aparições.

E foram-se amontoando a um canto do rancho, rentes uns com os outros, de armas aperradas alguns e olhos esbugalhados para o indeciso da treva; outros, destemidos e gabolas, diziam alto:

– Cá por mim, o defunto que me tentar morre duas vezes, isto tão certo como sem dúvida – e espreguiçavam-se nos couros estendidos, bocejando de sono.

Súbito, ouviu-se um gemido agudo, fortíssimo, atroando os ares como o último grito de um animal ferido de morte.

Os tropeiros pularam dos lugares, precipitando-se confusamente para a beira do rancho.

Mas o Venâncio acudiu logo, dizendo:

– Até aí vou eu, gente! Dessas almas eu não tenho medo. Já sou vaqueano velho e posso contar. São as antas-sapateiras, no cio. Disso a gente ouve poucas vezes, mas ouve. Vocês têm razão: faz medo.

E os paquidermes, ao darem com o fogo, dispararam, galopando pelo capão adentro.

III

Manuel Alves, ao cair da noite, sentindo-se refeito pelo jantar, endireitou para a tapera, caminhando vagarosamente.

Antes de sair, descarregou os dois canos de garrucha num cupim e carregou-a de novo, metendo em cada cano uma bala de cobre e muitos bagos de chumbo grosso.

Sua franqueira aparelhada de prata, levou-a também, enfiada no correão da cintura. Não lhe esqueceu o rolo de cera, nem um maço de palhas. O arrieiro partira calado. Não queria provocar a curiosidade dos tropeiros. Lá chegando, penetrou no pátio pela grande porteira escancarada.

Era noite.

Tateando com o pé, reuniu um molho de gravetos secos e, servindo-se das palhas e da binga, fez fogo. Ajuntou mais lenha, arrancando paus de cercas velhas, apanhando pedaços de tábuas de peças em ruína, e com isso formou uma grande fogueira. Assim alumiado o pátio, o arrieiro acendeu o rolo e começou a percorrer as estrebarias meio apodrecidas, os paióis, as senzalas em linha, uma velha oficina de ferreiro com o fole esburacado e a bigorna ainda em pé.

– Quero ver se tem alguma coisa escondida por aqui. Talvez alguma cama de bicho-do-mato.

E andava pesquisando, escarafunchando por aquelas dependências da casa nobre, ora desbeiçadas, sítio preferido das lagartixas, dos ferozes lacraus e dos caranguejos cerdosos. Nada, nada: tudo abandonado!

– Senhor! por que seria? – inquiriu de si para si o cuiabano; e parou à porta de uma senzala, olhando para o meio do pátio, onde uma caveira alvadia de boi-espácio, fincada na ponta de uma estaca, parecia ameaçá-lo com a grande armação aberta.

Encaminhou para a escadaria que levava ao alpendre e que se abria em duas escadas, de um lado e de outro, como dois lados de um triângulo, fechando no alpendre seu vértice. No meio da parede e erguida sobre a sapata, uma cruz de madeira negra avultava; aos pés desta, cavava-se um tanque de pedra, bebedouro do gado da porta, noutro tempo. Manuel subiu cauteloso e viu a porta aberta com a grande fechadura sem chave, uma tranca de ferro caída e um espeque de madeira atirado a dois passos no assoalho.

Entrou. Viu na sala da frente sua rede armada e no canto da parede, embutido na alvenaria, um grande oratório com portas de almofadas entreabertas. Subiu a um banco de recosto alto, unido à parede, e chegou o rosto perto do oratório, procurando examiná-lo por dentro, quando um morcego enorme, alvoroçado, tomou surto, ciciando, e foi pregar-se ao teto, donde os olhinhos redondos piscaram ameaçadores.

– Que é lá isso, bicho amaldiçoado? Com Deus adiante e com paz na guia, encomendando Deus e a Virgem Maria...

O arrieiro voltou-se, depois de ter murmurado as palavras de esconjuro e, cerrando a porta de fora, especou-a com firmeza. Depois, penetrou na casa por um corredor comprido, pelo qual o vento corria veloz, sendo-lhe preciso amparar com a mão espalmada a luz vacilante do rolo. Foi dar na sala de jantar, onde uma mesa escura e de rodapés torneados, cercada de bancos esculpidos, estendia-se vazia e negra.

O teto de estuque, oblongo e escantilhado, rachara, descobrindo os caibros e rasgando uma nesga de céu por uma frincha do telhado. Por aí corria uma goteira no tempo das chuvas e, embaixo, o assoalho podre ameaçava tragar quem se aproximasse despercebido. Manuel recuou e dirigiu-se para os cômodos do fundo. Enfiando por um corredor que parecia conduzir à cozinha, viu, ao lado, o teto abatido de um quarto, cujo solho tinha no meio um montículo de escombros. Olhou para o céu e viu, abafando a luz, apenas adivinhada das estrelas, um bando de nuvens escuras, roldando. Um outro quarto havia junto deste, e o olhar do arrieiro deteve-se, acompanhando a luz do rolo no braço esquerdo erguido, sondando as prateleiras fixas na parede, onde uma coisa branca luzia. Era um caco velho de prato antigo. Manuel Alves sorriu para uma figurinha de mulher, muito colorida, cuja cabeça aparecia ainda pintada ao vivo na porcelana alva.

Um zunido de vento impetuoso, constringido na fresta de uma janela que olhava para fora, fez o arrieiro voltar o rosto de repente e prosseguir o exame do casarão abandonado. Pareceu-lhe ouvir nesse instante a zoada plangente de um sino ao longe. Levantou a cabeça, estendeu o pescoço e inclinou o ouvido, alerta: o som continuava, zoando, zoando, parecendo ora morrer de todo, ora vibrar ainda mas sempre ao longe.

– É o vento, talvez, no sino da capela.

E penetrou num salão enorme, escuro. A luz do rolo, tremendo, deixou no chão uma réstia avermelhada. Manuel foi adiante e esbarrou num tamborete de couro, tombado aí. O arrieiro foi seguindo, acompanhando uma das paredes. Chegou ao canto e entestou com a outra parede.

– Acaba aqui – murmurou.

Três grandes janelas no fundo estavam fechadas.

– Que haverá aqui atrás? Talvez o terreiro de dentro. Deixe ver.

Tentou abrir uma janela, que resistiu. O vento, fora, disparava, às vezes reboando como uma vara de queixadas em redemoinho no mato.

Manuel fez vibrar as bandeiras da janela a choques repetidos. Resistindo elas, o arrieiro recuou e, de braço direito estendido, deu-lhes um empurrão violento. A janela, num grito estardalhaçante, escancarou-se e uma rajada rompeu por ela adentro, latindo qual matilha enfurecida; pela casa toda houve um tatalar de portas, um ruído de reboco que cai das paredes altas e se esfarinha no chão.

A chama do rolo apagou-se à lufada e o cuiabano ficou só, babatando na treva.

Lembrando-se da binga, sacou-a do bolso da calça; colocou a pedra com jeito e bateu-lhe o fuzil: as centelhas saltavam para a frente impelidas pelo vento e apagavam-se logo. Então, o cuiabano deu uns passos para trás, apalpando, até tocar a parede do fundo. Encostou-se nela e foi andando para os lados, roçando-lhe as costas, procurando o entrevão das janelas. Aí, acocorou-se e tentou de novo tirar fogo: uma faiscazinha chamuscou o isqueiro e Manuel Alves soprou-a delicadamente, alentando-a com carinho; a princípio, ela animou-se, quis alastrar-se, mas de repente sumiu-se. O arrieiro apalpou o isqueiro, virou-o nas mãos e achou-o úmido: tinha-o deixado no chão, exposto ao sereno, na hora em que fazia a fogueira no pátio e percorria as dependências deste.

Meteu a binga no bolso e disse:

– Espera, diaba, que tu hás de secar com o calor do corpo.

Nesse entrementes, a zoada do sino fez-se ouvir de novo, dolorosa e longínqua. Então, o cuiabano pôs-se de gatinhas, atravessou a faca entre os dentes e marchou como um felino, sutilmente, vagarosamente, de olhos arregalados, querendo varar a treva. Súbito, um ruído estranho fê-lo estacar, arrepiado e encolhido como um jaguar que prepara o bote.

No teto soaram uns passos apressados de tamancos pracatando e uma voz rouquenha pareceu proferir uma imprecação. O arrieiro assentou-se nos calcanhares, apertou o ferro nos dentes e puxou da cinta a garrucha; bateu com o punho cerrado nos feixos da arma, chamando a pólvora aos ouvidos, e esperou. O ruído cessara; só a zoada do sino continuava, intermitentemente.

Nada aparecendo, Manuel tocou para diante, sempre de gatinhas; mas, desta vez, a garrucha, aperrada na mão direita, batia no chão a intervalos rítmicos, como a úngula de um quadrúpede manco. Ao passar junto ao quarto de teto esboroado, o cuiabano lobrigou o céu e orientou-se. Seguiu, então, pelo corredor afora, apalpando, cosendo-se com a parede. Novamente parou, ouvindo um farfalhar distante, um sibilo como o da refega no buritizal.

Pouco depois, um estrépito medonho abalou o casarão escuro e a ventania – alcateia de lobos rafados – investiu uivando e passou à disparada, estrondando uma janela. Saindo por aí, voltaram de novo os austros furentes, perseguindo-se, precipitando-se, zunindo, gargalhando sarcasticamente pelos salões vazios.

Ao mesmo tempo, o arrieiro sentiu no espaço um arfar de asas, um soído áspero de aço que ringe e, na cabeça, nas costas, umas pancadinhas assustadas... Pelo espaço todo ressoou um psiu, psiu, psiu, psiu... e um bando enorme de morcegos sinistros torvelinhou no meio da ventania.

Manuel foi impelido para a frente à corrimaça daqueles mensageiros do negrume e do assombramento. De músculos crispados num começo de reação selvagem contra a alucinação que o invadia, o arrieiro alapardava-se, erriçando-se-lhe os cabelos; depois, seguia de manso, com o pescoço estendido e os olhos acesos, assim como um sabujo que negaceia.

E foi rompendo a escuridão à caça desse ente maldito, que fazia o velho casarão falar ou gemer, ameaçá-lo ou repeli-lo, num conluio demoníaco com o vento, os morcegos e a treva.

Começou a sentir que tinha caído num laço armado talvez pelo maligno. De vez em quando, parecia-lhe que uma coisa lhe arrepelava os cabelos e uns animálculos desconhecidos perlustravam seu corpo em carreira vertiginosa. No mesmo tempo, um rir abafado, uns cochichos de escárnio pareciam acompanhá-lo de um lado e de outro.

– Ah! vocês não me hão de levar assim-assim, não! – exclamava o arrieiro para o invisível. – Pode ser que eu seja onça presa na arataca. Mas eu mostro! eu mostro!

E batia com força a coronha da garrucha no solo ecoante.

Súbito, uma luz indecisa, coada por alguma janela próxima, fê-lo vislumbrar um vulto branco, esguio, semelhante a uma grande serpente coleando-se, sacudindo-se. O vento trazia vozes estranhas das socavas da terra, misturando-se com os lamentos do sino, mais acentuados agora.

Manuel estacou com as fontes latejando, a goela constrita e a respiração curta. A boca semiaberta deixou cair a faca: o fôlego, a modo de um sedenho, penetrou-lhe na garganta seca, sarjando-a, e o arrieiro roncou como um barrão acuado pela cachorrada. Correu a mão pelo solho e agarrou a faca; meteu-a de novo entre os dentes, que rangeram no ferro; engatilhou a garrucha e apontou para o monstro: uma pancada seca do cão no aço do ouvido mostrou-lhe que a sua arma fiel o traía. A escorva caíra pelo chão e a garrucha negou fogo. O arrieiro arrojou contra o monstro a arma traidora e gaguejou em meia risada de louco:

– Mandingueiros do inferno! Botaram mandinga na minha arma de fiança! Tiveram medo dos dentes de minha garrucha! Mas vocês hão de conhecer homem, sombrações do demônio!

De um salto, arremeteu contra o inimigo; a faca, virada com ímpeto feroz, ringiu numa coisa e foi enterrar a ponta na tábua do assoalho, onde o sertanejo, apanhado pelo meio do corpo num laço forte, tombou pesadamente.

A queda assanhou-lhe a fúria e o arrieiro, erguendo-se de um pulo, rasgou numa facada um farrapo branco que ondulava no ar; deu-lhe um bote e estrincou nos dedos um como tecido grosso. Durante alguns momentos, ficou no lugar, hirto, suando, rugindo.

Pouco a pouco, foi correndo a mão cautelosamente, tateando aquele corpo estranho que seus dedos arrochavam: era um pano, de sua rede talvez, que o Venâncio armara na sala da frente.

Neste instante, pareceu-lhe ouvir chascos de mofa nas vozes do vento e nos assovios dos morcegos; ao mesmo tempo percebia que o chamavam lá dentro: – Manuel, Manuel, Manuel –, em frases tartamudeadas. O arrieiro avançou como um possesso, dando pulos, esfaqueando sombras que fugiam.

Foi dar na sala de jantar, onde, pelo rasgão do telhado, pareciam descer umas formas longas, esvoaçando, e uns vultos alvos, em que por vezes pastavam chamas rápidas, dançavam-lhe diante dos olhos incendidos.

O arrieiro não pensava mais. A respiração se lhe tornara estertorosa; horríveis contrações musculares repuxavam-lhe o rosto e ele, investindo as sombras, uivava:

– Traiçoeiras! eu queria carne para rasgar com este ferro! eu queria osso para esmigalhar num murro!

As sombras fugiam, esfloravam as paredes em ascensão rápida, iluminando-lhe subitamente o rosto, brincando-lhe um momento nos cabelos arrepiados, ou dançando-lhe na frente. Era como uma chusma de meninos endemoninhados a zombarem dele, puxando-o daqui, beliscando-o dacolá, açulando-o como a um cão de rua.

O arrieiro dava saltos de tigre, arremetendo contra o inimigo nessa luta fantástica: rangia os dentes e parava depois, ganindo como a onça esfaimada a que se escapa a presa. Houve momento em que uma coreia demoníaca se concertava ao redor dele, entre uivos, guinchos, risadas ou gemidos. Manuel ia recuando e aqueles círculos infernais o iam estringindo; as sombras giravam correndo, precipitando-se, entrando numa porta, saindo noutra, esvoaçando, rojando no chão ou saracoteando desenfreadamente.

Um longo soluço despedaçou-lhe a garganta num ai sentido e profundo e o arrieiro deixou cair pesadamente a mão esquerda espalmada num portal justamente quando um morcego que fugia amedrontado lhe deu uma forte pancada no rosto. Então, Manuel pulou novamente para diante, apertando nos dedos o cabo da franqueira fiel; pelo rasgão do telhado novas sombras desciam e algumas, quedas, pareciam dispostas a esperar o embate.

O arrieiro rugiu:

– Eu mato, eu mato, eu mato! – e acometeu com fúria de alucinado aqueles entes malditos. De um salto foi cair no meio das formas impalpáveis e vacilantes; um fragor medonho se fez ouvir; o assoalho podre cedeu e um barrote, roído de cupins, baqueou sobre uma coisa que se desmoronava embaixo da casa. O corpo de Manuel, tragado pelo buraco que se abriu, precipitou-se e tombou lá embaixo. Ao mesmo tempo, um som vibrante de metal, um tilintar como o de moedas, derramando-se pela fenda de uma frasqueira que se racha, acompanhou o baque do corpo do arrieiro.

Manuel, lá no fundo, ferido, ensanguentado, arrastou-se ainda, cravando as unhas na terra como um ururau golpeado de morte; em todo o corpo estendido com o ventre na terra perpassava-lhe ainda uma crispação de luta; sua boca proferiu ainda: – Eu mato! mato! ma... – e um silêncio trágico pesou sobre a tapera.

IV

O dia estava nasce não nasce e já os tropeiros tinham pegado na lida. Na meia-luz, crepitava a labareda embaixo do caldeirão, cuja tampa, impelida pelos vapores que subiam, rufava nos beiços de ferro batido. Um cheiro de mato e de terra orvalhada espalhava-se com a viração da madrugada.

Venâncio, dentro do rancho, juntava ao lado de cada cangalha o couro, o arrocho e a sobrecarga. Joaquim Pampa fazendo cruzes na boca, aos bocejos frequentes, por impedir que o demônio lhe penetrasse no corpo, emparelhava os fardos, guiando-se pela cor dos topes cosidos àqueles. Os tocadores, pelo campo afora, ecavam um para o outro, avisando o encontro de algum macho fujão. Outros, em rodeio, detinham-se no lugar em que se achava a madrinha, vigiando a tropa.

Pouco depois, ouviu-se o tropel dos animais demandando o rancho. O cincerro tilintava alegremente, espantando os passarinhos, que se levantavam das touceiras de arbustos, voando apressados. As urus, nos capões, solfejavam à aurora, que principiava de tingir o céu e manchar de púrpura e ouro o capinzal verde.

– Eh! gente! o orvalho está cortando. Eta! Que tempão tive briquitando co'aquele macho "pelintra". Diabo o leve! Aquilo é próprio um gato: não faz bulha no mato e não procura as trilhas, por não deixar rasto.

E a "andorinha"? Isso é que é mulinha desabotinada! Sopra de longe que nem um bicho do mato e desanda na carreira. Ela me ojerizou tanto, que eu soltei nela um matacão de pedra, de que ela havia de gostar pouco.

A rapaziada chegava à beira do rancho, tangendo a tropa.

– Que é da jeribita? Um trago é bom para cortar algum ar que a gente apanhe. Traze o guampo, Aleixo.

– Uma hora é frio, outra é calor, e vocês vão virando, cambada do diabo! – gritou o Venâncio.

– Largue da vida dos outros e vá cuidar da sua, tio Venâncio! Por força que havemos de querer esquentar o corpo: enquanto nós, nem bem o dia sonhava de nascer, já estávamos atolados no capinzal molhado, vossemecê tava aí na beira do fogo, feito um cachorro velho.

– Tá bom, tá bom! Não quero muita conversa comigo, não. Vão tratando de chegar os burros às estacas e de suspender as cangalhas. O tempo é pouco, e o patrão chega de uma hora para outra. Fica muito bonito, se ele vem encontrar essa sinagoga aqui! E, por falar nisso, é bom a gente ir lá. Deus é grande! mas eu não pude fechar os olhos esta noite! Quando ia querendo pegar no sono, me vinha à mente alguma coisa que pudesse suceder a sô Manuel. Deus é grande!

Logo, logo, o Venâncio chamou pelo Joaquim Pampa, pelo Aleixo e mais o José Paulista.

– Deixemos esses meninos cuidando do serviço e nós vamos lá.

Nesse instante, um molecote chegou com o café. A rapaziada cercou-o. O Venâncio e seus companheiros, depois de terem emborcado os cuités, partiram para a tapera.

Logo à saída, o velho tropeiro refletiu um pouco e disse alto:

– É bom ficar um aqui tomando conta do serviço. Fica você, Aleixo.

Seguiram os três, calados, pelo campo afora, na luz suave da antemanhã. Concentrados em conjeturas sobre a sorte do arrieiro, cada qual queria mostrar-se mais sereno, andando lépido e de rosto tranquilo; cada qual, porém, escondia do outro a angústia do coração e a fealdade do prognóstico.

José Paulista entoou uma cantiga que acaba neste estribilho:

A barra do dia aí vem!
A barra do sol também,
Ai!

E lá foram, cantando todos três, por espantar as mágoas.

Ao entrarem no grande pátio da frente, deram com os restos da fogueira que Manuel Alves tinha feito na véspera. Sem mais detença, foram se barafustando pela escadaria do alpendre, em cujo topo a porta de fora lhes cortou o passo. Experimentaram-na primeiro. A porta, fortemente especada por dentro, rinchou e não cedeu.

Forcejaram os três e ela resistiu ainda. Então, José Paulista correu pela escada abaixo e trouxe ao ombro um cambão, no qual os três pegaram e, servindo-se dele como de um aríete, marraram com a porta. As ombreiras e a verga vibraram aos choques violentos, cujo fragor se foi avolumando pelo casarão adentro em roncos profundos.

Em alguns instantes, o espeque, escapulindo do lugar, foi arrojado no meio do solho. A caliça que caía encheu de pequenos torrões esbranquiçados os chapéus dos tropeiros – e a porta escancarou-se.

Na sala da frente deram com a rede toda estraçalhada.

– Mau, mau, mau! – exclamou o Venâncio, não podendo mais conter-se; os outros tropeiros, de olhos esbugalhados, não ousavam proferir uma palavra. Apenas apalparam com cautela aqueles farrapos de pano, malsinados, com certeza, ao contato das almas do outro mundo.

Correram a casa toda juntos, arquejando, murmurando orações contra malefícios.

– Gente, onde estará sô Manuel? Vocês não me dirão por amor de Deus? – exclamou o Venâncio.

Joaquim Pampa e José Paulista calavam-se, perdidos em conjeturas sinistras.

Na sala de jantar, mudos, um em frente do outro, pareciam ter um conciliábulo em que somente se lhes comunicassem os espíritos; mas, de repente, creram ouvir pelo buraco do assoalho um gemido estertoroso. Curvaram-se todos; Venâncio debruçou-se, sondando o porão da casa.

A luz, mais diáfana, já alumiava o terreiro de dentro e entrava pelo porão: o tropeiro viu um vulto estendido.

– Nossa Senhora! Corre, gente, que sô Manuel está lá embaixo estirado!

Precipitaram-se todos para a frente da casa. Venâncio adiante. Desceram as escadas e procuraram o portão que dava para o terreiro de dentro. Entraram por ele afora e, embaixo das janelas da sala de jantar, um espetáculo estranho deparou-se-lhes:

O arrieiro, ensanguentado, jazia no chão estirado; junto de seu corpo, de envolta com torrões desprendidos da abóbada de um forno desabado, um chuveiro de moedas de ouro luzia.

– Meu patrão! Sô Manuelzinho! Que foi isso? Olhe seus camaradas aqui. Meu Deus! que mandinga foi esta? E a ourama que alumia diante de nossos olhos?!

Os tropeiros acercaram-se do corpo do Manuel, por onde passavam tremores convulsos. Seus dedos encarangados estrincavam ainda o cabo da faca, cuja lâmina se enterrara no chão; perto da nuca e presa pela gola da camisa, uma moeda de ouro se lhe grudara na pele.

– Sô Manuelzinho! Ai, meu Deus! pra que caçar histórias com coisas do outro mundo! Isso é mesmo obra do capeta, porque anda dinheiro no meio. Olha esse ouro, Joaquim! Deus me livre!

– Qual, tio Venâncio – disse por fim o José Paulista. – Eu já sei a coisa. Já ouvi contar casos desses. Aqui havia dinheiro enterrado e, com certeza, nesse forno que está com a boca virada para o terreiro. Aí é que está a coisa. Ou esse dinheiro foi mal ganho, ou por quê, o certo é que as almas dos antigos donos desta fazenda não podiam sossegar enquanto não topassem um homem animoso para lhe darem o dinheiro, com a condição de cumprir, por intenção, delas alguma promessa, pagar alguma dívida, mandar dizer missas, foi isso, foi isso! E o patrão é homem mesmo! Na hora de ver a assombração, a gente precisa de atravessar a faca ou um ferro na boca, pr'amor de não perder a fala. Não tem nada. Deus é grande!

E os tropeiros, certos de estarem diante de um fato sobrenatural, falavam baixo e em tom solene. Mais de uma vez persignaram-se e, fazendo cruzes no ar, mandavam o que quer que fosse – "para as ondas do mar" ou "para as profundas, onde não canta galo, nem galinha".

Enquanto conversavam, iam procurando levantar do chão o corpo do arrieiro, que continuava a tremer; às vezes batiam-se-lhe os queixos e um gemido entrecortado lhe rebentava da garganta.

– Ah! patrão! patrão! Vossemecê, homem tão duro, hoje tombado assim! Valha-nos Deus! São Bom Jesus do Cuiabá! olha sô Manuel, tão devoto seu! – gemia o Venâncio.

O velho tropeiro, auxiliado por Joaquim Pampa, procurava com muito jeito levantar do chão o corpo do arrieiro sem magoá-lo. Conseguiram levantá-lo nos braços, trançados em cadeirinha e, antes de seguirem o rumo do rancho, Venâncio disse ao José Paulista:

– Eu não pego nessas moedas do capeta. Se você não tem medo, ajunta isso e traz.

Paulista encarou algum tempo o forno esboroado, onde os antigos haviam enterrado seu tesouro. Era o velho forno para quitanda. A ponta do barrote que o desmoronara estava afincada no meio dos escombros. O tropeiro olhou para cima e viu, no alto, bem acima do forno, o buraco do assoalho por onde caíra o Manuel.

– É alto deveras! Que tombo! – disse de si para si. – Que há de ser do patrão? Quem viu sombração fica muito tempo sem poder encarar a luz do dia. Qual! esse dinheiro há de ser de pouca serventia. Para mim eu não quero. Deus me livre; então é que eu tava pegado com essas almas do outro mundo! Nem é bom pensar.

O forno estava levantado junto de um pilar de pedra, sobre o qual uma viga de aroeira se erguia, suportando a madre. De cá se via a fila dos barrotes estendendo-se para a direita até ao fundo escuro.

José Paulista principiou a catar as moedas e encher os bolsos da calça; depois de cheios estes, tirou do pescoço seu grande lenço de cor e, estendendo-o no chão, o foi enchendo também; dobrou as pontas em cruz e amarrou-as fortemente. Escarafunchando os escombros do forno, achou mais moedas e com estas encheu o chapéu. Depois partiu, seguindo os companheiros que já iam longe, conduzindo vagarosamente o arrieiro.

As névoas volateantes fugiam impelidas pelas auras da manhã: sós, alguns capuchos pairavam, muito baixos, nas depressões do campo, ou adejavam nas cúpulas das árvores. As sombras dos dois homens que carregavam o ferido traçaram no chão uma figura estranha de monstro. José Paulista, estugando o passo, acompanhava com os olhos o grupo que o precedia de longe.

Houve um instante em que um pé de vento arrancou ao Venâncio o chapéu da cabeça. O velho tropeiro voltou-se vivamente; o grupo oscilou um pouco, concertando nos braços o ferido; depois, pareceu a José Paulista que o Venâncio lhe fazia um aceno: "apanhasse-lhe o chapéu".

Aí chegando, José Paulista arriou no chão o ouro, pôs na cabeça o chapéu de Venâncio e, levantando de novo a carga, seguiu caminho afora.

À beira do rancho, a tropa bufava, escarvando a terra, abicando as orelhas, relinchando, à espera do milho que não vinha. Alguns machos malcriados entravam pelo rancho adentro, de focinho estendido cheirando os embornais.

Às vezes, ouvia-se um grito – toma diabo! – e um animal espirrava para o campo à tacada de um tropeiro.

Quando lá do rancho se avistou o grupo onde ia o arrieiro, correram todos. O cozinheiro, que vinha do olho-d'água com o odre às costas, atirou com ele ao chão e disparou também. Os animais já amarrados, espantando-se, escoravam nos cabrestos. Bem depressa a tropeirada cercou o grupo. Reuniram-se em mó, proferiram exclamações, benziam-se, mas logo alguém lhes impôs silêncio, porque voltaram todos, recolhidos, com os rostos consternados.

O Aleixo veio correndo na frente para armar a rede de tucum que ainda restava.

Foram chegando e José Paulista chegou por último. Os tropeiros olharam com estranheza a carga que este conduzia; ninguém teve, porém, coragem de fazer uma pergunta: contentaram-se com interrogações mudas. Era o sobrenatural, ou era obra dos demônios. Para que saber mais? Não estava naquele estado o pobre do patrão?

O ferido foi colocado na rede havia pouco armada. Um dos tropeiros chegou com uma bacia de salmoura; outro, correndo do campo com um molho de arnica, pisava a planta por extrair-lhe o suco. Venâncio, com um pano embebido, banhava as feridas do arrieiro, cujo corpo vibrava, então, fortemente.

Os animais olhavam curiosamente para dentro do rancho, afilando as orelhas.

Então, Venâncio, com a fisionomia decomposta, numa apojadura de lágrimas, exclamou aos parceiros:

– Minha gente! aqui, neste deserto, só Deus Nosso Senhor! É hora, meu povo! E ajoelhando-se, de costas para o sol que nascia, começou a entoar um – "Senhor Deus, ouvi a minha oração e chegue a vós o meu clamor!" – E trechos de salmos que aprendera em menino, quando lhe ensinaram a ajudar a missa, afloravam-lhe à boca.

Os outros tropeiros foram se ajoelhando todos atrás do velho parceiro, que parecia transfigurado. As vozes foram subindo, plangentes, desconcertadas, sem que ninguém compreendesse o que diziam. Entretanto, parecia haver uma ascensão de almas, um apelo fremente *in excelsis*, na fusão dos sentimentos desses filhos do deserto. Ou era talvez a própria voz do deserto malferido com as feridas de seu irmão e companheiro, o fogoso cuiabano.

De feito, não pareciam mais homens que cantavam: era um só grito de angústia, um apelo de socorro, que subia do seio largo do deserto às alturas infinitas – "Meu coração está ferido e seco como a erva... Fiz-me como a coruja, que se esconde nas solidões!... Atendei propício à oração do desamparado e não desprezeis a sua súplica..."

E assim, em frases soltas, ditas por palavras não compreendidas, os homens errantes exalçaram sua prece com as vozes robustas de corredores dos escampados. Inclinados para a frente, com o rosto baixando para a terra, as mãos batendo nos peitos fortes, não pareciam dirigir uma oração humilde de pobrezinhos ao manso e compassivo Jesus, senão erguer um hino de glorificação ao *Agios Ischiros*, ao formidável *Sanctus, Sanctus, Dominus Deus Sabaoth*.

Os raios do sol nascente entravam quase horizontalmente no rancho, aclarando as costas dos tropeiros, esflorando-lhes as cabeças com fulgurações trêmulas. Parecia o próprio Deus formoso, o Deus forte das tribos e do deserto, aparecendo num fundo de apoteose e lançando uma mirada, do alto de um pórtico de ouro, lá muito longe, àqueles que, prostrados em terra, chamavam por Ele.

Os ventos matinais começaram a soprar mais fortemente, remexendo o arvoredo do capão, carregando feixes de folhas que se espalhavam no alto. Uma ema, abrindo as asas, galopava pelo campo... E os tropeiros, no meio de uma inundação de luz, entre o canto das aves despertadas e o resfolegar dos animais soltos que iam fugindo da beira do rancho, derramavam sua prece pela amplidão imensa.

Súbito, Manuel, soerguendo-se num esforço desesperado, abriu os olhos vagos e incendidos de delírio. A mão direita contraiu-se, os dedos crisparam-se como se apertassem o cabo de uma arma pronta a ser brandida na luta... e seus lábios murmuraram ainda, em ameaça suprema: – "Eu mato!... Mato!... Ma..."

PEDRO BARQUEIRO
(Tipo do sertão)

A Coelho Netto

"– Eu lhe conto – dizia-me o Flor, quase ao chegarmos à Cruz de Pedra. – Naquele tempo eu era franzinozinho, maneiro de corpo, ligeiro de braços e de pernas. Meu patrão era avalentoado, temido e tinha sempre em casa uns vinte capangas, rapaziada de ponta de dedo. Eu tinha uma *meia légua*, trochada de aço, que era meu osso da correia." E, concertando o corpo no lombilho, soltou as rédeas à mula ruana, que era boa estradeira. Inclinou-se para um lado, debruçando-se sobre a coxa, e apertou na unha do polegar o fogo do cigarro, puxando uma baforada de fumo.

"Estávamos, um dia, divertindo-nos com os ponteados do Adão, à viola. Eu estava recostado sobre os pelegos do lombilho, estendidos no chão. A rapaziada toda em roda. Pouco tínhamos que fazer e passava-se o tempo assim.

Eis senão quando entra o patrão, com aqueles modos decididos, e, voltando-se para um moço que o acompanhava, disse: – 'Para o Pedro Barqueiro bastam esses meninos!' – apontando-me e ao Pascoal com o indicador. – 'Não preciso bulir nos meus *peitos largos*. O Flor e o Pascoal dão-me conta do crioulo aqui, amarrado a sedenho.'

Para que mentir, patrãozinho? o coração me pulou cá dentro, e eu disse comigo – estou na unha! O Pascoal me olhou com o rabo dos olhos. Parece que o patrão nos queria experimentar. Éramos os mais novos dos camaradas, e nunca tínhamos servido senão no campo, juntando a tropa espalhada, pegando algum burro sumido. Eu tinha ouvido falar sempre no Pedro Barqueiro, que um dia aparecera na cidade sem se saber quem era, nem donde vinha. Cheguei uma vez a conhecê-lo e falamo-nos. Que boa peça, patrãozinho! Crioulo retinto, alto, troncudo, pouco falante e desempenado. Cada tronco de braço que nem um pedaço de aroeira.

Estou com ele diante dos olhos, com aquela roupa azuleja, tingida no Barro Preto; atravessado à cinta um ferro comprido, afiado, alumiando sempre, maior que um facão e menorzinho do que uma espada.

Esse negro metia medo de se ver, mas era bonito. Olhava a gente assim com ar de soberbo, de cima para baixo. Parecia ter certeza de que, em chegando a encostar a mão num cabra, o cabra era defunto. Ninguém bulia com ele, mas ele não mexia com os outros. Vivia quieto, em seu canto. Um dia, pegaram a dizer que ele era negro fugido, escravo de um homem lá das bandas do Carinhanha. Chegou aos ouvidos do patrão esse boato. Para que chegou, meu Deus! O patrão não gostava de ver negro, nem mulato de proa. Queria que lhe tirassem o chapéu e lhe tomassem a bênção.

Daí, ainda contavam muita valentia do Barqueiro, nome que lhe puseram por ter vindo dos lados do rio São Francisco. Essas histórias esquentavam mais o patrão, que eu estava vendo de uma hora para outra estripado no meio da rua, porque era homem de chegar quando lhe fizessem alguma.

Tanto eu como Pascoal tínhamos medo de que o patrão topasse Pedro Barqueiro nas ruas da cidade.

Subiram de ponto esse nosso receio e a ira do patrão, quando se soube de uma passagem do Pedro, num batuque, em casa de Maria Nova, na rua da Abadia.

Chegara uma precatória da Pedra dos Angicos e o juiz mandou prender a Pedro. Deram cerco à casa onde ele estava na noite do batuque.

Ah! meu patrãozinho! o crioulo mostrou aí que canela de onça não é assobio. Não é dizer que estivesse muito armado, nem por isso: só tinha o tal ferro, alumiando sempre; e com esse ferro deu pancas.

Quando cercaram a casinha e lhe deram voz de prisão, o negro fechou a cara e ficou feito jacaré-de-papo-amarelo. Deu frente à porta da rua e encostou-se a uma parede. Maria Nova estava perto e me disse que ele cochichou uma oração, apertando nos dedos um *bentinho*, que branquejava na pele negra de sua peitaria lustrosa.

Chegaram a entrar na casa três homens da escolta, e todos três ficaram estendidos. Pedro tinha oração, e muito boa oração contra armas de fogo, porque José Pequeno, caboclinho atarracado, ao entrar, escancarou no negro o pinguelo de um clavinote e fez fogo. Pedro Barqueiro caminhou sobre ele na fumaça da pólvora e, quando clareou a sala, José Pequeno estava escornado no chão como um boi sangrado.

Dois rapazinhos quiseram chegar ainda assim, mas Pedro Barqueiro descadeirou um e pôs as tripas de fora a outro, que escaparam, é verdade, mas ficaram lá no chão gemendo por muito tempo.

Daí para cá, Pedro evitava andar pela cidade, onde só aparecia de longe em longe, e à noite. Mas todo o mundo tinha medo dele e vivia adulando-o.

Um dia, como já lhe contei, apareceu lá em casa um moço pedindo auxílio a meu patrão para agarrar o negro. Era mesmo escravo, o Barqueiro; mas há muitos anos vivia fugido. Já lhe disse que o patrão queria tirar o topete ao valentão, e, para isso, escolheu o pobre de mim e Pascoal.

– Que dizes, Flor? – falou o patrão rindo-se.

– Uai, meu branco, vossemecê mandando, o negro vem mesmo, e no sedenho.

– Quero ver isso.

– Vamos embora, Pascoal!

Quando íamos a sair, o patrão bateu-me no ombro e, voltando-se para o moço, disse muito firme: – 'Pode prevenir a escolta para vir buscar o Barqueiro aqui, de tarde. Hão de dar duzentos mil-réis a estes meninos.'

Desci ao quarto dos arreios, passei a mão na *meia légua* e no facão e apertei a correia à cinta.

Pascoal já estava na porta da rua, assobiando. Tinha por costume, nos momentos de aperto, assobiar sempre uma trova que diz assim:

> Na mata de Josué
> Ouvi o mutum gemê;
> Ele geme assim:
> Ai-rê-uê, hum! airê!

Quando Pascoal me viu, soltou uma risada.

– Estás doido, rapaz! – gritou-me.

– Por quê?

– Queres mesmo enfrentar com o Pedro Barqueiro?... Ele faz de nós paçoca. A coisa se há de fazer de outro modo.

Pascoal tinha tento e eu sempre tive fé nele. Era um cabritozinho mitrado. Saía-lhe cada ideia... Mandou-me guardar a *meia légua* e o facão. Depois, foi à venda, escolheu anzóis de pesca e veio para casa encastoá-los. Eu, nem bico! Ajudei a acabar o serviço, certo de que Pascoal tinha alguma na mente.

– Deixa a coisa comigo – ajuntava ele.

Isso ainda era cedo; o sol estava umas três braças de fora, no tempo dos dias grandes. Lá por casa madrugávamos sempre, para ir ao pasto e trazer os animais de trato.

– Vamos fazer uma pescaria – disse-me o Pascoal. – Ali para os lados do Batista, perto de um baruzeiro grande, há um poço onde as curimatãs e os piaus são como formigas. O rancho do Pedro Barqueiro fica perto. Ele mora só e eu conheço bem o lugar. Pela astúcia, havemos de prendê-lo. Quando eu gritar – 'segura, Flor!' – tu agarras o negro, mas segura rente!

E fomos. Nessa hora me veio bastante vontade de fugir ao perigo, de ir passear, porque tinha como certo suceder-nos alguma. – 'Que é lá, Flor!' – disse de mim para mim: – 'Um homem é para outro.' E, depois, o Pascoal não me deixava nas embiras. Quando descemos o Gorgulho e fomos virando para o lado do córrego, fiquei meio sorumbático. Nesse tempo, eu andava arrastando a asa à Emília, filha do José Carapina. Era uma roxa bonita deveras, e não estava muito longe de me querer. Posso dizer mesmo que na véspera olhou muito para mim, ao passar com a saia de chita sarapintada de vermelho, umas chinelas novas de cordovão amarelo. Ah! que peitinho de jaó, patrãozinho! empinado, redondo, macio como um couro de lontra. Com o devido respeito, patrãozinho, eu estava na peia, enrabichado, e foi nesse mesmo dia que ela me deu esta cinta de lã, tecida por suas mãos, que guardo até hoje. – 'Ai! roxa da minha paixão – pensava eu –, como hei de morrer assim, fazendo cruz na boca?' O diabo da ideia me atarantou pelo caminho e cheguei a dar tremenda topada numa pedra, no meio da estrada. Curvei-me sobre a perna, agarrei o pé com as mãos e estive assim, dançando sem querer, um pedacinho de tempo. Depois, levantei a cabeça. Pascoal sentara num barranco e encarava para mim, rindo. Levantei a cabeça e olhei para cima, assuntando. No céu galopavam umas nuvens escuras, a modo de um bando de queixadas rodando pelo campo.

Um vento áspero passava, arrancando do genipapeiro as frutas maduras, que esborrachavam no chão, assim – pof! – espantando as juritis que andavam esgaravatando a terra e comendo grãozinhos. Duas seriemas guinchavam, esgoelavam. Depois vi que estavam brigando – me lembra como se fosse hoje – e uma avançava para a outra dando pulinhos, sacudindo as asas, com o cocuruto arrepiado e os olhos em fogo. O coração pareceu dizer-me outra vez: – 'Olha, Flor, o que vais fazer.' Nesse entretanto, o Pascoal, que me encarava sempre do ponto onde estava sentado, gritou-me:

– Esqueceste a cabeça nalgum lugar? Vamos embora, que vai tardando já.

Fiquei descochado; caí em mim e fui marchando disposto. Daí em diante, fui brincando com o Pascoal, que era muito divertido e tinha sempre um caso a contar.

Chegando embaixo, arregaçamos as calças e descemos o córrego, cada um com seu anzol na vara, ao ombro.

Era preciso que ninguém desconfiasse do nosso conluio para prendermos o Pedro Barqueiro.

Aí, quase que tínhamos esquecido o perigoso mandado, tão diferente andava a conversa com as caçoadas do Pascoal.

Para encurtar a história, patrãozinho, achamos Pedro Barqueiro no rancho, que só tinha três divisões: a sala, o quarto dele e a cozinha.

Quando chegamos, Pedro estava no terreiro debulhando milho, que havia colhido em sua rocinha, ali perto.

– Vocês por aqui, meninos? Olhem! vão ali àquele poço, para baixo da cachoeira. Tem lá uma laje grande e de cima dela vocês podem fazer bichas com os piaus.

– Louvado seja Cristo, meu tio! – havia dito o Pascoal, e nisto o imitei.

– Se quiserem comer uma carne assada ao espeto, tirem um naco; está na fumaça, por cima do fogão, uma boa manta. Olhem a faca aí na sala, se vocês não têm algum caxerenguengue.

Pascoal entrou e viu recostado a um canto da parede o ferro alumiando. Pegou nele, saiu pela porta da cozinha e escondeu-o numa restinga, ao fundo. Depois, me assobiou, eu acudi e fui procurar a *lazarina* de Pedro – boa arma, de um só cano, é verdade, mas comedeira.

– Há alguma jaó por aqui, tio Pedro? – perguntou Pascoal.

– Nem uma, nem duas, um lote delas. Se você quer experimentar minha arma, vá lá dentro e tire-a. Não errando a pontaria, você traz agora mesmo uma jaó.

– Quero matar um passarinho para fazer isca, meu tio.

– Pois vá, menino.

E Pascoal descarregou a arma.

Pedro tinha-se levantado e falava com Pascoal do vão da porta de entrada.

Era hora.

Pascoal me fez um sinalzinho, eu dei volta e entrei pela porta do fundo para agarrar o Barqueiro pelas costas. A combinação era essa. Enquanto

Pascoal o foi entretendo, eu fui chegando soturno, e quando ele gritou – 'segura!' – eu pulei como uma onça sobre o negro desprevenido.

Conheci o que era homem, patrãozinho! Saltando-lhe nas costas, dei-lhe um abraço de tamanduá no pescoço. Mas o negro não pateteou e, mergulhando comigo para dentro da sala, gritou:

– Nem dez de vocês, meninos! Ah! se eu soubesse...

Patrãozinho, eu sei dizer que o negro me sacudiu para cima como um touro bravo sacode uma garrocha. Mas eu via que, se o largasse, estava morto, e arrochei os braços.

– Chega, Pascoal! – gritei.

– Eu quero manobrar de fora. Ânimo! Segura bem que nós amarramos o negro.

Que tirada de tempo! O negro, às vezes, abaixava a cabeça, dando de popa, e minhas pernas dançavam no ar, tocando quase o teto do rancho. Lutamos, lutamos, até que Pascoal pôde meter um tolete de pau entre as canelas do Pedro, de modo que ele cambaleou e caiu de bruços. Nós dois pulamos em riba dele. Eu, triunfante, gritava: – 'Conheceu, crioulo? Negro é homem?' Ele era teimoso, porque dizia ainda: – 'Nem dez de vocês, meninos! Ah! se eu soubesse...'

Pascoal trazia à bandoleira um embornal para carregar peixe e veio dentro dele escondida uma corda de sedenho, comprida e forte.

O Barqueiro estava no chão; e foi preciso ainda fazermos bonito para amarrá-lo.

– Agora, puxe na frente, seu negro! – gritou-lhe o Pascoal.

Havíamos juntado os braços dele nas costas e apertamos com vontade. Ficou completamente tolhido.

Eu ia segurando a ponta do sedenho e levava o negro na frente. Mesmo assim, houve uma hora em que ele me deu um tombo, arrancando de repente a correr. Por seguro, a corda estava-me enrolada na mão e eu não larguei. Nesse instante, Pascoal tinha corrido atrás dele e lhe descarregado na nuca um tremendo murro, que o fez bambear um pouco e me deu tempo de endurecer o corpo e segurar firme a corda.

O Barqueiro, depois que saiu do rancho, não piou.

Chegamos a casa de tarde e o negro ia no sedenho.

– Eu não disse – gritava o patrão muito contente – que só bastavam esses dois meninos para o Barqueiro? Está aí o negro.

E o povo corria para ver, e a frente da casa do patrão estava estivada de gente.

Recebemos os duzentos mil-réis.

Tinha-me esquecido de contar-lhe que eu fizera uma promessa à Senhora da Abadia, de levar-lhe ao altar uma vela, se voltasse são e salvo. Cumpri a promessa no dia seguinte e arranjei uma festinha para a noite. Queria um pé para estar com a Emília.

Comprei um trancelim de ouro para aquela roxa de meus pecados e um xale azul. Ela era esquiva. Fez muito momo nessa noite, e não me quis dar nem uma boquinha, com o devido respeito ao patrãozinho.

Saí da casa de José Mendes, onde dei a festa, quando os galos estavam amiudando.

A estrela-d'alva, no céu escuro, parecia uma garça lavando-se na lagoa. O orvalho das vassouras me molhou as pernas e eu estremeci um bocadinho. Entrei num beco que ia sair na rua de Trás, onde eu então morava.

Ia meio avexado e peguei a banzar. Emília! Emília do coração!, por que me amofinas com esse pouco caso? E desandei a cantar, bem chorada, esta cantiga:

> Tá trepado no pau,
> De cabeça pra baixo,
> Com as asas caídas
> Gavião de penacho!
> Todo mundo tem seu bem,
> Só pobre de mim não tem!
> Ai! gavião de penacho!

De repente, pulou um vulto diante de mim. Quem havia de ser, patrãozinho? Era o Pedro Barqueiro em carne e osso. Tinha, não sei como, desamarrado as cordas e escapado da escolta, em cujas mãos o patrão o havia entregado.

O ladrão do negro tinha oração até contra sedenho!

Sem me dar tempo de nada, o Barqueiro me agarrou pela gola e me sujigou. Levantou-me no ar três vezes, de braço teso e gritou-me:

– Pede perdão, cabrito desvergonhado, do que fizeste ontem, que te vou mandar para o inferno! Pede perdão, já!

A gente precisa de ter um bocado de sangue nas veias, patrãozinho, e um homem é um homem! Eu não lhe disse pau nem pedra. Vi que morria, criei ânimo e disse comigo que o negro não me havia de pôr o pé no pescoço.

Exigiu-me ele, ainda muitas vezes, que lhe pedisse perdão, mas eu não respondi. Então, ele foi me levando nos braços até uma pontezinha que atravessava uma perambeira medonha. A boca do buraco estava escura como breu e parecia uma boca de sucuriú querendo me engolir. Suspendeu-me arriba do guarda-mão da ponte e balançou meu corpo no ar. Nessa hora, subiu-me um frio pelos pés e um como formigueiro me passou pela regueira das costas até a nuca, mas minha boca ficou fechada. Então, o Barqueiro, levantando-me de novo, me pousou no chão, onde eu bati firme.

O dia estava querendo clarear. O negro olhou para mim muito tempo, depois disse:

– Vai-te embora, cabritinho, tu és o único homem que tenho encontrado nesta vida!

Eu olhei para ele, pasmado.

Aquele pedaço de crioulo cresceu-me diante dos olhos, e vi – não sei se era o dia que vinha raiando – mas eu vi uma luz estúrdia na cabeça de Pedro.

Desempenado, robusto, grande, de braço estendido, me pareceu, mal comparando, o arcanjo São Miguel sujigando o Maligno. Até claro ele ficou nessa hora!

Tirei o chapéu e fui andando de costas, olhando sempre para ele.

Veio-me uma coisa na garganta e penso que me ia faltando o ar.

Insensivelmente, estendi a mão. As lágrimas me saltaram dos olhos, e foi chorando que eu disse:

– Louvado seja Cristo, tio Pedro!

Quando caí em mim, ele tinha desaparecido."

Valdomiro Silveira

AQUELA TARDE TURVA...

– Vancê não devera de me preguntar por que é que eu não casei e moro aqui, triste e suzinho, neste recanto de terra: se a gente não matraqueia as coisas de sua vida, alguma rezão há de ter, p'ra ter um fecho na boca. E remexer no que passou muitas vezes é pior do que lidar com sangue ou com barro de enxorrada...

Quem arrepara em mim, já vê logo que não sou nada moço: 'tou bem tordilho, dentro de poucos anos já hei de ser ruço-pombo. Dum home', que vai beirando o fim de tudo, e chegou a desaprender como é que se guaia uma risada, e não tem nem quer ter companheira, não percure ninguém saber o que lá ficou p'ra trás, tão p'ra trás que inté parece lebrina escurecendo os ares, entremeio de dois morros. Abrir devassa do que houve, longe ansim na passage' do tempo, chega a ser falta de piadade.

Mas eu não tenho jeito de me esconder de vancê, que, desde os meus princípios, sempre foi a minha providência, neste recanto de terra. Um dia, muito mais tarde, vancê consigo mesmo há de alembrar que o João Sinhá, só p'ra não deixar sem re'posta uma pregunta sua, lhe contou a história mais horrive' que um home' pode contar p'ra outro.

Nhá mãe (vancê na certeza não se esqueceu da d. Sinhá Figueira, por via de quem me veio o apelido de João Sinhá), nhá mãe era viva e sã quando eu 'garrei a gostar de uma tal Vitória, moçona bonita e desenleiada, que assistia, mais o pai, lá p'r os lados do Ubucutupé. Ela já não tinha a mãe, eu não tinha mais meu pai, e essa falta das duas escoras quem sabe se não foi motivo de desgraça p'ra nós dois?

Quando vesprei os vinte e três anos, dei notícia p'ra nhá mãe do que havia e do que não havia, e acabei falando que 'tava decidido a casar c'a namorada. Nhá mãe custou um pouco a me arresponder; entristeceu; olhou p'ra todas as bandas, como quem 'tá com medo de ser escuitado: e, no cabo das contas, o que me falou não foi nada bom, não foi nada de agradar.

Nhá mãe me disse, por muito poucas palavras:

– Eu acho que você inda é criança demais p'ra cuidar desse negócio, João. E acho que esse negócio não é brinquedo de criança. Você não sabe nada do sangue da Vitória, e eu sei: a mãe dela, que tinha por nome Bastiana, foi mulher do chifre furado e argolado, o que era visto por todos e corria na boca de todo o mundo. Tão levada da sapeca, tão desmiolada e tão vaivém, que acabou pegando o vulgo de Galinha Solta. Aqui p'r estes bairros e lá p'ra cidade, tem tanta moça boa, na proporção de você que nem luva: p'r a que fazer uma escolha tão desatinada?

Nhá mãe entreparou na conversa, 'maginou e cismou seu tantinho, deu o último nó do conselho:

– Um rapaz da sua qualidade tem dereito a sorte feliz: não queira pegar a sorte à força, que ela nega estribo. Você conhece bem aquele ditado: o que é de raça, caça. Eu tenho medo que um dia o tal ditado arremate em acontecimento. Pense noutra, filho!

Não pensei noutra, porque não podia, nem que quisesse. O que sim pensei foi isto e aquilo: que a gente antiga, quando empacava numa coisa, não aluía nunca mais; que hai muita fazenda, do caro e do barato, do craro e do escuro, em cada parteleira de armazém; que uma dona pode ser boa, e ter uma filha rúim, e viça-verso; que ninguém merece castigo, p'r a culpa da mãe ou do pai...

Agora eu vejo que o fado tem muita força, e era meu fado padecer. Nhá mãe morreu de repente, sem companhia de ninguém, certo dia que 'tava 'rancando mangarito, perto da cerca dos fundos. Quando cheguei da roça e topei nhá mãe estendida no chão, de olhos abertos e linda como

Nossa Senhora do Monte (Deus que me perdoe!), antes de chorar senti um bruto frio, por cima do coração. De certo era algum aviso: mas p'ra quem anda louco ou perdido, apaixonado ou fora do entendimento, aviso não val' nada!

A casa, barreada e coberta de telha-vã, que eu e nhá mãe tinha' feito quaji debaixo dum cauvi que ia embora p'r'as nuve', logo ficou meia tapera: o ânimo não me dava p'ra 'tar ali desacompanhado, horas e horas, mal comparando, ver cachorro sem dono. Hoje um pouco, amanhã mais, e despois mais ainda, fui-me apartando da morada, arranchei-me por fim c'um terno de lenhadores, na vizinhança dos Queiroses. Tratei da minha roça, enquanto pagou a pena, mas porém chegava lá p'r uma picada velha, que alimpei a poder de facão e foice: olhava o cauvi de longe, a passarinhada que revolvia os ares daquela boca de mato – e virava os olhos p'r'outro lado, porque de perto do cauvi não 'tava saindo o rolo fino de uma fumaça, que eu tanto tempo tinha visto.

Corria neste porte a minha vida, sem outros altos e outros baixos. A primeira arrumação, que havera de dar, já se vê que era a do casamento. Home' de juízo, como eu queria ser, não trata disso a dois arrancos: pesa o ganho e o gasto, calcula o preço da saúde e o custo da doença (que tudo pode acontecer), e aí é que resolve duma vez o caso. De meu, a única coisa que eu tinha era a dita roça na Água Fria, onde por derradeiro plantei cana e mandioca: a mandioca pouco dava, e a cana, até chegar em pinga, dava nada. Além do mais, o chão não era meu, era póssea livre, e por ele não espichei dinheiro, nem coisa que com dinheiro fosse parecida.

A Vitória, cada dia mais amorosa, me dizia que esperava o tempo que eu quisesse; que pouco lhe importava casar já e já, ou daqui a muitos anos, dês que pudesse ter sempre a certeza certa do meu amor; que sempre havera de ser – e jurava contra sua alma – fiel e firme tal e qual o morro feito duma pedra só.

Foi p'r aí ansim que apareceu no bairro um serracimano de meia-idade, boa presença e melhor prosa, por nome Perciliano, querendo arranjar camaradage' p'r'uma fazenda que ia fabricar na Garça p'r'adiante de Bauru. Fazia ventajas de entusiasmar: dava um sítio de graça, por cinco anos, p'ra quem derrubasse mato, fizesse chão e plantasse uns tantos mil pés de café; o sítio seria de quinze alqueires e, despois daquele prazo, ficava outros cinco anos a meia entre ele Perciliano e o empreiteiro; enquanto o café não 'tivesse formado, podia o dono do empreito fazer as plantas que quisesse, nas ruas do cafezal: e o serracimano adiantava quinhentos mil-réis p'ra's premeiras despesas.

As orelhas me tiniram, quando sube do que Perciliano andava contando e recontando: que aquilo por lá era um mundo novo, com tamanhas riquezas p'ra logo, que até parecia sonho; que o pé de café, com três anos, já era maior que um home' de altura regular; que cada espiga de milho crioulo pesava coisa de meio quilo; que a muganga crescia e encorpava a ponto de não caber nos braços de ũa mulher meã; que o jacutupé alastrava tanto, ia tão longe e dava tão grandes raízes, que mais mostrava jeito de praga do que de planta boa.

Em menos duma somana fechei trato c'o fazendeiro: mandou-se notar um ajuste bem notado, com duas testemunhas, com selo e tudo, no cartório de um tabalião de Santos, aprontei a trouxa, peguei o trem. Antes de pegar o trem (eu perfiria ter esquecido tudo isto, ou ao menos este pedaço), antes de pegar o trem, fui despedir da Vitória: nem um amor chorou tanto, debaixo do céu velho, na hora do apartamento, como o nosso amor chorou!

Vancê, que conhece a vida p'r o dereito e p'r o avesso, 'tá pesando e medindo o que eu lhe conto, e sabe como é deferente aquilo que o papel diz, daquilo que o chão amostra: uma coisa é a esperança de cobrir a terra de plantas ricas e logo se ver folgado, outra coisa é a brabeza do sertão. Levei somanas e meses dando cabeçadas p'r aqui e p'r ali, fazendo possíveis e impossíveis, deitando com desânimo e alevantando com corage', mostrando ser um cafumango do mar que não tem medo da serra. Quem de repente arrebentasse naquele fundão havera de reconhecer p'ra quanto presta um caiçara, quando o caiçara tem o coração empenhado e é torra como eu era.

Criminar Perciliano, falando que troceu no que tinha tratado, ou fez poetage' na gavação das terras, eu não posso: o tal serracimano me impontou numa lombada de espigão que era um paraíso. Na vestimenta daquele tirão, o que mais a gente via era figueira-branca, jangada-braba, palmito-vermelho e urtiga das grandes. Água, tinha com fartura, e a divisa da geada ficava longe. Mas era perciso muito braço e muito machado, p'ra botar abaixo o despotismo de arv'es tão altas e corpulentas que parecia' querer varar o céu...

Não paga a pena esmiuçar o que me assucedeu e o que não me assucedeu, p'r esse meio de tempo: a sua mente, de home' de peso e viajado, já pôs uma trena em toda a história desse meio tempo, e viu que a história, se eu repetir os acontecidos, passa vertentes e contravertentes, é muito comprida, não acaba mais. Corto os acontecidos, p'ra lhe dizer que, dois outubros despois do que eu daqui saí, já eu tinha talhão de café que era um brinco, paiol e bastante milho no paiol, arroz e feijão p'r um ano, porcada de meia ceva. Já não devia quaji nada, o mundo 'tava uma beleza!

O que vou contar agora, vancê adimira mais do que tudo: eu, p'ra mandar minhas notícias, sem não pedir punho alheio, aprendi a ler e a escrever no ermo, noite por noite, c'um fulano Marconde', camarada que foi comigo e não quis voltar p'ra cá. Andava já p'r um ano da minha saída do Cubatão, quando peguei na pena e rabisquei a minha carta premeira p'r'a Vitória. A carta só levava arrepiques de alegria, porque a pobre coitada (ansim pensava eu) não era cumpre dos danos e da maueza com que o destino volta e meia me martirizava.

Um mês, dois meses despois (lembranças destas vão pouco a pouco resbalando do esp'rito, e acabam sumindo duma vez), me chegou uma carta cheirosa, de virar morro, em que a Vitória mandou soletrar que 'tava encantada com tudo o que ficou sabendo p'r a minha; que era a mesma de sempre, e seria a mesma a vida inteira; que a tristeza que tinha, só e só, era uma louca sodade de mim.

Trancemo' quatro cartas. Não houve tempo nem jeito p'ra mais. O que vou contar agora é o começo da minha aflição e do meu desespero: desde o meiado até o fim do terceiro ano, carta minha já não teve re'posta. Assustei em desmasiado, p'r amór de o selêncio, mas fulano Marconde', criatura de juízo e de peito doce, me assossegou dizendo que aquilo não havera de ser nada; que talvez carta e carta se extraviasse no caminho, que talvez alguma carta chegasse quando menos se esperava: e que, se houvesse alguma coisa triste no Cubatão, já tinha batido a notícia na Garça, porque notícia rúim corre muito.

Assosseguei, é verdade, contanto que não pude mais viver alegre como outra hora. Minhas coisas tinham indireitado dia a dia: o rancho, que era de pau a pique, virou casa, pequetita sim, mas porém bem perparada e asseadinha; caçamba e mulas mestras p'ra carreio, já havia no sítio, livres e desembaraçadas; cavalo de sela, escorador e de linda marcha, eu já tinha, e era meu de tudo. P'ra encurtar rezões, até um libuno de flor, manso que nem carneiro e firme na guinilha mais macia que se possa imaginar, 'tava sendo tratado a todo o trato, p'ra quando a Vitória fosse a dona da casa e dona do dono da casa.

Inteirou meio ano sem carta do Cubatão. Chamei fulano Marconde', entreguei-lhe a governação do sítio, enquanto eu ia e voltava, amontei a cavalo e me despedi, por meia dúzia de somanas, do paraíso da Garça, que eu tinha posto na perfeição. Senti de repente um frio no suã: foi no instante que olhei o libuno da Vitória, e ele raspou o chão c'uma das mãos encurvadas, como limal estradeiro que 'tá querendo romper. Vancê não concorda comigo que aquilo era aviso? Aviso ou não aviso, tudo passou: o que me espanta é ainda eu 'tar vivendo, triste e suzinho, neste recanto de terra...

Aquela tarde turva, que cheguei no Cubatão, nunca mais há de fugir da minha lembrança. E é isso que me traz agoniado, a bem dizer, dia e noite, e é isso que me deixou, p'ra sempre, duma banda da vida. No rumo do Ubucutupé, tinha um lançol e tanto de cerração. No mangue, 'tava tudo quieto, com feitio de susto ou de medo. Do lado de cá da serra, o azul pouco faltava p'ra ser ferrete. Se o noroeste rondasse, era p'ra dar chuva grossa e tempestade.

Apeei do trem, com pressa, com ânsia, não topei conhecido nenhum na cercania da estação. Fui andando, fui andando, e só uns minutos despois é que alcancei um rapaz magro e embodocado, um rapaz que ia tocando quatro cabras de ubre cheio. Logo quatro, e a estas horas! – foi o que passou, por então, p'r'a cabeça do pobre filho de meu pai. E abri conversa c'o moço, como aquele que não quer:

– Aqui se usa leite de cabra na boca da noite?

Ele me olhou de revés, espantado da pergunta, e me arrespondeu com quatro pedras na mão:

– Aqui e em toda a parte: só não sabe quem não regula certo!

Eu ri com certa cotela, com temor que ele não quisesse mais prosa. E peguemo' a nos entender muito bem:

– Mecê me desculpe, mas eu pregunto por preguntar, porque 'tou chegando de longe e campeando maneiras de saber notícias de gente conhecida. Mecê conhece o Alv'o Rodrigue'? Ele inda asséste p'r aqui? Vai indo?

– Esse pitou, faz obra de um ano. Suncê, que quer saber se ele vai indo, é porque sabia, na certeza, que ele ia indo mesmo. Pois foi-se, coitado! Não houve remédio que pudesse consertar aquele motor tão estragado! Era bom home'!

– E o Gustavo Rosa?

– O Gustavo Rosa teve aqui um arranca-rabo c'o sobdelegado, vivia de rusga aberta c'a polícia, não podia abrir a boca sem provocar a réiva e a birra do manda, teve de se mudar. Vejo dizer que reséde agora no município de Mogi das Cruzes.

Suspendi a conversa p'r uma batedeira de coração que me atropelou neste em meio: eu 'tava na dependura de preguntar ou não pela Vitória. Acabei preguntando, premeiro, pelo pai:

– Seo Maneco Ribeiro inda 'tá no Ubucutupé, e com saúde?

– Inda 'tá naquele purgatório. Sabe Deus como véve!

– E a filha de seo Maneco, ûa moça chamada Vitória?

O rapaz piscou um olho, falou de jeito lacaio:

Essa pega pinto...

Meus cabelos cresceram na cabeça, atordoei como quem perdeu o regimento das pernas, afrouxou nas curvas e vai cair. Agardeci, do melhor modo que pude – e na certeza foi dos piores – aquele moço das cabras, deixei que o moço ganhasse dianteira, sentei num marco de pedra. 'maginei que a Vitória podia 'tar sofrendo algum levante de calúnia, que hai muito demônio esparramado no mundo, sem ninguém não saber. E apinchei-me p'ra diante, querendo achar um conhecido em quem tivesse fiúza, alguém que me falasse linguage' que eu pudesse aquerditar.

O alguém, que vi logo em seguida, no porto mais picado do caminho, foi seo Frederico, ituano de toda a minha estima e consideração. Despois que salvei o povo da casa e afastei p'r'um canto, conversando em voz maneira com seo Frederico, logo arreparei que seo Frederico 'tava meio vendido e quaji-quaji desertando da conversa. Como ele sabia das minhas intenções e o porquê de eu ter ganhado o rumo do sertão grosso, pregunteι-lhe de pancada:

– E a Vitória, seo Frederico?

Ele botou uma das mãos no meu ombro dereito, granou os olhos nos meus olhos, não disse coisa com coisa: fez tal e qual o outro, que 'tá cuidando dum doente perigoso e quer engambelar o doente, custe aquilo que custar. Vancê recorda que sempre fui despachado e inimigo de meias palavras; teimei na pregunta, seo Frederico viu que era perciso dizer tudo:

– A Vitória saiu p'r o largo. Quem fez o desencaminho foi o Candão, caboco treteiro que andou p'r aqui uns tempos, intimando que ia alugar terrenos e encher de bananais estas parage', de ponta a ponta, e um belo dia socou os pés na rapariga, porque desapareceu em branca nuve', sem falar carne nem peixe. A rapariga fez prantina, esmagreceu e amarelou, mas despois achou consolo num feitor de linha, despois andou de mão em mão, e agora, pobre coitada! – 'tá no fundo duma cama, aí adiante, batendo maleita feia, naquela casa que foi do Migué. Diz que pende mais p'r'o lado de lá que p'r'o de cá.

Saí feito um demente da morada de seo Frederico. Entreparei um pedaço, afastado já bastante, e peguei a pensar no quanto pode ûa mulher ser ingrata e ordenária, quando dá de ser ingrata. Aquela desgraçada tinha tido intão a corage' de me ser falsa, falsa p'ra mim que tinha feito por ela os possíveis e os impossíveis? Aquela desgraçada pôde intão esquecer os juramentos que jurou contra sua própria alma? E não havera de ter punição? E havera ainda de espalhar p'ro mundo afora mais ingratidão, mais falsidade e mais perjuro? Mulher ansim é p'ra morrer na ponta dum aço!

Apalpei, na cinta, a faca de palmo que nunca me largava. Peguei no cabo de osso, puxei um gêmeo do cabo, senti na mão tremida o frio e a dureza do aço: e pouco a pouco, até hoje não sei como, percebi que o meu coração endureceu e a mão esfriou no mesmo baque.

Fui andando, fui andando. Perto da casa que tinha sido do Migué, vi um automove' parado. Ûa dona, que passou rente c'a valeta da outra banda, me explicou, em voz que parecia gritada, como se eu quisesse saber alguma coisa:

– A mó' que a Vitória não escapa mesmo. O doutor do governo, que vem todo dia ver a doentarada do bairro, disse que aquela maleita chegou muito misturada, que o coração da Vitória 'tá negando serviço, que é perciso ir sustentando a doente com chá de canela e café forte, quando ela desanimar. Agora ela 'tá padecendo, numa tremedeira louca.

Entrei na casa, quando o doutor do governo ia saindo. Ele também me disse, como se eu quisesse saber alguma coisa:

– Esta mulher não pode aguentar barulho nem ter abalo nenhum. Qualquer susto, qualquer zanga pode liquidar tudo de repente. O coração não val' um nicle!

O que eu tinha na mente não era piadade, não era pena, era ódio puro. P'ra haver justiça, a Vitória tinha que afundar nos sete palmos do chão: de morte matada, se a maleita não fizesse o serviço, mas tinha que afundar.

As mulheres, que arrodeavam a cama, recuaram devagarzinho, no auto de me ver ali dentro. Percebi intão que as cobertas da cama 'tava' mexendo, que nem folhage' de arvoredo no temporal: a batedeira não podia ser mais forte. Já tinham acendido uma lamparina, mas porém c'a luz meio vedada por pano pardo, porque o doutor do governo mandou que não crareassem demais o quarto. P'r amór de a pouca luz, não enxerguei logo a cara inteira da Vitória, que 'tava, naquele minuto, virada p'r'a parede: vi a cabeça e a testa, e que da testa escorria suor em pingos muito redondos.

Não tive pena, e lhe confesso que também não tive piadade: ódio, sim, ódio só! Cuidei, intão, que ela inda podia sarar, e me senti gelado de repente. Na minha sentença, ela não tinha mais escapula, fosse p'r'onde fosse. E ansim liberei que lhe havera de dar a hora derradeira, se visse que ela voltava em si com jeito de quem não faz a despedida.

Encostei no pé do catre, pensando bem no fundo da minha alma:

– Será que Deus Nosso Senhor não leva esta criatura? Será que eu tenho mesmo de campear, c'a finura da minha faca, o rumo daquele coração traiçoeiro? Será que Deus Nosso Senhor não tem pena de mim?

Intão as cobertas da cama pararam de bulir. A Vitória suspirou demorado, pôs-se de costas e me viu ali perto. Viu e escancarou os olhos. Escancarou os olhos e me falou c'a voz apagada:

Você veio, meu bem? O coração 'tava-me adivinhando que você vinha, p'ra eu inda ter perdão e felicidade, nesta vida que estrangolei.

Ela me estendeu a mão; por um triz não lhe neguei a minha, que andava muito cascuda, de tanto machado e tanta enxada que maneei na Garça. Estendi a minha mão, a dela resbalou da minha e lhe caiu junto do corpo. Agora, o suor não descia só da testa, brotava de todo o rosto e chegava a romper daquela mão. Estremeceu de repente, como se fosse de medo. Eu 'tava suzinho na veira do catre; apalpei outra vez a bainha, puxei outra vez o cabo de osso, outra vez senti, na cinta, o frio e a dureza da faca de palmo...

... Mas Deus Nosso Senhor teve pena de mim!

CAMUNHENGUE

Um belo dia, sem mais esta nem aquela, pegaram a aparecer pelo rosto do Zeca Estevo umas grossuras, uma vermelhidão, uma pressama que ninguém sabia como explicar. Engrossavam-se-lhe as asas do nariz, iam-se-lhe sumindo os olhos sob a carne tumefeita, que os vencia por todos os lados, recrescente, e as pestanas principiaram a fazer-se-lhe ralas, esfiapadas, ao mesmo tempo que a cabeça se despovoava de cabelos e uma quase contínua fraqueza lhe bambeava as pernas, para baixo dos joelhos.

Às primeiras mensagens daquela doença incompreendida, que, aliás, passava por nada na opinião de todos da casa, não se alvoroçou nem se fez diferente o Zeca Estevo, acostumado como estava a tudo quanto é bom e quanto é ruim na terra. Mas, depois, quando se acentuaram os sintomas; quando deram os vizinhos de dizer que "aquela impige vinha braba"; quando notou que os estranhos já o olhavam com desusadas mostras de reparo e quase de asco: foi então que entendeu de cuidar de si, rebuscar "ûa mezinha com qualquer curandeiro ou surjão dos arredores".

Lá pelas covancas do Guaçu, numa tapera escangalhada e cheia de mato, assistia o Cabeludo, um prático de fama, que era a última palavra nestas moléstias desconhecidas. O Zeca Estevo preparou-se com todo o cuidado, mandou arrear a melhor besta de sela que tinha, escolheu o melhor rapaz do sítio para camarada na viagem (porque tinha com quê, o Zeca Estevo), e riscou chão ûa madrugada, nem bem o galo pipuíra, que lhe morava em frente da janela, acabou de bater as asas e cantar pela terceira vez.

Não se podia ler ainda uma carta e, além de tudo, caía uma neblina muito fria, embora fosse tempo de milho verde. Mas em riba dos espigões, que mal se divisavam através daquela cortina opaca, um grande vulto cor de cinza-clara se movia já do chão para o céu, ligeiramente, e era a manhã que rompia.

O Zeca Estevo despediu-se da mulher com duas palavras apenas, porque a demora seria pouca e a saudade que levava era muita. O filho mais novo, de cinco anos, que era a menina dos seus olhos, como dizia, ainda teve jeito de lhe pedir um piquira 'lazão de crina branca, bonito e manso como o do Candinho, o irmão mais velho, que andava pelos oito anos e era pouco menos que um adomador. Ele ouviu o pedido, respondeu que sim, que o piquira havia de vir – como não havia? – e passeou a ferramenta pelo vazio da mula, que se descanhotou logo, estrada afora, violenta e macia no trote de cão.

Lá se foi o Zeca Estevo, alegre e confiado. Houve outros que partiram também confiados e alegres à procura do Cabeludo, mal lembrados do horror que levavam dentro de si, no peito ou no coração, e que não puderam voltar, entretanto, e acharam melhor, decerto, deixarem-se ficar esquecidos e descansados, nalgum recanto de cemitério, em lugarejo sem nome ou sem fama...

Mas o Zeca Estevo não concordava com esse abandono da vida longe dos seus: ou tudo ou nada, falava ainda na véspera da viagem. Ou sararia, e a volta havia de ser uma festa; ou teria então o desengano, e ainda assim tornaria ao sítio, morto e já desmanchado que fosse.

Não era coisa a que se pudesse chamar bonita, aquela tapera onde assistia o Cabeludo. Ao fundo dum angola praguejado, em que a unha-de-gato, o cipó-caboclo e a japecanga se entrançavam, caindo dos maricás ou dos ceboleiros, escurentada e escondida por um maracujazeiro de árvore, aparentava o jeito de um gato mourisco assanhado, que se encolheu e vai saltar de súbito à cacunda tremente do xintã. Toda a gente sabia, contudo, que um mundão de romeiros cheios de fé vingava diariamente aquele rincão, em busca do milagroso experiente que distribuía a vida e a saúde a troco de uns sacos de mantimentos ou de umas poucas cabeças de galinhas ou leitões...

O Zeca Estevo escolheu a ocasião boa: chegou à tapera ao fechar da tarde, quando já ninguém de fora lá estava e os urus gargarejavam seu canto profundo e selvagem nos esgalhos das pindaíbas e dos cedros ali perto. Salvou logo do terreiro: e como visse que o Cabeludo não se apressava a recebê-lo, entretido a tostar sobre as brasas uma cobra engraxada de manteiga, fez chorar no saco da garupa os dois marrõezinhos mais gordos que criava no chiqueiro e lhe trouxera, como presente especial, antes da cura. O Cabeludo, nesse ato, virou-se para ele, vagaroso e solene.

Medo, terror, foram tolices que nada conseguiram do Zeca Estevo, nunca na vida. Mas agora, àquela hora duvidosa do lusco-fusco, naquele ermo, um irreprimível pavor se lhe foi apoderando pouco a pouco do espírito, à medida que o morador da tapera lhe respondia à salvação e lhe perguntava pela saúde, com voz pausada e um tanto rouca, em que havia muito de tempestade longínqua e também de rugir contido e ferocíssimo de tigre. Sentiu curvarem-se-lhe os joelhos, uma corrente de água gelada passar-lhe pela medula, porem-se-lhe a pino todos os fios de cabelo do corpo, e juntamente uma ânsia tão forte, de tal modo sufocadora, que lhe constringia a garganta e lhe fazia correr um suor frio nas palmas das mãos e entre os vãos dos dedos.

Entrou na tapera, apesar de tudo. Contou sua vida ao outro, largamente, e acalmava-se à maneira que a narração lhe ia fugindo dos lábios para os ouvidos do curandeiro atento. Fora, sob o maracujazeiro, o camarada assobiava enternecido uma tirana das derradeiras funções. E aquela tirana, casada agora ao chiado monótono de uma cigarra já invisível, foi fazendo que o Zeca Estevo de todo volvesse em si, ganhando outra vez a paz de espírito de sempre, a calma que em todos os casos lhe servira de máxima fortuna.

O Cabeludo, porém, tirara com a mão esquerda o lampião de azeite, de um mancebo ao meio da casa, e com a direita lhe examinava suavemente as faces, que se arrepanhavam grossas por sobre os zigomas, donde pareciam debruçar-se para as maxilas como bambinelas rubras e extravagantes. Indagou-lhe dos pais e dos avós: se nunca tinham tido mal de gálico, se nem uma mulher na família quebrara resguardo de parto, por onde lhe tivesse vindo a doença triste que faz a mão ficar de vaca e perder as unhas. E o Zeca Estevo, escutando semelhantes interrogações, para ele desnecessárias e estúpidas, entrou de novo a possuir-se de um enorme susto pânico, entremetido de raiva e de fúrias, durante as quais deixava de esganar o feiticeiro (parecia-lho naquele instante), só porque acreditava bem na certeza do tratamento.

Houve uma pausa embaraçosa e embaraçadora nas palavras do velho: foi a um canto da mesa, ao pé do jirau em que dormia, puxou uma gamela, pôs-se a lavar as mãos com uma orelha de timburi, e já voltava para o Zeca Estevo, num passo ondulado e mole, quando este quis saber o nome da doença:

– Antão, meu patrão velho, o que é que eu tenho?

O Cabeludo olhou-o de frente, com os olhos parados e inexpressivos:

– O mal.

– O mal? Vancê 'tá caçoando!

– Caçoando 'tá ocê, menino! Pois antão você, quando veio aqui, não sabia já que 'tava camunhengue? E olhe que é jarerê dos graúdos, é dos brabos! Tome conta disso, antes que ele tome conta de você!

O Zeca Estevo tinha o gênio desabrido: vieram-lhe repentes de sacar o punhal e sangrar no mesmo instante aquele bruxo desgraçado. Mas conteve-se:

– E o que é que eu bebo p'ra sarar?

– Não beba remédio, que p'ra isso não tem remédio, não hai mezinha. Coma carne de capivara sem sal, por todo feitio, e a da onça, que 'tá são. Mas largue do sal, se quer mesmo ficar como dante'!

Anoitecera de todo. Um fantasma apavorante caminhava entre as nuvens, serenamente, e no andar cadenciado e como que fraco imitava o do curandeiro, que, entretanto, mudo e sombrio, se agachara encostado ao fogão, onde recomeçava a tostar a cobra apetecida. O Zeca Estevo olhou-o, olhou depois aquilo que caminhava terrível entre as nuvens: sentiu-se aniquilado, transido de verdadeiro medo, e ia gritar pelo camarada, quando as nuvens se abriram, enchendo o arruinado casebre de uma claridade azulega de lata nova, e reparou que aquele fantasma era a lua cheia, com seu São Jorge muito entusiasmado ao alto e algumas tênues fumaças brancas a enrolarem-na como numa túnica.

Desamarrou os sacos trazidos, pô-los à porta da tapera, e montou a cavalo:

– Temo' lua boa, seo Chico: de madrugada 'tamo' em casa: bamos embora!

Houve um forte e rápido rumor na estrada; se não fosse tão rápido e tão forte, poder-se-iam ouvir os gemidos do Zeca Estevo, homem que nunca tinha chorado na vida, de serra abaixo p'ra cá, tal qual se diz na moda velha.

Não era tão tarde assim, que o Zeca Estevo não tivesse lado de torcer um pouco a estrada e procurar o sítio dum conhecido antigo, um criador em cujo potreiro vira ao passar, com sol alto ainda, um poldro 'lazão de crina branca e palmatória, bonito e manso como o do Candinho, e bem ao modo do que lhe fora pedido pelo José, a menina de seus olhos, a quem não podia negar esta alegria tão fácil. E foi preciso mandar campear o petiço, àquela hora velha e pelo cultivado úmido da orvalheria, porque o José lhe estava a aparecer diante, todo risonho e satisfeito, ao ver que a promessa fora cumprida.

Depois, quando se fez novamente ao caminho, entre um e outro voo de pássaros noturnos, que lhe causavam singulares vibrações de nervos, e ao pensar naquela criança pequenina e querida, para quem levava o cavalinho adestro, uma inefável piedade de si mesmo quase o fez soluçar e carpir-se: via-se repudiado de todos, porque o negro mal de lázaro iria de mal a pior, não o duvidava, e o José lhe seria companheiro de sempre, apesar do imenso infortúnio, porque tinha uma alma afetuosa e cheia de bondade. E a mulher, sá Januária, que fora o anjo da guarda de sua mocidade turbulenta e rixosa, ia-se-lhe apresentando à memória vagamente, aureolada de uma luz admirável, como as santas das oleografias.

A marcha troteada da mula soava pela estrada clara, num ritmo acelerado e uniforme. E era tão sagaz, tão esperta, tão valente, que mal o sol apontava da multidão de montanhas distantes, quando o Zeca Estevo abriu a porteira do pátio, onde a criação renhia pelo milho atirado de pouco. Sá Januária surgiu espantada na varanda, trouxe logo o café com rapadura, e não chegou a perguntar-lhe a razão da volta tão apressada e o que dissera o Cabeludo, porque logo o Zeca Estevo lhe foi contando:

– O home' lá me disse que 'tou sofrendo do mal.

Mas a Januária também não quis acreditar:

– Não é capaz, isso é poetage sua!

– Verdade, mulher: o diabo inté me receitou capivara e onça.

Sá Januária duvidava sempre: olhou-o, remirou-o com todo o sossego, convencida de que tudo aquilo não passava de uma cuca que o Cabeludo lhe botara no marido, para ganhar molhadura melhor. E o Zeca Estevo, banzativo, escorara-se a um catre desmantelado, donde olhava para a mulher com ares muito alheios e remotos; por fim, como já pelos vãos das telhas coasse no chão a claridade crua do sol, disse a modo de distraído, como quem não quer:

– Só se ele cuida que é por causa deste inchaço que eu tenho há tantos dias nas orelhas.

Foi como se todo o mundo viesse abaixo! Ela reparou lhe então nas orelhas, que se haviam tornado intensamente escarlates, como queimadas de sol, empipocadas e grossas, pendentes para as faces num reviramento assustador dos bordos. Sá Januária teve um arrepio de terror e um estremecimento fundo de compaixão: mas conteve-se logo, desviando a conversa com pedir ao Zeca Estevo a ajudasse em passar pelo pescoço de uns franguinhos pipuiruçus uma pena de galinha, por livrá-los da pigarra.

Vieram daí por diante os dias negros da tristeza e da desconfiança. O Zeca mandava a lugares longes, por mantas de capivara e carne fresca de pintada, tomava chá de raiz de inhame todos os dias, fugia do sal, corria da chuva e do sereno, mas cada vez piorava mais. Deram de retirar-se os vizinhos; apenas algum mais corajudo ainda aparecia, de quando em quando, a bater ûa mão de truque ou pontear uns toques novos na viola paranista. E, por mal de pecados, chegara o tempo das águas, com uma ventania nunca vista e um poder de tempestade todo santo dia.

Agora, com um bandão de desculpas aumentativamente apertadas, sá Januária mudara de cama, dormindo com o José num quarto pegado ao do Zeca Estevo, donde, noites inteiras, o ouvia roncar e queixar-se de mil apoquentações e outras tantas dores. Fizera-se ele irritadiço e mau de gênio, esbordoava os pevinhas à toa, botava chumbo nos leitõezinhos tatus mais estimados, que se aventuravam até a varanda. Um dia que matara a um de brinco, e sá Januária lho censurava entristecida, ele respondeu rindo num riso rasgado e amargo.

– Ora, eu também tenho brinco, e, se eu morrer, ninguém não sente.

Ao ver que todos, pouco a pouco, o iam abandonando ou, quando nada, deixando, também um poderoso desejo de solidão o tomava, mesclado de raiva dos homens e desamor aos seus. Chegou a dizer a sá Januária, quando ela lhe explicava, certo dia, por palavras travessas, o motivo da separação:

– Eu aqui já não valho nada, todos me largam ao deus-dará, como se eu fosse um trapo velho. Há de chegar tempo de eu romper sem rumo por este desespero de mundo! Você verá!

E voltava-lhe um calor da valentia da mocidade:

– Hei de sair, indas que seje pedindo esmola de casa em casa p'r essas barrocas e serras. Quem não me der esmola eu quebro de manguara, porque ninguém não tem coragem de me ponhar a mão, e o chumbo em mim já não pega. Cama, eu faço em qualquer fundo de mato, em qualquer beirada de corgo, indas que a força das inxorradas me carregue c'o escuro da noite!

A chuva estiara de todo, certa manhã de dezembro. O Zeca Estevo mandou que o Candinho lhe encilhasse a besta picaça quatrolha, ûa mula velhaca e arengueira, para dar uma volta pelos arredores. Disseram-lhe que, doente assim, não devia montar naquele inferno de mula: foi tempo perdido, quis porque quis, e fez o que resolvera. Antes, porém, de montar a cavalo, chamou o José com todo o carinho:

– Venha cá, meu filho, quero-lhe dizer uma coisa.

O José refugava-o desajeitadamente, com os olhos baixos, de respeito e de medo. Não se lhe chegou para ao pé:

– Pois antão inté você, meu filho, 'tá-me pondo de banda?

O José custou a responder, mas por último falou, com voz sumida e trêmula:

– Diz que vancê 'tá macotena, nhô pai.

– Era isso mesmo que eu esperava. Ai! meu São Bom Jesus do Pirapora, já não tenho mais ninguém por mim neste mundo! Fique p'ra lá p'r'o seu canto, José, que eu já não lhe digo mais nada, não tenha susto.

Montou a cavalo:

– Agora falta' só as purungas e a baciinha, p'ra mim cumprir o meu fadário!

Sá Januária chamava-o, chorando desesperada. E ele perguntou-lhe de repente:

– Eu volto, sim, eu volto: você quer que eu deite na sua cama? Ah! não quer, pois antão? O mundo é mesmo ansim!

Recomeçara a chover miudamente, o sol passava frouxo e sem quentura pelas cordinhas d'água, quando o Zeca Estevo bateu o tala nas ancas da mula e disse com voz em que havia uma tristeza infinita e um desespero inenarrável:

– Adeus, antão, meu povo dalgum tempo!

Voltou a ventania, primeiro quase mansa, depois furiosa e uivante. E enquanto ele se sumia na reviravolta do caminho, a chuva engrossava, pouco a pouco, até se fazer outra vez um poder de tempestade.

– ... Ai! meu São Bom Jesus do Pirapora!

Alcides Maya

GURI

Da retaguarda do exército, onde acampava a carretama, atraído pelas contínuas descargas, viera o guri se aproximando das tropas em choque.

À primeira coxilha alcançada, somente gozara um aspecto rápido, fugitivo, do combate, em que duas colunas revolucionárias, separadas, divergentes, quase inimigas, apenas unidas à hora do triunfo, resistiam desde a manhã cedo à mortífera fuzilaria das hostes do governo.

O terreno desarticulava os atacantes; enquanto, apoiado em matarias e coxilhões laterais, a linha de fogo "legalista" se estirava regular, num alto, com os flancos cobertos e a retirada a salvo, os rebeldes, incapazes de ação conjunta, revezavam investidas sobre o centro, ocultos uns dos outros pela conglomeração das terras e reciprocamente ciosos de primazia.

Destinados, naturalmente, à formação de um só exército, divididos estes em corpos de infantaria, com poucos cavalos – fortes pela compacta cavalaria, mas falhos de peões, aqueles provavam forças com o inimigo distanciados, sem nenhum plano comum senão o da vitória "a lo bruto"...

Quando uns retiravam, os outros, consecutivamente, avançavam, e essa era a tática.

– Mas ia-se peleando – pensava resignadamente a gauchada.

As munições, no entanto, escasseavam, poucas e mal gastas em escaramuças inúteis: restavam apenas alguns milhares de cartuchos, e só uma grande carga irresistível poderia doravante evitar a derrota.

Então, um dos generais, mais inteligente, transigiu com o orgulho do outro, pediu-lhe entrevista e conselho, e à última hora, depois de azeda conferência entre os dois cabecilhas, foram tomadas as medidas que a situação desde o alvorecer recomendava.

Manteve-se por astúcia à vanguarda a guerra guerreada do começo; a infantaria, transpondo, num prodígio de vaqueania, pantanais afogados em mato, à esquerda, atacou subitamente um dos flancos, com ameaça de envolvê-lo; e, aproveitando a desordem dos contrários, toda a impetuosa cavalaria gaúcha, ao mesmo tempo, desabou sobre a linha de fogo.

Ao despontar o guri, a galope, o cume da coxilha, cortava a atmosfera límpida o som agudo e claro dos clarins clangorando carga. Logo, pelas canhadas, reboou o tropel dos esquadrões e uma linha móvel de bandeirolas haloadas ao reverberar das pontiagudas lanças enristadas, ondeou, vermelhejou, fulgiu ao longe, sumindo-se numa volta da mataria. E, ao passo que para adiante do banhado era incessante o tiroteio, aquém, um silêncio de segundos, apenas quebrado pelo estrépito dos cavalos, sucedeu ao toque vibrante de avançar. Depois, um alarido; a seguir, descargas; e mais nada...

Aborrecido, impaciente, querendo a todo custo *ver*, o guri, sempre a galope, desceu a coxilha, galgou outra, soltou rédeas, por extenso lançante, rumo do entreveiro.

Estava ali o *general*, batia-se ali o seu pai; foi nessa situação que, fascinado, marchou, faces abrasadas, olhar em fogo, sem ver o caminho, hop! hop!, o pingo "a toda" sobre valos e covas, através de quebradas e de lombas...

Era pequeno, porém sentia amor, até ao fa natismo, àquele "índio" e até ao fanatismo chegava o seu entusiasmo por aquele chefe.

Outros da sua idade tinham ficado no acampamento, com as chinas. Desprezava-os; e deixara mesmo, ultimamente, de tomar parte nos combates simulados que, por imitação, travavam às vezes.

– Ele, o que almejava era uma lança de verdade, uma clavina "acertadeira", um "flete" corredor lá bem na frente...

Interessante, deveras, aquela vida nas carretas. O entono militar pegara às próprias mulheres; cada china era uma virago; de algumas narrava-se lenda de façanhas, e todas mostravam o orgulho das vivandeiras de raça. Muitas pensavam que raiara um dia novo, que dali por diante viveriam sempre assim, entre a morte e o "carcheio", bailando após as batalhas e parindo entre dois fogos de acampamento.

Esperavam vagamente outras, chinocas fantasiosas, que a vitória da revolução, mercê dos amantes, lhes asseguraria vantagens materiais, dinheiro, presentes e folganças. Tais recordavam antigas afrontas, gravavam na memória perfis, lugares odiados, planejando vinganças. E pertenciam a quem nas queria, conheciam todos os arreios, passavam fome, sofriam, como os soldados, chuva e frio, embriagavam-se, engalfinhavam-se bêbedas, mordendo-se, ferindo-se, *desertavam* para outras colunas e, até por vezes, eram raptadas em audazes acometidas.

E a vida continuava assim havia dois anos, sem que sobre ela grandemente influíssem as alternativas de desastre e de êxito.

Derrotas, propriamente, não as havia; à testa do exército estava, inatingível, insubjugável, o general. Sério, calado, dia e noite a cavalo, a percorrer, aparentemente distraído, os postos, a examinar como um sonâmbulo o terreno, os altos, os longes, comendo com a gauchada nos fogões, trajando como todos, o poncho às grandes pontas atirado a um dos ombros, o lenço de pescoço sobre o outro, espada eternamente presa ao cinturão, a bater nas botas rossilhonas, chapéu de lado, arquétipo de coragem brutesca emoldurado em vida numa legenda rútila de bravos feitos, semelhante homem era por todos admirado, temido, idolatrado.

Pedruca tinha por ele adoração; só de ver o guerrilheiro tremia todo, com um nó à garganta, quase a chorar, em tímida comoção.

Estava no acampamento por não ter onde ficasse quando rebentara a luta. Agregado do general, viúvo, o pai dissera carinhosamente ao filho, uma tarde, ao partir:

– Monta a cavalo e toca, chê! vens comigo. Não sei onde te bote; isto aqui vai ficar tudo arrasado; desta feita nem a macega se salva; e, se a guerra dura, inda podes vir a ser oficial, como eu.

– Ah! que a guerra durasse! – era o seu voto de todos os dias...

Cerrada, recomeçara desse lado a fuzilaria; mas, no galope infrene que o levava, nada podia ver o guri, com a vista abafada pelo rugoso muralhão dos últimos outeiros.

Colinas e colinas; apenas vencia uma, imediatamente a outra se lhe erguia defronte, sem poder atinar com o "fio da coxilha". Mas aproximava-se e, de repente, o espaço abateu, rasado, desdobrou-se em tapete de relvas márcidas, assinaladas a cascos, morreram lentamente no mesmo cenário bem nivelado as cristas do terreno. Entre o plano inclinado que descera e a rampa dominada pelos contrários, medeava extensa campina, mosqueada de capões, até ao mato do Jaguari, em dois ângulos, um com o banhado por vértice, outro recortando os cerros à direita.

E então, convulso, deslumbrado, o guri, que só na refrega pensava, parou o cavalo: a linha de fogo acabava de ser rota; vencera a carga.

– Bárbaros!

Agora, como se um grande temporal varresse o campo, as forças fragmentavam-se em vozerio, debandando em grosso aos lados, livre o centro, percorrido impetuosamente, a troços, por grande cópia de gaúchos. Abrigado entre dois mamelões, à direita, um batalhão resistia, ordenando-se desesperadamente em retirada; no flanco esquerdo prosseguia, cada vez mais espaçado e mais distante, o fogo dos pelotões recuando, protegidos pelas sinuosidades do banhado; e ao cabo de algum tempo as duas alas batidas desapareciam, sempre em luta, aproveitando a disseminação anárquica dos vencedores.

No teatro da carga, disparavam apenas grupos extraviados, diminuindo, aumentando aqui e ali, ora seis, ora dez, ora dois homens, Já um único soldado a correr, solitário.

E, em todas as direções, também os perseguidores rareavam, espessavam-se ora dois, ora seis, ora mais, já um só a apertar um só. E a vozeria reboava, ecoava o tropel, boleadeiras silvavam, brilhavam lâminas, trocavam-se tiros, ginetes e animais tombavam de roldão, ou eram pingos em arremessada carreira após a queda dos cavaleiros.

Não havia mais céu, nem árvores, nem campo; a toda extensão, o guri somente observava agora as peripécias da correria, os horrores da chacina.

Largara novamente a galope, fincando o calcanhar à virilha do "flete", roubado, por ele, para aquela fuga, ao tenente Pinto, comandante da escolta que guardava a carretama.

Para onde ia?

– Sabia lá! queria "ver", "chegar a tempo", servir-se do indisciplinado movimento da coluna, quebrando-se em esquadrões esparsos, para de qualquer modo iniciar-se na guerra. Sentia-se "homem"; tinha-se armado como pudera, com uma faca de cabo de osso embainhada em couro, e uma "boca de sino" que achara dias antes.

– Havia de ser aquele o dia, caramba!

Mas, de repente, perto de uma sanga, a uma detonação, soltou as rédeas com um grito, torcendo-se nos pelegos dos arreios, arqueando-se, tentando agarrar-se à cabeça do lombilho até perder os estribos e rolar exânime no solo.

Fora uma bala atirada quase às cegas, braço para trás, contra outro; e enquanto, com estrupido, injuriando-se, dois cavaleiros passavam a disparada, desapareciam, pálido, de olhos esgazeados, um fio de sangue a almagrar-lhe sobre o peito a camisa encardida, o guri, como um passarito ferido, ofegava moribundo nas ervas.

Talvez morresse contente.

– Fora quase uma peleia – talvez pensasse.

ESTAQUEADO

Espertando as brasas ao borralho, entre churrasco e mate, narrava o Florentino aos companheiros um dos últimos lances dos seus amores, quando os cães, de rolda à noite, romperam a ladrar furiosamente.

De golpe, ariscos, os três homens ergueram-se e, trocando olhares interrogativos, no sobressalto que à época, de guerra sem tréguas, provocavam os rumores de estrada, saíram cautos ao terreiro.

Seguido pelo João Crioulo, que, em farejando perigo lhe não abandonava a sombra, limitou-se o capataz a perscrutar a treva nos arredores; mas o índio Afonso, lutador amestrado nas guerrilhas *farrapas*, quis mostrar aos outros como se procedia antigamente e, afastando-se, deitou-se ao comprido na macega e colou o ouvido à terra.

Durante um minuto, compassado bateu contra o solo duro o duro coração do guasca...

Nenhum longínquo repercusso indicava tropel de exército em marcha; e, como os queroqueros, adormecidos, não anunciassem gente, concluiu o gaúcho, levantando-se, não se tratar de forças.

Incapaz, por anciania, de bater-se, despeitado ante uma revolução de que o alheava a idade, ao antigo *farroupilha* aprouve negar qualquer aproximação de colunas e simulou desdém pelo receio dos outros.

– Cavalhada nenhuma – comentou reunindo-se-lhes. Que tropa *havera* de ser? Pela certa, esses diachos 'tão vendo alguma cousa lá em riba... É da lua...

E os olhos subiram, fixaram-se na altura, onde, como uma adaga alfanjada, o crescente, por entre nuvens, ensanguentado, surgia.

Os cães, no entanto, não houve chamá-los: toda a noite investiram à campanha, furiosos, na sua contínua ronda selvagem.

– Danados! – invectivou-os Florentino com simpatia, de retorno ao fogão. – Boa raça! estes são pra o que vier: enxergam no escuro e morrem ao lado do dono... Também não se pede outra cousa, que eles é que nos põem no rastro das carniças...

– Se desta feita não engordam... – foi o comentário sarcástico do índio.

E a sua cólera rebentou contra o "modo de se guerrear hoje em dia".

– Não se respeitava ninguém e era só roubo e mais roubo, degola e mais degola. *Antigamentes*, não: em combate, ninguém tinha pena, quem podia matar, matava; mas, *despois*, no acampamento, os prisioneiros eram tratados que nem *ermãos*. Que *ermãos* nóis semos... Lembre-se, amigo, do que *le* contei de quando *peguemos* aquele bombero de Chico Pedro. O homem tinha vindo pela calada *inté* à nossa guarda avançada. Degolou-se? Que esperança! Ameaçado de morrer ali *ansim*, não disse nada, nem abriu a boca e ia ser fuzilado sem *testavilhar*, quando o general se meteu no meio. – Que um gaúcho guapo, disse, só se mata no campo e de arma na mão... Pois era *por este conseguinte* nos meus tempos e não se saqueava... Hoje em dia! Haraganos!

E, no galpão deserto, longamente ressoou a linda romanceria heroica da campanha antiga...

Na manhã seguinte, verificou-se a suspeita da véspera; numerosos contingentes acampavam além do Salso.

Aos habitantes da estância impressionou-os primeiro, no horizonte, o negrume dos corvos, acompanhando os exércitos na expectativa do dia seguinte das batalhas e cevados nos cadáveres que a pressa das guerrilhas insepultos espalha no pampa; depois, o gado a correr em alvoroço ao fundo do campo; e, afinal, signo infalível, dois ou três cavalos feridos, que, longe das querenças, e não desejando talvez morrer no abandono, de estranhas terras, seguiam à distância os regimentos onde os companheiros estavam. Mais tarde, um grande pontilhamento de fogões, em linhas múltiplas, anunciando bivaque; e, ao outro dia, uma vasta e renhida batalha próxima.

De posto em posto, breve, circulou pelos fogões a nova do recontro; fora completamente batida a coluna rebelde e dali à fronteira, numa extensão de quatro a cinco léguas, a cavalaria vitoriosa perseguira a ponta de lança os vencidos.

Voltando, à tarde, de percorrer a estância, trouxe o João Crioulo a nova de uma carniça no cerro dos Paus a Pique, em frente à planície onde se *peleara* o último entreveiro.

Decobrira-a à volta pelo revoar dos corvos e não tivera tempo de ir *courear* a rês morta.

Na madrugada seguinte, saindo a rodeio, Florentino, em trânsito por aquele rincão, convidou o índio para uma chegada ao cerro.

Alcançaram-no com o sol ainda baixo no horizonte.

Soprava uma aragem fresca; o gado, tranquilo, espalhava-se nos pastiçais rociados; e, dos ramos rebrilhantes de aljôfar, pássaros, perto dos ninhos, chilreavam, despertos à luz tíbia. Dentre as ervas, a espaços, perdizes voavam assustadas;

havia sobre superfícies mansas de água adejos lentos de garças brancas; e avestruzes aos bandos iniciavam pelas várzeas e coxilhas o seu giro vagabundo, arrepiando a plumagem cor de cinza, distendendo as asas mangras. Como sempre, à vista de ginetes, quero-queros cantavam, em rebate, e longamente repercutia por vezes nas campinas o mugir da tourada, ou, alegres à aurora que raiara, ecoavam amorosos nitridos de pastores conclamando a eguada. Todo o campo, rórido, fulgia e, de rútilos revérberos diamantinos, toucavam-se a perder de vista, às espadanas oblíquas do sol nascente, os musgos, as relvas, as macegas, as folhas altas do arvoredo, as próprias rugosidades pétreas, escalavradas, verdoengas de líquen, venadas de hera, com insetos indecisos em aturdido voejo, evitando arestas, sobre os verdes revestimentos caprichosos, irregulares, das paredes ásperas. Borboletas, abelhas e colibris, passarinhos, doirados escaravelhos, voláteis formas multicolores, agitavam-se, esvoaçavam sobre galhos, rochas, plantas, enquanto nos primeiros surtos da manhã, voluptuosos de espreguiçamento ao espalmar das asas, caranchos sulcavam fortes o ar, em transvoos tardos. E havia para as nuvens vibrantes ascensões de guias e principiava nas flores a colheita de mel para as colmeias. Puro anilava-se o céu, toda a campanha verdejava suavemente.

No tranco, observando as pontas de gado que marchavam rumo do rodeio, os dois gaúchos rejubilavam ante a criação nova.

Fora-se o inverno; a flora renascera e à alma rude dos campeiros agradava o espetáculo da terneirada trotando ao lado das vacas ou dos potrilhos retouçando sob um bom raio de sol. E, certo, o prazer que sentiam, aumentava-o a memória dos últimos massacres, de par com a esperança do fim da guerra.

Derrotados, extraviavam-se agora os revolucionários pelas veredas e encruzilhadas da linha. Oxalá não volvessem!

No íntimo, espicaçava-lhes ainda o orgulho a neutralidade que lhes fora imposta, a um pelo seu posto de capataz, obrigando-o a agradar a ambos os partidos, pelos anos ao outro. Mas a luta cessara e com os prejuízos, aliás de pouca monta, ia-se também o constrangimento que os dominava de estarem a *matear* nos fogões, conversando, enquanto nas coxilhas, desfraldadas, as bandeiras convocavam à pugna.

Seria aquela a última carniça deixada na estância pela revolução? Quem sabia! Dissolvidas as tropas, formavam-se malocas de bandoleiros e mais do que nunca se impunha a vigilância do campo.

– Tinham de dormir de freio na macega por muito tempo… – acentuou Florentino. Acabara a guerra dos políticos, ia principiar a guerra dos ladrões…

– Que esta rês morta 'hi nos Pau-a-Pique, eu *le* juro, che! é obra no mais dessa *plévia* do Salso. Vivem sem trabalho e serviram-se do combate pra que se pense terem sido soldados... Foram eles... Inda um dia!

Mas aproximavam-se e, galgado o cerro, aos olhos pávidos dos gaúchos um painel trágico recortou-se, de surpresa.

Quatro estacas ensanguentadas erguiam-se palmos acima do chão e, entre elas, ainda preso a duas pelos artelhos, que um maneador ligava aos tocos cravados no solo, um cadáver jazia ressupino, entregue aos abutres, carcaça à mostra, órbitas vazias, ventre rasgado, restos de carne em sânie sobre os ossos nus. Um fétido insuportável exalava-se do corpo em decomposição. Fugitivos diante dos homens, corvos olhavam de longe, gulosos, o arcabouço pútrido.

Era aquela a *carniça*: defrontavam evidentemente um prisioneiro de guerra.

Haviam-no deixado ali, por vingança decerto, após a batalha; e ali agonizara muitas horas, bem esticado, cabeça caída para trás, rosto congestionado, olhos desesperadamente voltados para o firmamento. Vira talvez baixar do azul o primeiro urubu esfaimado, sentindo no peito e nos olhos a dor terebrante das primeiras bicadas.

Quem, a vítima? quem, os assassinos?

Ante o mistério do crime, de improviso descoberto na sinistra molduragem daquele estaqueamento, sombrios e perplexos por algum tempo quedaram os gaúchos; porém o silêncio, interrompeu-o o índio Afonso, entre agoniado e raivoso:

– Bandidos!

– Estendera, reteso à cólera, o braço; eram-lhe áscuas vivas as pupilas, e, da cima isolada e pedragulhenta do cerro, o seu gesto de maldição recortou-se enérgico e austero sobre a amplitude melancólica dos campos...

Monteiro Lobato*

A COLCHA DE RETALHOS
1915

– Upa!

Cavalgo e parto.

Por estes dias de março a natureza acorda tarde.

Passa as manhãs embrulhada num roupão de neblina e é com espreguiçamentos de mulher vadia que despe os véus da cerração para o banho de sol.

A névoa esmaia o relevo da paisagem, desbota-lhe as cores. Tudo parece coado através dum cristal despolido.

Vejo a orla de capim tufada como debrum pelo fio dos barrancos; vejo o roxo-terra da estrada esmaecer logo adiante; e nada mais vejo se-

* Por razões contratuais com a Monteiro Lobato Licenciamentos, os textos de Monteiro Lobato reproduzem fielmente a edição da Editora Globo, com exceção da atualização ortográfica.

não, a espaços, o vulto gotejante de alguns angiqueiros marginais.

Agora, uma porteira.

Ali, a encruzilhada do Labrego.

Tomo à destra; em direitura ao sítio de José Alvorada. Este barba-rala mora-me a jeito de empreitar um roçado no capoeirão do Bilu, nata de terra que pelas bocas do caeté legítimo[1], da unha-de-vaca[2] e da caquera[3] está a pedir foice e covas de milho.

Não é difícil a puxada: com cinquenta braças de carreador boto a roça no caminho.

Três alqueires, só no bom. Talvez quatro. A noventa por um – nove vezes quatro trinta e seis; trezentos e sessenta alqueires de oito mãos. Descontadas as bandeiras[4] que o porco estraga e o que comem a paca e o rato...

Será a filha de Alvorada?

– Bom dia, menina! O pai está em casa?

É a filha única. Pelo jeito não vai além de quatorze anos. Que frescura! Lembra os pés de avenca viçados nas grotas noruegas. Mas arredia e itê[5] como a fruta do gravatá. Olhem como se acanhou! De olhos baixos, finge arrumar a rodilha[6]. Veio pegar água a este córrego e é milagre não se

---

1, 2, 3. Padrões de terra boa.

4. Bandeira de milho, diz-se de qualquer trecho do milharal.

5. Sabor agreste, adstringente, ácido.

6. Rodela de pano torcido que os carregadores de água usam entre a cabeça e o pote ou a lata.

haver esgueirado por detrás daquela moita de taquaris, ao ver-me.

– O pai está lá? – insisti.

Respondeu um "está" enleado, sem erguer os olhos da rodilha.

Como a vida no mato asselvaja estas veadinhas! Note-se que os Alvoradas não são caipiras. Quando comprou a situação dos Periquitos, o velho vinha da cidade; lembro-me até de que entrava em sua casa um jornal.

Mas a vida lhes correu áspera na luta contra as terras ensapezadas e secas, que encurtam a renda por mais que dê de si o homem. Foram rareando as idas à cidade e ao cabo de todo se suprimiram. Depois que lhes nasceu a menina, rebento floral em anos outoniços, e que a geada queimou o café novo – uma tamina[7], três mil pés – o velho, amuado, nunca mais espichou o nariz fora do sítio.

Se o marido deu assim em urumbeva, a mulher, essa enraizou de peão para o resto da vida. Costumava dizer: mulher na roça vai à vila três vezes – uma a batizar, outra a casar, terceira a enterrar.

Com tais casmurrices na cabeça dos velhos, era natural que a pobrezinha da Pingo d'Água (tinha esse apelido Maria das Dores) se tolhesse na desenvoltura ao extremo de ganhar medo às gen-

7. Ninharia, coisa de nada.

tes. Fora uma vez à vila com vinte dias, a batizar. E já lá ia nos quatorze anos sem nunca mais terse arredado dali.

Ler? Escrever? "Patacoadas, falta de serviço", dizia a mãe. Que lhe valeu a ela ler e escrever que nem uma professora, se desde que casou nunca mais teve jeito de abrir um livro? Na roça, como na roça.

Deixei a menina às voltas com a rodilha e embrenhei-me por um atalho conducente à morada.

Que descalabro!...

Da casa velha aluíra uma ala, e o restante, além da cumieira selada, tinha o oitão fora do prumo.

O velho pomar, roído de formiga, morrera de inanição; na ânsia de sobreviver, três ou quatro laranjeiras macilentas, furadas de broca e sopesando o polvo retrançado da erva-de-passarinho, ainda abrolhavam rebentos cheios de compridos acúleos. Fora disso, mamoeiros, a silvestre goiaba e araçás, promiscuamente com o mato invasor que só respeitava o terreirinho batido, fronteiro à casa. Tapera quase e, enluradas nela, o que é mais triste, almas humanas em tapera.

Bati palmas.

– Ó de casa!

Apareceu a mulher.

– Está seu Zé?

– Inda agorinha saiu, mas não demora. Foi queimar um mel na massaranduva do pasto. Apeie e entre.

Amarrei o cavalo a um moirão de cerca e entrei.

Acabadinha, a Sinh'Ana. Toda rugas na cara – e uma cor... Estranhei-lhe aquilo.

– Doença! – gemeu. – Estou no fim. Estômago, fígado, uma dor aqui no peito que responde na cacunda. Casa velha, é o que é.

– Metade é cisma – disse-lhe para consolo.

– Eu é que sei! – retrucou-me suspirando.

Entrementes, surgiu da cozinha uma velhota bem apessoada, no cerne, rija e tesa, que saudou e:

– Está espantado do jeito de Nhana? Esta gente de agora não presta para nada. Olhe, eu com setenta no lombo não me troco por ela. Criei minha neta e inda lavo, cozinho e coso. Admira-se? Coso, sim!...

– Mecê é gabola porque nunca padeceu doença – nem dor de dente! Mas eu? Pobre de mim! Só admiro ainda estar fora da cova... Aí vem Zé.

Chegava Alvorada. Ao ver-me abriu a cara.

– Ora viva quem se lembra dos pobres! Não pego na sua mão porque estou assim... É só melado. Bonito, hein? Estava difícil, num oco muito alto e sem jeito. Mas sempre tirei. Não é jiti, não! É mel de pau.

Depôs num mocho a cuia dos favos e se foi à janela, lavar as mãos à caneca d'água que a mulher despejava. Pôs os olhos no meu cavalo.

– Hoje veio no picaço... Bom bicho! Eu sempre digo: animais aqui no redor, só este picaço e a ruana do Izé de Lima. O mais é eguada de moenda.

Neste momento entrou a menina de pote à cabeça. Ao vê-la o pai apontou para a cuia de mel.

– Está aí, filha, o doce da aposta. Perdi, paguei. Que aposta? Ah! ah! Brincadeira. A gente cá na roça, quando não tem serviço com qualquer coisa se diverte. Vinha passando um bando de maritacas. Eu disse à toa: "São mais de dez!" Pingo negou: "Não chega lá!" Apostamos. Eram nove. Ela ganhou o doce. Doce da roça mel é. Esta songuinha só vendo; não é o que parece, não...

A loquacidade daquele homem não desmedrara com o atraso da vida. Em se lhe dando corda, ressurgia nele o tagarela da cidade.

Expus-lhe o negócio. Alvorada enrugou a testa; refletiu um bocado, de queixo preso. Depois:

– Eu hoje, franqueza, não valho mais nada. Desde que caí daquela amaldiçoada ponte do Labrego, fiquei assim como quebrado por dentro. Não escoro serviço, e para lidar com camaradas no eito não basta ter boca. Sem puxar a enxada de par com eles, a coisa não vai, não! Lembra-se da empreitada do ano retrasado? Pois saí perdendo. O tranca do João Mina me quebrou um machado e furtou uma foice. Com esses prejuízos, não livrei o jornal. Desde então fiz cruz em serviço alheio. Se ainda teimo neste sapezal amaldiçoado é por via da menina; senão, largava tudo e ia viver no mato, como bicho. É Pingo que inda me dá um pouco de coragem – concluiu com ternura.

A velhinha sentara-se à luz da janela e, abrindo uma caixeta, pusera-se a coser, de óculos na ponta do nariz.

Aproximei-me, admirativo.

– Sim, senhora! Com setenta anos!

Sorriu, lisonjeada.

– É para ver. E isto aqui tem coisa. É uma colcha de retalhos que venho fazendo há quatorze anos, desde que Pingo nasceu. Dos vestidinhos dela vou guardando cada retalho que sobeja e um dia os coso. Veja que galantaria de serviço...

Estendeu-me ante os olhos um pano variegado, de quadrinhos maiores e menores, todos de chita, cada qual de um padrão.

– Esta colcha é o meu presente de noivado. O último retalho há de ser do vestido de casamento, não é, Pingo?

Pingo d'Água não respondeu. Metida na cozinha, percebi que nos espiava por uma fresta.

Mais dois dedos de prosa com Alvorada, um cafezinho ralo – escolha[8] com rapadura – e,

– Está bem, rematei, levantando-me do mocho de três pernas. Como não pode ser, paciência. Apesar disso acho que deve pensar um bocado. Olhe que este ano se estão pagando os roçados a oitenta mil réis o alqueire. Dá para ganhar, não?

8. Café de ínfima qualidade; resíduo do "café escolhido".

– Que dá, sei que dá – mas também sei para quem dá. Um perrengue como eu não pensa mais nisso, não. Quando era gente, muitos peguei a sessenta e não me arrependi. Mas hoje...

– Nesse caso...

Transcorreram dois anos sem que eu tornasse aos Periquitos. Nesse intervalo Sinh'Ana faleceu. Era fatal a dor que respondia na cacunda. E não mais me aflorava à memória a imagem daqueles humildes urupês, quando me chegou aos ouvidos o zum-zum corrente no bairro, uma coisa apenas crível: o filho de um sitiante vizinho, rapaz de todo pancada, furtara Pingo d'Água aos Periquitos.

– "Como isso? Uma menina tão acanhada!..."

– "É para ver! Desconfiem das sonsas... Fugiu, e lá rodou com ele para a cidade – não para casar, nem para enterrar. Foi ser 'moça', a pombinha..."

O incidente ficou a azoinar-me o bestunto. À noite perdi o sono, revivendo cenas da minha última visita ao sítio, e nasceu-me a ideia de lá tornar. Para? Confesso: mera curiosidade, para ouvir os comentários da triste velhinha. Que golpe! Desta feita ia-se-lhe a rijeza de cerne.

Fui.

Setembro entumecia gomos em cada arbusto. Nenhuma neblina. A paisagem desenhava-se nítida até aos cabeços dos morros distantes.

Por amor à simetria, montava eu o mesmo picaço. Transpus a mesma porteira. Atalhei pelo mesmo trilho.

No córrego vi, com os olhos da imaginação, o vulto da menina envergonhada com o pote em repouso na laje e toda às voltas com a rodilha. Mais uns passos e a tapera antolhou-se-me, deserta. As três árvores do pomar extinto eram já galhaça resseca e poenta. Só os mamoeiros subsistiam, mais crescidos, sempre apinhados de frutos. O resto piorara, descambando para o lúgubre. Ruíra o oitão e o terreirinho pintalgara-se de moitas de guanxuma, cordão-de-frade e joás.

– Ó de casa! – gritei.

Silêncio. Três vezes repeti o apelo. Por fim surgiu dos fundos uma sombra acurvada e trêmula.

– Bom dia, nhá Joaquina. Está seu Zé?

Não me reconheceu a velhinha. Zé fora à vila, vender a sitioca para mudar de terra.

Fez-me entrar, logo que me dei a conhecer, pedindo escusas da má vista.

– Tem coragem de estar aqui sozinha?

Eu? Sozinha estou em toda parte. Morreu-me tudo, a filha, a neta... Sente-se – murmurou apontando para o mocho de dois anos atrás.

Sentei-me, com um nó na garganta. Não sabia o que dizer. Por fim:

– O que é a vida, nhá Joaquina! Parece que foi ontem que estive aqui. Apesar das doenças, iam vivendo felizes. Hoje...

A velha limpou no canhão da manga uma lágrima.

– Viver setenta e dois anos para acabar assim... Felizmente a morte não tarda. Já a sinto cá dentro.

Confrangia-me o coração aquele ermo onde tudo era passado – a terra, as laranjeiras, a casa, as vidas –, salvo, trêmulo espectro sobrevivente como a alma da tapera, a triste velhinha encanecida, cujos olhos poucas lágrimas estilavam, tantas chorara.

– Que mais agora? – murmurou pausadamente em voz de quem já não é deste mundo. – Até a "desgraça", eu não queria morrer. Velha e inútil, inda gostava do mundo. Morreu-me a filha, mas restava a neta – que era duas vezes filha e o meu consolo. Desencaminharam a pobrezinha... Agora, que mais? Só peço a Deus que me retire, logo e logo.

Relanceei um olhar pela sala vazia. A caixeta de costura inda estava sobre a arca no lugar de sempre. Meus olhos pousaram ali, marasmados.

A velha adivinhou-me o pensamento e, levantando-se, tomou-a nas mãos mal firmes. Abriu-a. Tirou de dentro a colcha inacabada, contemplou-a longamente. Depois, com tremuras na voz:

– Dezesseis anos – e não pude acabar a colcha... Ninguém imagina o que é para mim esta prenda. Cada retalho tem sua história e me lembra um vestidinho de Pingo d'Água. Aqui leio a vidinha dela desde que nasceu.

Este, olhe, foi da primeira camiseta que vestiu... Tão galantinha! Estou a vê-la no meu braço, tentando pegar os óculos com a mãozinha gorda...

Este azul, de listas, lembra um vestido que a madrinha lhe deu aos três anos. Ela já andava pela casa inteira armando reinações, perseguindo o Romão – que um dia, por sinal, lhe meteu as unhas no rostinho. Chamava-me "óó aquina"...

Este vermelho de rosinhas foi quando completou os cinco anos. Estava com ele por ocasião do tombo na pedra do córrego, donde lhe veio aquela marquinha no queixo, não reparou?

Este cá, de xadrezinho, foi pelos sete anos, e eu mesma o fiz, e o fiz de saia comprida e paletó de quartinho. Ficou tão engraçada, feita uma mulherzinha!

Pingo d'Água já sabia temperar um virado, quando usou este aqui, de argolinhas roxas em fundo branco. Digo isto porque foi com ele que entornou uma panela e queimou as mãos.

Este cor de batata foi quando tinha dez anos e caiu com sarampo, muito malzinha. Os dias e as noites que passei ao pé dela, a contar histórias! Como gostava da *Gata Borralheira*!...

A velha enxugou na colcha uma lágrima perdida e calou-se.

– E este? – perguntei para avivá-la, apontando um retalho amarelo.

– Pausou um bocado a triste avó, em contemplação.

Depois:

– Este é novo. Já tinha quinze anos quando o vestiu pela primeira vez num mutirão[9] do Labrego. Não gosto dele. Parece que a desgraça começa aqui. Ficou um vestido muito assentadinho no corpo, e galante, mas pelas minhas contas foi o culpado do Labreguinho engraçar-se da coitada. Hoje sei disso. Naquele tempo de nada suspeitava.

– Este – disse-lhe eu, fingindo recordar-me – é o que ela vestia quando cá estive.

– Engano seu. Era, quer ver qual? Era este de pintas vermelhas, repare bem.

– É verdade, é verdade! – menti. – Agora me lembro, isso mesmo. E este último?

Após uma pausa dorida, a pobre criatura oscilou a cabeça e balbuciou:

– Este é o da desgraça. Foi o derradeiro que fiz. Com ele fugiu... e me matou.

Calou-se, a lacrimejar, trêmula.

Calei-me também, opresso dum infinito apertão de alma.

Que quadro imensamente triste, aquele fim de vida machucado pela mocidade louca!...

E ficamos ambos assim, imóveis, de olhos presos à colcha.

Ela por fim quebrou o silêncio.

– Ia ser o meu presente de noivado. Deus não quis. Será agora a minha mortalha. Já pedi que me enterrassem com ela.

---

9. Ajuntamento de vizinhos num serviço de roça.

E guardou-a dobradinha na caixa, envolta num suspiro arrancado ao imo do coração.

Um mês depois morria. Vim a saber que lhe não cumpriram a última vontade.

Que importa ao mundo a vontade última duma pobre velhinha da roça?

Pieguices...

O MATA-PAU
1915

Píncaros arriba e perambeiras abaixo, a serra do Palmital escurece de mataria virgem, sombria e úmida, tramada de taquaruçus, afestoada de taquaris, com grandes árvores velhas de cujos galhos pendem cipós e escorrem barbas-de-pau e musgos.

Quem sobe da várzea, depois de transpostas as capoeiras da raiz, ao emboscar-se de chofre no frio túnel vegetal que é ali a estrada inevitavelmente espirra. E se é homem das cidades, pouco afeito aos aspectos bravios do sertão, depois do espirro abre a boca, pasmado da paulama. Extasia-se ante a graciosa copa dos samambaiaçus, ante as borboletas azuis, ante as orquídeas, os líquens, tudo.

Sofria o animal sem o sentir mas não para. Vai parar adiante, na Volta Fria, onde um broto d'água gelada, a fluir entremeio às pedras, o tenta a sorver um gole aparado em folha de caeté. Bebida a água, e dito que nas cidades não há daquilo, leva-lhe a vista o soberbo mata-pau que domina o grotão.

– Que raio de árvore é esta? – pergunta ele ao capataz, pasmado mais uma vez.

E tem razão de parar, admirar e perguntar, porque é duvidoso existir naquelas sertanias exemplar mais truculento da árvore assassina.

Eu, de mim, confesso, fiz as três coisas. O camarada respondeu à terceira:

– Não vê que é um mata-pau.

– E que vem a ser o mata-pau?

– Não vê que é uma árvore que mata outra. Começa, quer ver como? – disse ele escabichando as frondes com o olhar agudo em procura dum exemplar típico. – Está ali um!

– Onde? – perguntei, tonto.

– Aquele fiapinho de planta, ali no gancho daquele cedro – continuou o cicerone, apontando com dedo e beiço uma parasita mesquinha grudada na forquilha de um galho, com dois filamentos escorridos para o solo. – Começa assinzinho, meia dúzia de folhas piquiras; bota pra baixo esse fio de barbante na tensão de pegar a terra. E vai indo, sempre naquilo, nem pra mais nem pra menos, até que o fio alcança o chão. E vai então o fio vira raiz e pega a beber a sustância da terra. A parasita cria fôlego e cresce que nem imbaúba. O barbantinho engrossa todo dia, passa a cordel, passa a corda, passa a pau de caibro e acaba virando tronco de árvore e matando a mãe – como este guampudo aqui – concluiu, dando com o cabo do relho no meu mata-pau.

– Com efeito! – exclamei admirado. – E a árvore deixa?

– Que é que há de fazer? Não desconfia de nada, a boba. Quando vê no seu galho uma isca de quatro folhinhas, imagina que é parasita e não se precata. O fio, pensa que é cipó. Só quando o malvado ganha alento e garra de engrossar, é que a árvore sente a dor dos apertos na casca. Mas é tarde. O poderoso daí por diante é o mata-pau. A árvore morre e deixa dentro dele a lenha podre.

Era aquilo mesmo! O lenho gordo e viçoso da planta facinorosa envolvia um tronco morto, a desfazer-se em carcoma. Viam-se por ele arriba, intervalados, os terríveis cingulos estranguladores; inúteis agora, desempenhada já a missão constritora, jaziam frouxos e atrofiados.

Imaginação envenenada pela literatura, pensei logo nas serpentes de Laocoonte, na víbora aquecida no seio do homem da fábula, nas filhas do rei Lear, em todas as figuras clássicas da ingratidão. Pensei e calei, tanto o meu companheiro era criatura simples, pura dos vícios mentais que os livros inoculam. Encavalgamos de novo e partimos.

Não longe dali a serra complana-se em rechã e a mata míngua em capoeira rala, no meio da qual, em terreiro descoivarado, entremostra-se uma tapera. Esverdece o melão de São Caetano por sobre o derruído tapume do quintalejo, onde laranjeiras com erva-de-passarinho e uma ou outra planta doméstica marasmam agoniadas pelo mato sufocante.

– Antigo sítio de Elesbão do Queixo d'Anta – explicou o camarada.

– Largado? – perguntei.

– Há que anos! Desde que mataram o homem ficou assim.

Bacorejou-me história como as quero.

– Mataram-no? – Conte lá isso como foi.

O camarada contou a história que para aqui traslado com a possível fidelidade. O melhor dela evaporou-se, a frescura, o correntio, a ingenuidade de um caso narrado por quem nunca aprendeu a colocação dos pronomes e por isso mesmo narra melhor que quantos por aí sorvem literaturas inteiras, e gramáticas, na ânsia de adquirir o estilo. Grandes folhetinistas andam por este mundo de Deus perdidos na gente do campo, ingramaticalíssima, porém pitoresca no dizer como ninguém.

Elesbão morava com o pai no Queixo d'Anta, onde nascera. Quando a puberdade lhe engrossou a voz, disse ao velho:

– Meu pai, quero casar.

O pai olhou para o filho pensativamente; em seguida falou:

– Passarinho cria pena é para voar. Se você já é homem, case.

O rapaz pediu-lhe que pusesse em prova a sua virilidade.

O pai refletiu e disse:

– Derrube o jataí da grotinha, sem tomar fôlego.

Elesbão afiou o machado, arregaçou as mangas e feriu o pau. Em toada de compasso, bateu firme a manhã inteira. À hora do almoço, o *pan pan* continuava sem esmorecimento. Só quando o sol aprumou no pino é que a madeira gemeu o primeiro estalido.

– Está no chão – disse o pai, que se acercara do filho exausto mas vitorioso. – Pode casar. É homem.

Elesbão trazia de olho uma menina das redondezas, filha do balaieiro João Poca, Rosinha, bilro sapiroquento de treze anos, feiosa como um rastolho.

– Meu pai, eu quero Rosinha Poca.

– Case. Mas ouça o que digo. Os Pocas não são boa gente. Os machos ainda servem – João é um coitado, Pedro não é má bisca; mas as saias nunca valeram nada. A mãe de Rosa é falada. Laranjeira azeda não dá laranja-lima. Você pense.

– Meu pai, o futuro é de Deus. Eu quero casar com Rosinha.

– Pois case.

Deliberado com tal firmeza, Elesbão tratou de sitiar-se. Arrendou a rechã da tapera, roçou, derrubou, queimou, plantou, armou a choça. Barreadas que foram as paredes, pediu a menina e casou-se.

Rosa só o era no nome. No corpo, simples botão inverniço, desses que melam aos frios extemporâneos de maio. Olhos cozidos e nariz arrebitado, tal qual a mãe. Feia, mas da feiura que o tempo às vezes conserta. Talvez se fiasse nisso o noivo.

Elesbão, rijo no trabalho, prosperou. Aos três anos de labuta era já sitiante de monjolo, escaroçador e cevadeira[1], com dois agregados no eito.

Prole, até esse tempo nenhuma; e isso entristecia a casa. Mas resignavam-se já ao vazio da esterilidade quando certa noite soou choro de criança no terreiro.

Não se conta o terror de ambos – que aquilo era na certa alma penada de criança morta pagã. Como, entretanto, a pobre alma berrasse com pulmões muito da terra, e cada vez mais, Elesbão duvidou do bruxedo e, acendendo uma braçada de palha, lançou-a fora pela janela. O terreiro clareou até longe e eles viram, a pouca distância, uma criaturinha de gatas a berrar com desespero de quem é absolutamente deste mundo.

---

1. Aparelho rústico de ralar mandioca.

– E não é que é uma criança de verdade? – exclamou ele, saído de um assombro e entrado noutro. – E agora?

– Pois é recolhê-la – disse Rosa, cujo instinto de mulher só via no caso um pobre enjeitadinho ao léu, a reclamar conchego.

Recolheu-o Elesbão, depondo o chorincas no colo da esposa. Rosa o estreitou ao seio, acalmando-o, ao mesmo tempo que "assentava" o marido.

– Se não aparecer a mãe, cria-se o aparecido. Faz tanta falta um chorinho por aqui...

No dia seguinte bateram as vizinhanças em indagações, sem nada colherem explicativo do estranho caso. Resolveram, pois, adotar o pequeno.

O pai de Elesbão, consultado, ponderou:

– Não presta criar filho alheio.

Mas como o consulente armasse cara de vacilação, remendou logo a sua filosofia:

– Também não é caridade enjeitar um enjeitado – e ficou-se nisso.

Rosa conservou o pequeno e deu com ele criado à força de leite de cabra e caldinhos.

À medida, porém, que medrava, o menino punha a nu a má índole congenial. Não prometia boa coisa, não.

– Eu avisei – recordou o velho, como Elesbão se queixasse um dia da ruim casta do recolhido.

– Meu pai disse também que não era caridade enjeitar um enjeitado...

– É verdade, é verdade... – confirmou o filósofo de pé no chão, e calou-se.

Manoel Aparecido era o nome do rapazinho. Como tivesse olhos gateados e cabelos louros de milho, denunciadores de origem estrangeira, puseram-lhe os vizinhos a alcunha de Ruço.

Ganhou fama de madraço, e o era perfeito, inimigo de enxada e foice, só atento a negociatas, barganhas, espertezas. Amado por Rosa como filho, livrava-o ela da sanha do esposo escondendo suas malandragens, porque Elesbão vivia ameaçando endireitá-lo a rabo de tatu.

Não endireitou coisa nenhuma. Com dezoito anos era Ruço a peste do bairro, atarantador dos pacíficos e traiçoeiro para com os escoradores.

– É ruim inteirado! – dizia o povo.

Por esse tempo navegava Rosa na casa dos trinta anos. Como a não estragaram filhos, nem se estragou ela em grosseiros trabalhos de roça, valia muito mais do que em menina. O tempo curou-lhe a sapiroca, e deu-lhe carnes a boa vida. De tal forma consertou que todo mundo gabava o arranjo.

– Ninguém perca a esperança. Olhem a mulher de Elesbão, aquela Poquinha sapiroquenta, como está chibante!...

A sua boniteza residia na saúde dos olhos e na gordura. Na roça, gordura é sinônimo de beleza – gordura e "olhos azuis que nem uma conta"...

Além disso Rosinha cuidava de si. Virou faceira. Sempre limpa, vestida de boas chitas da sua cor, cabelos bem alisados para trás, torcidos em pericote lustroso à força de pomada de lima, não havia na serra pimpona assim nem moça de fazenda com pai coronel.

Suas relações com Ruço, maternais até ali, principiaram a mudar de rumo, como quer que espigasse em homem o menino. Por fim degeneraram em namoro – medroso no começo, descarado ao cabo. A má casta das Pocas, desmentida no decurso da primavera, reafirmava-se em plena sazão calmosa. O verão das Pocas! Que forno...

Tudo transpira. Transpirou nas redondezas a feia maromba daqueles amores. Boas línguas, e más, boquejavam o quase incesto.

Quem de nada nunca suspeitou foi o honradíssimo Elesbão; e como na porta dos seus ouvidos paravam os rumores do mundo, a vida das três criaturas corria-lhes na toada mansa a que se dá o nome de felicidade.

Foi quando caiu de cama o pai de Elesbão, doente de velhice.

Mandou chamar o filho e falou-lhe com voz de quem está com o pé na cova.

– Meu filho, abra os olhos com Poca...

– Por que fala assim, meu pai?

O velho ouvira o zunzum da má vida; vacilava, entretanto, em abrir os olhos ao empulhado. Correu a mão trêmula pela cabeça do filho, afagou-a e morreu sem mais palavra. Sempre fora amigo de reticências, o bom velho.

Elesbão regressou ao sítio com aquele aviso a verrumar-lhe os miolos. Passou dias de cara amarrada, acastelando hipóteses.

Vendo o marido assim demudado, casmurro, de prazenteiro que era, Rosa caiu em guarda. Chamou de banda Ruço e disse-lhe:

– Lesbão, desde que morreu o pai, anda amode que ervado. Mas não é sentimento, não. Ele desconfia... Às vezes pega de olhar para mim dum jeito esquisito, que até me gea o coração...

Manoel segurou o queixo e refletiu. Continuar naquela vida era arriscado. Ir-se, pior; nada possuía de seu e trabalhar para outrem não era com ele. Se Elesbão morresse...

Não se sabe se houve concerto entre os amásios. Mas Elesbão morreu. E como!

Certa vez, de volta da vila próxima ali pelo escurecer, caiu de borco na Volta Fria, barbaramente foiçado na nuca. Descobriram-lhe o cadáver pela manhã, bem rente ao mata-pau.

A justiça, coitadinha, apalpou daqui e dali, numa cegueira... Desconfiou de Ruço – mas cadê provas? Era Ruço mais fino que o delegado, o promotor, o juiz – mais até que o vigário da vila, um padre gozador da fama de enxergar através das paredes.

A viúva chorou como mamoeiro lanhado – fosse de sentimento, de remorso ou para iludir aos outros. Talvez sem cálculo nenhum pelos três motivos.

Manoel permaneceu na casa. Viviam como filho e mãe, dizia ela; como marido e mulher, resmungava o povo.

O sítio, porém, entrou logo a desmedrar. Comiam do plantado, sem lembrança de meter na terra novas sementes. O moço ambicionava vender as benfeitorias para mergulhar no Oeste, e como Rosa relutasse deu de maltratá-la.

Estes amores serôdios são como a vide: mais judiam deles, mais reviçam. Às brutalidades de Ruço respondia a viúva com redobros de carinho. Seu peito maduro, onde o estio no fim anunciava o inverno próximo, chamejava em fogo bravo, desses que roncam nas retranças dos taquaruçuzais. E isso vingava Elesbão, esse amor sem jeito, sem conta, sem medida, duas vezes criminoso sofre sacrílego e, o que era pior, aborrecido pelo facínora, já farto.

– Coroca! Sapiquá de defunto! Cangalha velha!

Não havia insulto com o peão do veneno plantado na nota da velhice que lhe não desfechasse, o monstro.

Rosa depereceu a galope. Adeus, gordura! Boniteza outoniça, adeus! Saias a ruflar tesas de goma, pericote luzidio rescendente a lima, quando mais?

Os vizinhos comentavam:

– "Ruço dá cabo dela, como deu cabo do marido – e é bem-feito."

Voz do povo...

Um dia Ruço ameaçou de largá-la, se não vendesse tudo, já e já; e a pobre mulher deu ao bandido essa derradeira prova de amor. Vendeu por uma bagatela o que restava acumulado pelo esforço do defunto – a moenda, o monjolo, a casa, o canavial em soca. E combinaram para o outro dia o ambicionado mergulho na terra roxa.

Nessa noite Rosa despertou sufocada por violenta fumaceira. A casa ardia. Saltou como louca da enxerga e berrou por Ruço.

Ninguém lhe respondeu.

Atirou-se contra a porta: estava fechada por fora.

O instinto fê-la agarrar o machado e romper a furiosos golpes as tábuas rijas. Escapa-se da fornalha, rola para o terreiro com as vestes em fogo, precipita-se no tanque e, livre das chamas, cai inerte para um lado – justamente onde vinte anos atrás vira o enjeitadinho chorando ao relento...

Quando de manhã passantes a recolheram, estava de olhos pasmados, muda. Levaram-na em maca para o hospital, onde sarou das queimaduras, mas nunca mais do juízo. Foi feliz, Rosa. Enlouqueceu no momento preciso em que seu viver ia tornar-se puro inferno.

– E Ruço?

– Abalou com o dinheiro...

Aí parava a história de Elesbão, como a sabia o meu camarada. Um crime vulgar como os há na roça às dezenas, se a lembrança do mata-pau o não colorisse com tintas de símbolo.

– Não é só no mato que há mata-paus!... – murmurei eu filosoficamente, à guisa de comentário.

O capataz entreparou um momento, como quem não entende. Depois abriu na cara o ar de quem entendeu e gostou.

– Não é por gabar, mas vosmecê disse aí uma palavra que merece escrita. É tal e qual...

E calou-se, de olho parado, pensativo.

Godofredo Rangel

NO SERTÃO

– Birro! Estamos chegando?

O camarada esboçou um sorriso nada animador. Depois de uma pausa, respondeu:

– Ainda havemos de chegar, patrão! À noitinha...

Eram apenas onze horas do dia.

Procurei resignar-me. Mas a fadiga invadia-me. Tantas léguas e léguas infinitas cavalgando no deserto...

Porque era um verdadeiro deserto aquele trecho do oeste mineiro, um chapadão interminável, onde apenas de longe em longe um renque de buritis, perlongando-lhes o curso, indicava os raros veios d'água. No chão árido e ressecado medravam escassas touças de capim. Arbustos raquíticos, disseminados no campo, quase despidos de folhas, retorciam no espaço os nodosos galhos, em todas as atitudes dum esbracejar desvairado. A uniformidade do porte dava ilusão de identidade de espécie. Alternavam-se pequis, araticuns, cabiúnas, barbatimões e outros exemplares das grandes matas, degradados ali naquele proliferar rasteiro, que era a caquexia do vegetal deslocado de *habitat* propício.

Nada, como modificação de forma ou colorido, onde a vista pudesse agradavelmente repousar.

A resposta do Birro agravou-me o tédio daquela longa viagem. Meu camarada estava taciturno, parecendo tomado de um tédio igual ao meu. Às vezes eu me distraía a puxar-lhe a loquela.

– Birro! – perguntei –, onde começa o sertão?

Ele ficou reflexivo, e depois, sorrindo, disse:

– Homem, patrão, não sei. Gente de Cássia que vai para Uberaba, diz: "Vou p'ro sertão." Para Uberaba é aqui; p'ra nós "Paracatu e Goiás", e lá para eles ainda é mais longe.

– De sorte que o sertão não existe – repliquei.

O camarada atrapalhou-se.

– Existir, existe... Cá para mim, patrão, sertão é onde há índios bravos.

– E aqui não há índios?

Birro às vezes tem respostas adoráveis:

– Não... Isto é, há só dois, mas índios mansos... Por sinal que estão presos, na cidade, para responder a júri por crime de morte.

O sol requeima.

Não se encontra vivalma pela estrada nem vestígios de habitações humanas. Gargalhadas de seriemas estridulam escarninhas, como se chasqueassem nosso enfarruscado tédio. Um veado longe em longe se esquiva de nós aos pulos. Um ou outro perfil pernalta de ema cruza a estrada e perde-se no campo.

Admira-se a sagacidade da natureza adaptando os seres ao meio no qual vivem. O ilimitado daqueles desertos não foi feito para o homem, de tardo passo; haveria descombinação entre o ser e o ambiente; sê-lo-ia para tais espécies, cuja velocidade no correr encurta as distâncias enormes. Aquela vastidão nos esmaga a pequenez e cria em nós um mal-estar, uma irritação, que intimamente será o despeito de andar sempre e nunca chegar.

Imensidade em tudo: no círculo perfeito do horizonte, onde se fecham o céu e a terra; no estirar-se retilíneo da estrada, que, como um diâmetro, parte a paisagem em dois perfeitos semicírculos; e no infinito desalento que se nos gera dentro da alma. O próprio azul do firmamento como que boceja enfastiado de mirar-se sempiternamente numa desolação igual.

Ou talvez a desolação não existisse na perspectiva e sim em mim próprio. A expressão dos seres inertes será o exteriorizar-se dos sentimentos que temos n'alma. Esses derramam-se-nos em torno, dando à paisagem os cambiantes que lhe vemos...

Mandassem ali espairecer a dor, a um homem que sofre. Tudo agravaria a sua tristeza. Da monotonia interminável da paisagem lhe adviria um acabrunhamento sem fim; a aridez ressecada do chão retrataria a inutilidade de sua vida truncada; no contorcer dos arbustos desfolhados veria almas torturadas por uma dor igual à sua, imprecando o céu em queixumes e blasfêmias, e no céu imenso veria a vastidão das mágoas infinitas.

Seja, porém, o contemplador, um homem feliz, um amoroso: eis o milagre! Por obra de encantamento, ilumina-se a natureza.

E, imaginação às soltas, figuro um idílio rústico, tendo por cenário aquela triste amplidão.

Ele é moço e boiadeiro: chama-se "Dorcelino". Perto dali está o rancho coberto de palha de baguaçu, onde ela mora. Ela provavelmente teria por nome Maria, Maria d'Abbadia, consoante a onomástica piedosa em uso naquelas zonas. Hoje são quase noivos. Conhecera-a em Água Suja e logo a enfeitiçara com seus olhos "azulegos" e com seu cabelo fino caindo-lhe solto aos ombros, que era ver-se uma cabiúna, quando retornam as seivas do verão, enfeitada com a gaze das folhinhas tenras. Demandando o Araguaia remoto, em busca de reses, ou palmilhando outros rumos, centenas de léguas dali, leva consigo a imagem da mocinha, que não lhe deixa um instante o pensamento, como uma doce obsessão enlevadora, tanto que, aos que o conhecem, causa estranheza tal mudança:

– Gentes! Como o Dorcelino anda banzeiro! A mó que lhe pegou o mal de malinconia!

Esquecida a viola, menosprezados os companheiros, todo alheio aos caídos das raparigas que o requestam para amorios passageiros, ele é uma alma ausente de um corpo autômato. Sua imaginação está volvida em obstinação de monomania para aqueles campos onde está o rancho de Maria... Quando segregado dos companheiros, pousa o rosto sobre os braços cruzados, em atitude derreada de cisma, exsurge-lhe docemente, no fundo da retina, um quadro encantador, que lhe desperta amorosas saudades. Vê a mesma paisagem que contemplo. A arbustos como estes, prende-se o melhor de suas recordações; num colhera mangabas, noutros biribás ou enormes araticuns olentes, de polpa cor de ouro. Mimos de namorado, levava as guloseimas à Maria. E com que alvoroço alegre ela recebia as frutas! Menos pelo prazer de saborear-lhes a polpa, que pela feliz segurança do amor de Dorcelino, que provara haver pensado nela.

E, por isso, quando cerrados os seus olhos, perdido em cisma, ele evoca os vastos campos desertos, apenas vê, no esgalhar de seus arbustos, o anseio de braços amorosos que se abrem para enlaçar uma linda rapariga de olhos "azulegos", da mesma cor daquele céu imenso, como se alguma coisa lhes ficara dele, de tanto contemplar-lhe a vastidão azul.

E assim fica prestigiada, ao clarão de maravilhosa fadaria, a triste desolação daqueles ermos... O amor não os acharia monótonos; esta sensação é-lhe desconhecida, sendo ele próprio uma deliciosa monotonia. Até em sua linguagem. Pois, havendo-se dito "eu amo-te" e "eu te amo", descobrirá alguém uma terceira colocação do pronome oblíquo, para variar a monotonia do estilo?

Por uns momentos esta evocação me doura o espírito; depois caio no real. Desfeito o prestígio do sonho efêmero, apenas vejo em torno a tristeza do deserto.

– Birro! Estou cansado. Chegaremos breve?

Mais uma vez responde com seu risinho terrível.

Levam-nos os animais numa toada uniforme, sem pressa. As esporas não lhes aceleram o chouto isocrônico. A persistência da perspectiva imutável dá-nos a ilusão de não ter avançado. O que se vê agora era o que há muitas horas víamos. Fecham-se os olhos. Longo tempo decorre. Abrimo-los... É o mesmo sítio em que nos encontrávamos: horizonte circular, céu imenso, arbustos enfezados... Uma leve mutação nota-se às vezes – é a natureza do solo. Aqui as patas dos animais barulham em saibro; além, calcam argila rubra, que de improviso se torna em areia alvacenta. O plaino se desdobra implacavelmente igual. Às vezes, à distância, a estrada parece galgar um tope. Ao chegarmos ao lugar onde devera achar-se, procura a vista, admirada, a colina avistada de longe... Foi miragem... É um altear insensível do terreno, só visível em posto de observação remoto.

Sentia-me fatigado. Enfim, uma surpresa agradável feriu-me a vista. Um traço branco surgiu além. Essa brancura foi se focalizando em formas nítidas: uma casinha branca, muros alvos, de cal...

Mostrei-os ao Birro:

– É ali?

Ele sorriu enigmaticamente:

– Ainda não...

Não lhe entendi as palavras. Eu tinha a agradável sensação de quem "chega". Enfastiado pelo prolongado contato com a natureza inóspita, ansiava por ver uma habitação humana. Era o instinto da sociabilidade, apurado na solidão, e também era desejo de repouso.

Repouso! O acaso tem às vezes suas ironias mordazes. De fato, aquela casa e aquele recinto murado eram um lugar de descanso – avizinhando-me, reconheci-os como um cemitério rústico, dependência, talvez, de uma fazenda das proximidades.

Só então compreendi o sorriso enigmático do Birro.

E como achei encantadora aquela nota humana em meio do sertão! Já não sentia tão grande o ermo. Tanto mais que nada ali sugeria a melancolia da morte. As paredes e os muros caiados sorriam alegres, como os de uma vivenda nova, cujos donos são felizes. Do recinto fechado nada se via, a não ser um grande cruzeiro e copas de arbustos, dando a ilusão de um pomar. Aumentava a ilusão a taralhada ensurdecedora de periquitos pousados nelas. A casa, construída em feitio de capela, protegia alguns túmulos, em cujas lousas se viam inscrições. Servia-lhe de entrada um portão gradeado.

Descendo do animal, aproximei-me da grade, em cujas barras pousei a fronte, sorvendo o encanto àquele retiro de repouso eterno. Não me sentia triste; mas desalentado. Não me apiedei também daqueles mortos, e, se fosse crente, provavelmente não lhes atenderia ao pedido de preces, que se lia nas lousas: limitei-me a invejá-los. Sentia que se ficaria bem ali, depois de uma jornada longa pela vida ou pelas estradas que eu trilhara, que figuravam uma vida inútil e árida. Contrastando o mormaço e a claridade externa, reinava no interior uma amolentadora penumbra e das lousas desprendia-se doce frescura que convidava à paz e à meditação. Ficar-se-ia bem, sentado num dos túmulos, embalado pelo chilrear das aves e enleado em imprecisas cismas. Àquela doçura talvez nos tomasse uma agradável exaltação melancólica, que nos levaria a dizer versos. Lembrar-nos-íamos, talvez, do túmulo que Ricardo Gonçalves sonhara:

Modesta cruz de pau numa clareira,
Onde pipilem trêfegos sanhaços;

Modesta, sim, mas que uma trepadeira,
Para enfeitá-la, cinja-lhe os dois braços;

E que eu repouse ali, na hospitaleira
Sombra do bosque, livre de cansaços,
Como quem, pelas horas da soalheira,
Foge da estrada aos cálidos mormaços.

Ricardito! Dar-te-ias bem ali! Terias, em vez do canto dos sanhaços, a algazarra dos periquitos nos arvoredos do cercado. Naquele ermo agreste, além das aves que tanto amaste, e que nunca mal algum te fizeram, terias uma coisa mais preciosa ainda, aquela paz imensa e reconfortadora, própria a aplacar-te o tempestear dos sentimentos. Serias outra vez poeta, amarias novamente a vida, rimando versos de ouro aos tangarás, às paineiras floridas e ao bisbilho das fontes...

A evocação comoveu-me. Pela primeira vez o alancear de uma grande tristeza povoou-me o espírito, naquele dia de tédio infinito.

– Patrão!

Despertou me a voz do Birro convidandome a seguir.

Viajar! Para quê? Ficava-se ali tão bem! Que me esperava ao cabo daquele jornadear eterno? Era tudo deserto.

Sacudi o portão. Estava fechado a chave.

– Boas grades – opinou Birro. – Feitas em Araguari.

Abalei-as de novo. Eram, de fato, sólidas. Tornei a sacolejá-las, longa, obstinadamente... Não só para experimentar-lhes a resistência; no desabrimento desse ato havia, como que o desabafo, o desespero irreflexivo de quem sente conspirada contra si a hostilidade das próprias cousas brutas...

O DESTACAMENTO

Quase todo o domingo o Baiano turbava o sossego de Três Barras esbordoando sua companheira, a Rufina. A boda era desenvolta, dava corda ao primeiro que encontrasse; e, como o Baiano não era cego e havia deliberado casar com ela, esmerava-se em trazer sempre limpa a sua honra, lavava-a como podia, a cachação, a porrete, e com isso se tornara o terror do pacatíssimo arraial mineiro, ao qual se anteolhava com a temibilidade de um famigerado facínora. A Câmara, a Suma Potência Local, reunia-se às vezes extraordinariamente, em consequência de suas terrificantes façanhas, e fazia pressão no subdelegado, o Toniquinho da Candola, para pôr cobro àqueles desmandos. Toniquinho, porém, humílimo boticário de natural pouco belicoso, magricela, vozinha habitualmente chorosa, explicava aos coronéis vereadores:

– Se autuo o Baiano, ele é capaz de me matar!

– Basta prendê-lo correcionalmente por alguns dias – insinuavam-lhe.

Crescia a dificuldade. Nem pensar em tal!

O caso punha-o em aperturas. Se os amigos do diretório o não coagissem a servir, Toniquinho já se teria demitido do cargo policial.

A Câmara, entretanto, não cedia. Muitas vezes, tomando a iniciativa, ela própria mandava intimar o Baiano, em nome do subdelegado. Avisavam a este com a antecedência necessária, recomendando:

– Passe-lhe uma descalçadeira enérgica; e, se o pilhar de jeito, zás! tranque-o na despensa. Depois mande-o para a cadeia.

Merecia este nome pomposo o galinheiro do padre.

Quando o Baiano acudia à intimação e surgia à porta da botica com o cano da garrucha espiando sob a aba do paletó, o capitão Toniquinho (capitão da Guarda), tremendo, fazia-o entrar para a sala de visitas; tratava-o com toda a atenção, mandava buscar café, e conversava com voz de mel sobre tudo, menos sobre o verdadeiro motivo da citação. O Baiano, por sinal, começou a tomar-lhe amizade; um dia ou outro ele trazia-lhe da roça um frango ou um jerivá e às vezes chegava a pedir-lhe uns cobres emprestados.

Nesses dias, o que mais incomodava Toniquinho era a sanha de sua cara-metade contra o valentão. Siá Candola era guerreira no trabalho;

ninguém socava mais depressa uma pilãozada de arroz, ou mais depressa lavava e batia uma trouxa de roupa; o reverso da medalha, porém, era seu gênio explosivo; esgalgada, pele em gelhas, dedos aduncos, olhos agudos de ave de rapina, retratava exteriormente a fúria que internamente era. Ai do Toniquinho se a desatendesse! Na vizinhança, que ela trazia em pânico, tinha sempre em andamento sua meia dúzia de pendências; e todas elas acabavam em unhada velha.

Ela, em verdade, é que era ali subdelegada. A inércia do Toniquinho em relação ao Baiano valia-lhe tremendas descomposturas.

– Ah! se fosse eu! – gritava ela. – Havia de ensinar! Nasci para homem!

E, se acaso lidava com o arroz, brandia ameaçadoramente a mão de pilão sobre a cabeça do inerme Toniquinho, para reforçar suas palavras, vociferando, como estribilho:

– Dê-me suas calças e vista minha saia!

Por último, quando o Baiano lá estava, era precisa toda a vigilância do marido para evitar algum despropósito da mulher, que bufava na cozinha, querendo investir para aquele com a sua massa de combate. Toniquinho suplicava-lhe agoniado, em tremuras:

– Oh, Candola... Veja, Candola... Candolinha!

Toda a paciência tem limites. Por vezes, ante a insistência dos camaristas, Toniquinho, tão calmo, exasperava-se e mostrava o punho para longe:

– A culpa tem esse governo, que não manda os praças! Juro que, enquanto não vierem, não mexerei mais com uma palha!

Havia tempos, o diretório fizera pedido dum destacamento, sem obter solução.

E Toniquinho da Candola começou a mostrar-se tão exaltado, tão enérgico pela primeira vez em sua vida, falando contra o governo, contra "essa súcia de comedores", que os políticos o admoestavam em particular:

– Toniquinho, você não faz bem em falar assim. Há tanta gente linguaruda que gosta de intrigar! O governo pode vir a saber.

– Não me importa! que saiba!

Um belo dia a Câmara resolveu reunir-se para reiterar o pedido dos praças. A concorrência, como era de esperar, foi enorme, pois, sempre que havia sessão, os três-barrenses afluíam ao prédio da municipalidade, acotovelando-se, disputando lugares, nunca saciados de ver o impressionador espetáculo dos camaristas reunidos. E, na verdade, como testemunha ocular, garanto-lhes que era justificada a concorrência. Apenas quem nunca assistiu a uma sessão em Três Barras ignora o que é solenidade. Fazia correr arrepios pelo espinhaço do observador. Os vereadores eram velhos coronéis austeros, de olhar grave e meditabundo. Quem os visse em volta da comprida mesa, graves, silenciosos, acariciando com gestos lentos as longas barbas brancas, tinha a impressão de achar-se no senado romano. O silêncio, enorme, pesava no recinto como a paz tumular. Nenhum falava a não ser raramente, numa voz cava e sussurrante, que lembrava a do sacerdote ao altar. A entoação solene do presidente abrindo a sessão, o tinir da campainha, a leitura da ata transportavam o espectador, como o ritual augusto e cheio de mistério de uma religião. Os pulmões paravam de arfar, as bocas se abriam, os olhos não se fartavam de pasmar, enquanto lentos e graves os senadores acariciavam as barbas intermináveis.

Explicava-se por essa forma o considerável prestígio de que gozava a edilidade em Três Barras. Ultimamente havia uma nota dissonante, que ameaçava tornar-se para esse prestígio a eiva do célebre vaso trincado. Nos derradeiros meses andava na ordem do dia de todas as sessões um projeto que mandava entupir, no pasto de um dos vereadores, o Manoelzinho Junqueira, certo rego rasgado de má-fé, para captar águas de um córrego do agente executivo. O dono do rego recalcitrava, chegando às vezes a erguer asperamente a voz contra os companheiros, no recinto, com risco de fazer-se impopular. Os outros emitiam opinião em longas reticências desfavoráveis ao Manoelzinho e em olhadelas irresolutas, sem se atreverem a aprovar o projeto, cuja votação era sempre protelada. Em muitas sessões nada se falava a respeito; em sua eterna irresolução, limitavam-se os camaristas a olhar para Manoelzinho, ao passo que Manoelzinho fincava os olhos no teto, furioso, entrincheirado em sua pirraça, dando a entender que não cederia uma linha. Debalde a expressão angustiosa de toda a assistência lhe dizia sem palavras: "Mande entupir o rego! Ora, mande, Manoelzinho!", ele fingia não compreender; e destarte, permanecendo a causa da discórdia, reinava constrangimento nas últimas sessões. Ao casmurro já o alcunhavam, pelas costas, de Manoelzinho do Rego; por sinal que ele danou ao sabê-lo.

Quando a Câmara se reuniu para tratar novamente da vinda dos praças, o germe da discórdia tomou vulto, porque Manoelzinho dissentiu, veemente, com palavras acerbas contra o subdelegado, que era todo dos outros camaristas. Como embirrara com o negócio do rego, embirrava semelhantemente agora com o caso dos praças, recusando de antemão sua assinatura a tudo o que com ele entendesse. Essa atitude, inesperada, causou surpresa e alarme; teceram-se infindas conjecturas sobre o que poderia motivá-la, propalando-se que, na política local, se tramava às escondidas um princípio de dissidência. Soube-se, mais tarde, que era medo de soldado, o pueril terror que a farda inspira a todo o mineiro de bibocas arredias da civilização. Nisto os outros vereadores se mostravam mais progressistas porque, quanto ao pedido das praças, malharam de rijo, resolvendo, nessa sessão e ulteriores realizadas com o mesmo fito, dirigir representações sobre representações ao governo, reforçando o primeiro pedido. E tanto se implorou, insistiu, exigiu, foram tais as súplicas e empenhos, que por fim, numa bela manhã, desembarcou o destacamento, entre o pânico de uns e regozijo de outros, na estação do modesto lugarejo.

O acontecimento deu brado. Manoelzinho do Rego, vergonhosamente derrotado, retirou-se furioso para sua fazenda. Dessa data em diante embirrou em não aparecer mais em Três Barras. Apenas se abalava de seu retiro para cabalar votos nas cercanias, tramando uma insidiosa oposição. O patriotismo local, ao contrário, rejubilava, aceso em legítimo orgulho pelo melhoramento conseguido. Quando o destacamento em peso, um cabo e dois praças, carabina ao ombro, passo marcial, atravessou o povoado, olhares derretidos em pasmo pousavam-se sobre eles, acompanhando-os até onde a vista alcançava, como presos à trajetória de um meteoro raro e miraculoso.

Com essa numerosa milícia, todos se sentiam garantidos e fortes. Ao menor bate-boca, exclamavam os contendores:

"Você hoje há de dormir no pau!" E, com essa perspectiva, os agravos se desagravavam sem rixas, o punho erguido para esmurrar não abria o ângulo ameaçador do braço, contentando-se cada qual com roncar em voz sinistra: "Hum! você já me conhece!" E as próprias línguas taramelavam menos. Valia-se o patrão dessa considerável força, para exigir submissão do empregado, e a sogra sonhava, noites a fio, com o genro preso e algemado. O próprio nível das conversações se elevava; os que eram seu poucochinho eruditos traziam à baila as guerras célebres da História, rememorando Napoleão, Alexandre e as façanhas dos Doze Pares de França.

Quanto ao vigário, esse implicou. Padre Gauquério era um cinquentão rubicundo, sujeito a frenesis, amante de proferir sermões terroristas, em que fazia horrendas descrições das tachas infernais. Suas fúrias retóricas traziam cada domingo à missa numeroso rebanho de fiéis. Três Barras era o que se podia chamar um povoado devoto. Pois não é que, com a chegada dos praças, rareavam os frequentadores da Igreja? Todo o mundo andava com a cabeça no ar, esquecido de Deus e das obrigações de maior monta. Por isso, padre Gauquério desatinou. Pôs-se a berrar do púlpito barbaridades contra a república e o casamento civil, apregoando em fúria apocalíptica, para muito breve, o fim do mundo e o Juízo Final. Tudo debalde! O povo não assentava a cabeça, e a deserção se fazia mais sensível de domingo para domingo. Datava dessa época sua ligação política com o Manoelzinho, a quem ia ver frequentemente, tendo com ele infindáveis conciliábulos, conservados em sigilo hermético.

Com o divórcio da Igreja, a Câmara tremia em seus alicerces; todavia, não dava o braço a torcer, confiante na vitória. O destacamento, afinal, era seu, como também o era o subdelegado Toniquinho.

Toniquinho? Não... Esse agora não era de ninguém. Não saía mais de casa, somente entrevisto confusamente no fundo da botica, fazendo-se de atarefado, a aviar receitas imaginárias. Disfarçava deste modo o terror que lhe inspirava a má catadura do cabo comandante. Também o modo sacudido com que cada manhã o brutamontes lhe dizia, rigidamente perfilado, renteando com a mão a pala do boné: "Sr. capitão, comunico a 'vossuria' que não houve novidade!" Pros diabo! Toniquinho, o imbele Toniquinho, não queria saber de nada disso. Deixassem-no viver obscuramente em companhia de suas pacíficas pílulas, pois não tinha veleidades de mando. Não sucedia o mesmo com Siá Candola, sua terrível cara-metade sentia-se agora poderosa, invencível, ressuscitava rixas velhas, encruecia as novas, trazendo num torniquete a vizinhança dos quatro lados. Um pano que para lá voava, um frango que passasse a cerca, não precisava mais para que ela, esquecendo o pilão e a barrela, metesse a mão à ilharga e descompusesse céus e terras, com vocabulário adequado, imagens felizes, elocução fluente e encorpada de timbre – com todo esse primor de perfeição de que apenas são capazes as comadres litigiosas que já têm, na fé de ofício, um longo tirocínio de rusgas.

Chegara, afinal, o dia do Baiano. Num domingo, em pleno largo, espancara novamente a amásia. Sucedera que na véspera ele a pilhara com um fula, de quem já tinha velhas desconfianças. Machucara-a bastante "no sufragante", e já haviam feito as pazes; mas no outro dia, entre os fumos retroativos de uma cabreúva "braba", preparada com restilo, relembrava a ofensa recente, mal perdoada, e secundava a surra, descendo-lhe o guatambu purificador. A notícia correu num ápice e o povo afluiu ao largo, para saborear as consequências. Enquanto o pau cantava, centenas de olhos inquiriam a rua do quartel, à espera dos praças.

Súbito houve rebuliço. É que apontara ao longe a farda de um soldado. Vinha às pressas, teso no seu uniforme de *dolman* vermelho e calças brancas, refle no boldrié, os braços para diante e para trás. Chegara um pouco tarde, pois o caboclo já descansava o pau, tendo posto a honra limpa e a Rufina contusa e ensanguentada. Mesmo tarde, era ainda de admirar que o soldado viesse, por não ser pequena proeza atrever-se alguém a levar a notícia ao cabo comandante. Ao vê-lo sentado na calçada do quartel, com o olhar carrancudo, a polir a monstruosa carabina, os que tinham como trajeto forçado aquele trecho de rua passavam de largo, no andar apressado de quem se arrisca. Pois houve um decidido, o Zé Cotia, paneleiro, que foi dar parte, resoluto, gritando de certa distância ao comandante:

– Sô cabo, há um guaiú no largo!

O cabo encarou-o com expressão severa:

– Você não está contando rodela?

– Juro pela alma do defunto meu pai – afiançou o Zé Cotia.

Então, mal-humorado, o comandante ordenou a um dos subalternos que ouvira à parte:

– Oh, João, vá ver essa estrumela.

E como o paneleiro se fosse pirando:

– Você, alto aí! Vá com o praça mostrar o lugar.

O soldado apertou o cinturão e abalou com o mensageiro. Vendo-se em tão temerosa companhia, Zé Cotia tremia por si próprio; mas depois de vencido um pedaço de caminho, como nada lhe sucedia de alarmante, e tranquilizado pela afabilidade do João, que se mostrava de boa paz, chegando a tirar com ele, Zé, um dedo de prosa, seu terror transformou-se em nobre orgulho; media o passo pelo do soldado, copiava-lhe o entonar marcial, e, se encontrava um conhecido, olhava-o sobranceiro, sem cumprimentar.

E assim alcançaram o largo.

A polícia avançou para o Baiano, no meio da expectativa ansiosa do povo.

– Esteje preso! – disse.

O caboclo botou-lhe de través um olho enfezado.

– Quem é que está preso?

– Não se faça de besta! É você mesmo! – retrucou o João, desembainhando o espadim.

Como única resposta, Baiano volveu-se para a Rufina:

– Pegue na trouxa e bamo s'imbora.

– Bamo s'imbora é uma conversa! – tornou o praça. – Então resiste?

– Não me arrelie, sô coisa!

E, ao dizer isso, Baiano virou-se para ele com catadura ameaçadora.

O soldado amuou. Meteu o refle na bainha, e, sem dizer palavra, voltou-lhe as costas, altivamente, tomando o rumo do quartel.

O povo, eletrizado, aguardava os acontecimentos. Cruzavam-se comentários:

– Foi buscar reforço – opinava um.

– Esqueceu-se da carabina – dizia outro.

– Que o cabra é chegador.

– Não foi por medo, isso não!

Entrementes, rebocando a amásia aos repelões, Baiano seguia a estrada da fazenda. João e o outro praça, em marcha acelerada, foram topá-lo já fora do povoado. Numerosa chusma acompanhava-os, ao passo que os três-barrenses mais precavidos fechavam as janelas, de receio dos tiros.

– Esteje preso! – conclamaram os praças fazendo alto.

– Ora deixem de prosa, que eu não tou bão! – e o Baiano coçou o cabo da garrucha.

A polícia, afrontada, fez meia-volta, retomando o caminho do quartel.

O povo a princípio ficou pasmado, como quem não compreende; por fim alguém murmurou: "É medo!" A essas palavras quebrou-se o encanto e abriu-se a válvula aos comentários pejorativos. A farda começava a perder o seu prestígio. Um sussurro de descontentamento escoltou os praças em todo o percurso da volta, fazendo-lhes errar o passo. No quartel o cabo comandante estrilou com os subalternos, chamando-lhes vergonha da farda e ameaçando recolhê-los ao batalhão. E a praguejar infernalmente resolveu-se a acompanhá-los.

Restituiu-se ao povo parte de sua confiança, quando o destacamento em peso apontou na extremidade da rua. Infelizmente já não era a passagem triunfal do costume; mas as dimensões formidáveis das carabinas, e o reluzir das baionetas caladas, reduziam os comentários malignos. Onde o burburinho de descontentamento era maior, o cabo carregou o quepe na testa, com ar terrível, o que, em verdade, foi água na fervura.

Quando distanciaram os curiosos, o comandante repetiu suas invectivas contra a cobardia dos praças; e com os brios "estumados", repisava o estribilho:

– Vivo ou morto havemos de trazer o homem. É preciso salvar o prestígio da farda ou morrer.

E com isso, fora do povoado, iam vencendo estrada, no encalço do criminoso. Afinal avistaram-no muito ao longe, numa volta. Perceberam que nesse momento o Baiano parou um pouco, como a desafiá-los. Eles também pararam.

– O homem teve medo, por isso raspou-se para a roça – disse João.

– Desta feita sabia que vinha mesmo – comentou o outro praça.

Quanto ao cabo, nada disse, porque estava a coçar a cabeça, irresoluto, pesando motivos. Voltarem sem o Baiano, refletia, seria caírem no ridículo e merecerem as chufas de toda a população. E trazerem o criminoso à força, era empresa difícil, pois tinha fama de cabra chegador, de comprar e pagar, desses que não olham as consequências. Podiam estar certos de que resistiria e, às direitas. Que fazer?

E o cabo coçava a cabeça. Depois começou a coçar o queixo. Por fim espetou o dedo grande nos dentes de cima, quedando-se cogitativo nessa postura.

– Que acham vocês? – desembuchou, ao cabo de certo tempo. – Podíamos daqui mesmo fazer um tiroteio contra o Baiano.

A ideia nascida murcha caiu sem discussão.

Então, numa inspiração suprema, o comandante puxou o revólver e disparou um tiro para o ar. Os seus inferiores fizeram o mesmo. A chusma dos curiosos, espaventada, debandou ao longe, ao passo que o Baiano prosseguia lentamente seu caminho.

Um ronco saído da beira da estrada atraiu-lhes nesse momento a atenção. Era um bêbado, a quem os estampidos dos tiros despertaram em sobressalto. E sabe Deus de que comprido sono! Pois o Tobias Macaco, quando se punha a cozinhar a pinga, era obra para uma fieira de dias. Havia não sei quanto tempo dormitava naquela beira de estrada, pouco sensível às intempéries, pois atenuava-lhes o efeito com seu velho chapéu de pelo, que o uso fizera cônico como funil. Assim, fosse o tempo agradável, armava-o no embigo, e todo se gozava da suavidade da luz e do calor; se o sol feria a vista, ou o relento peneirava umidade, removia-o do embigo para a cara, e ficava ali debaixo, como quem armou barraca e dentro se agasalhou a seu seguro.

– Que está fazendo aí, Siô traste? – vociferou o cabo, de péssimo humor, dando-lhe um pontapé.

O bêbado, mal desperto, ria e babava, sem falar, mal podendo abrir os olhos, que acabavam exatamente de sair debaixo da tenda.

– Esteje preso! – gritou o comandante, com uma voz terrível. – E, se resistir, hã!

Resistir! O borracho nem pensava em tal. O diabo é que ele não se aguentava nas pernas. A poder de trancos e cachações, e de uma série de "não se faça de besta!" os dois subalternos vingaram metê-lo em pé.

– Para o quartel! Marchar! – comandou o cabo.

Era difícil a Tobias obedecer; mas, a fazer cambetas, e com o auxílio dos praças, afinal foi andando, sempre a rir e a babar, numa alegria infantil de ir daquele modo, quase carregado.

Foi um triunfo o regresso, um triunfo imprevisto, pois acontecia que o Tobias Macaco era por demais conhecido como vagabundo, pedinchador de "ajutórios", ébrio habitual e ladrão de galinhas. Uma vez que o Toniquinho o trancafiara na "cadeia", não é que ele achara jeito de abalar alta noite com uma dúzia de aves do reverendo nas pontas de uma manguara? Quando o padre Gauquério deu pelo "destroço", chegou a proferir blasfêmias pretas, capazes de infernar a alma do maior santo. Por um triz que não privou os poderes públicos três-barrenses da inestimável enxovia. Desde esse tempo sumira-se o Tobias e eis que agora voltava inopinadamente com escolta, para pagar as feíssimas culpas!

Com a importante notícia, logo esqueceu o Baiano. Mal soavam, no princípio, vozes esparsas: "Uai! Pois não é o outro? Cadele o Baiano?", ao que se respondia vagamente que afundara no capoeirão, baleado. Depois, esqueceu totalmente. Só se falava no Tobias, no famigerado Tobias, que afinal ia pagar as falcatruas.

A notícia voou eletricamente de ponta a ponta do arraial; e em todo o percurso, debruçado das janelas, confluindo nas ramificações da rua principal por onde havia de passar o preso ladeado pela força pública, aglomeravam-se, movidos pelo mesmo profundo interesse, todos os moradores do povoado. E todos glosavam animadamente o sucedido. Ora o Tobias! o larapiador de galinhas! Fugisse agora de novo, que estava na mão do onça! Não é que o trouxa viera cair na ratoeira, sabendo que agora, graças a Deus, tinham uma unidade militar incumbida de velar pela segurança pública?

A exultação não podia ser maior; e o acontecimento ficou sempiternamente memorado, nos fastos da modesta povoação mineira.

E foi assim que dessa data em diante se firmou definitivamente o prestígio do destacamento de Três Barras, para maior orgulho e segurança dos habitadores do arraial. O fato teve toda a sorte de consequências felizes. A notícia da prisão do Tobias chegou aos ouvidos do Baiano com tão terríficos pormenores, que o cabra abriu o pala para terras remotas, levando consigo a Rufina, sem coragem de, em dias de sua vida, tornar a pôr o pé no povoado. A captura serenou o eclesiástico, que no domingo seguinte elogiou do púlpito os praças. Exerceu salutar ação sobre o próprio diretório; pois o gesto magnânimo da Câmara, esquecendo depois disso a questão do rego, valeu reconquistar-lhe o Manoelzinho, que dizem já fez as pazes, e está disposto a voltar, mais dias menos dias, a Três Barras, para afirmar publicamente, em plena sessão municipal, sua solidariedade com os antigos companheiros do diretório.

Hugo de Carvalho Ramos

CAMINHO DAS TROPAS

O lote derradeiro desembocou num chouto sopitado do fundo da vargem, e veio a trouxe-mouxe enfileirar-se, sob o estalo do relho, na outra aba do rancho, poucas braças adiante da barraca do patrão.

O Joaquim Culatreiro, atravessando sem parar o piraí na faixa encarnada da cinta, entre a "espera" da garrucha e a niquelaria da franqueira, desatou com presteza as bridas das cabresteiras, foi prendendo às estacas a mulada e afrouxou os cambitos, deitando abaixo arrochos e ligais, enquanto um camarada serviçal dava a mão de ajuda na descarga dos surrões.

O tropeiro empilhou a carregação fronteira aos fardos do dianteiro, e recolheu depois uma a uma as cangalhas suadas ao alpendre. Abriu após um couro largo no terreiro, despejou por cima meia quarta de milho, ao tempo que o resto da tropa ruminava em embornais a ração daquela tarde. O cabra, atentando na lombeira da burrada, tirou dum surrãozito de ferramentas, metido nas bruacas da cozinha, o chifre de tutano de boi, e armado duma dedada percorreu todo o lote, curando aqui uma pisadura antiga, ali raspando, com a aspereza dum sabugo, o dolorido dum inchaço em princípio, aparando além com o gume do freme os rebordos das feridas de mau caráter.

Só então tornou à roda dos camaradas, ao pé do fogo do cozinheiro, no interior do rancho, onde chiava atupida a chocolateira aromatizada do café.

A tarde morria nuns visos de crepúsculo pelas bandas da baixada. A mulada remoía nas estacas, e junto ao couro de milho um ou outro animal mais arteiro e manhoso escoucinhava e mordia os demais no afã do maior quinhão.

Assentados sobre os calcanhares, os primeiros chegados – cujos lotes arraçoados se coçavam impacientes aos varais – espicaçavam pachorrentamente na concha da mão o fumo dos cornimboques, picavam miúdo no corte do caxerenguengue as rodelinhas finas, esfrangalhando entre os dedos os resíduos, palha grossa de cigarro encarapitada na orelha. O cabra abeirou, apossou-se do cuité fumegante que lhe estendia o cozinheiro; e, enquanto deglutia a beberagem, ia comentando com os demais, voz amolengada, a marcha daquele dia.

– O lamedo dera-lhe, no vau do Anicuns, um trabalhão; mal do lote, se não fora o ramo verde da "marmelada" que o dianteiro tivera o cuidado de atravessar no caminho, a burrada embarafustava logo pelo atoleiro e ele não estaria àquela hora no pouso; quando lá passou, ia bem fresco ainda o rastro da tropa no desvio; mesmo assim, o macho crioulo que vinha adestro não duvidara em meter-se naquela perdição...

– Bicho novato de primeira viagem... – observou o dianteiro, que tocava, como de direito, o lote mais luzido da tropa.

No gancho da mariquita, especada sobre o brasido, refervia o bom adubo da feijoada; um bafo grosso, apetecente, daí se evolava, babando a gula de dois perdigueiros da comitiva, que, assentados sobre as patas traseiras, estendiam para o borralho o focinho curto, cupidamente...

– Já vem chegando a boquinha da noite, minha gente, avisou o arrieiro saindo da barraca e chegando até o parapeito do rancho, olha o encosto da tropa. Uma peia garantida nesse macho crioulo, ó Joaquim, que não dê outro sumiço; olá, mudem o polaco da madrinha, bate soturno esse cincerro.

Guiada pelo chocalho da madrinha, levada no cabresto, à mão do dianteiro, a tropa desatrelada enveredou pela devesa, redambalando por intervalos cada polaco das cabeças de lote nos torcicolos abrutalhados da vereda, ribanceira abaixo.

A noite descia mansa e silenciosa, perturbada apenas pelo clamor longínquo das seriemas da campina no fundo dos vargedos, e a lua assomava como uma grande moeda de cobre novo por sobre os descampados, em vago nevoeiro.

À noite, repasto feito, descansava o pessoal recostado sobre as retrancas e pelegos dos arreios. Pelos cantos, trilavam grilos; e, de fora, vinha o grito dolente dos caburés e noitibós, agourando a solidão. Um tropeiro sacou do piquá que trouxera a tiracolo, o pinho companheiro dessas caminhadas no sertão; apertou a chave da prima e pigarreou pelo cordame um lundu, todo repassado de ais e suspiros.

– Cabra malvado, faz tristeza essa viola – disse alguém, o pensamento longe, perdido no arraial, onde deixara, certo, saudades e cuidados –; diga antes um caso, daqueles que nos contava, quando na boiada do Antão...

– Homem, inda agorinha – atalhou o Manoel, o dianteiro –, relembrava um fato que me sucedeu duma feita, quando viajava escoteiro, às ordens do major Matos, pr'essas bandas. O caso é que era então acostado, e de fiança, daqueles de pouca conversa e de grande estadão. Na quinta-feira das Dores, o sol ia descambando, o patrão manda-me chamar, passar a cutuca no lombilho do matungo e partir sem detença para o povoado, uns papéis de eleição bem arrumadinhos na patrona.

Mecês devem estar lembrados que na altura dos Marinhos, num estirão de meia légua de tabatinga e terra puba, fica um cemitério abandonado, há muito toca de tatus e camundongos do campo. Semana atrás, numa rusga de cachaça e mulheres, esticara a canela ali perto o Bentinho Baiano, um cafuzo intrometidiço, baleado por dois tiraços de rifle na volta esquerda da pá.

Para poupar maior trabalho, aproveitaram a serventia antiga do terreno, sepultando por ali mesmo o assassinado. Fora eu até quem, de passagem, cedera a mortalha de ocasião com que o embrulharam, uma larga pala branca, enfeitada de bambolins, que me presenteara alguém que não tem a ver cá com a questão.

– Viajava distraído, esquecido de tudo, na marcha a furta-passo do matungo, perrengueando, a pitar o meu cigarro, quando, num repente, estaca de supetão o animal.

Assuntei. A noite estava turva, o céu sem lua, aqui e ali picado de estrelinhas. O sítio não me pareceu estranho; atentei com mais justeza – umas cruzes apodrecidas pendiam, no escuro, desconjuntadas, à beira do caminho, sobre cômoros malfeitos de terra...

Era o cemitério velho do povoado. Apertei as chilenas no pangaré; ele andou alguns passos e depois emperrou de novo no meio da estrada, orelhas entesouradas, espreitando a escuridão. Adiante, não via nem ouvia movimento ou tropel algum; o bicho nunca fora empacador ou passarinheiro, tentação do capeta devia de andar ali por perto.

– Um homem é homem, mecês bem sabem; atravessei o punga no caminho, encurtei as rédeas e escrutei melhor a vista, já acostumado à escuridão. À minha frente, roçando o chão, brancacento, ia um lençol aberto. O matungo refugava arreliado, bufava pelas ventas, uma vontade danada de voltar atrás e desembestar pelo chapadão afora. Senti, benza-me o Santíssimo, u'a mão de ferro, no coração, triturando...

Mas, como lhes dizia, em qualquer aperto, pr'este mundo de Cristo, um homem é homem, e o que tem de acontecer, tem força, acontece mesmo!

Desviei o meu bicho para uma pequena macega de sapé, pus-me abaixo da sela, amarrei seguro as bridas a um tronco de imbiruçu e voltei atrás, decidido, franqueira atravessada na boca como era de preceito, mão sobre os gatilhos escancarados da garrucha. Parecera, a este pobre cristão, melhor observado, que era a mesma franja de bambolins, o lençol que seguia estendido à minha frente – aquela mesmíssima mortalha com que dias antes enroláramos o corpo do malaventurado Bentinho...

Parou, gozando a expectativa angustiosa que errava derredor, entre os parceiros. Bebeu uma última golada de congonha, que lhe servira atencioso o cozinheiro; bateu fogo na pedra do isqueiro, acendeu o cigarrão e olhou para fora, vagamente, meneando.

– A gente, quanto mais vive, mais aprende, já dizia minha avó. Assombramento, tenho ouvido casos, verdade seja, mas as mais das vezes falta de coragem, turvação do medo e da bebida... Maluquice, anda à toa pelo mundo da Virgem; não fora o meu ânimo, hoje zanzaria por aí, nessas bamburras, "gira" varrido.

Cheguei solerte, pé ante pé, negaceando, pronto a queimar as escorvas na cabeça do Mal-encarado ou o quer que fosse que impedia a passagem. O lusco-fusco ia menos cerrado, o lençol prosseguia estrada afora, muito branco, desdobrado largando felpas alvadias pela garrancheira e vassouredo da beirada. Sofreei o baque de meu peito e acheguei-me para mais perto da assombração; bati fogo na binga, soprei um chumaço e, agachado sobre o estorvo, pesquisei com cuidado.

Era... mas devia ter logo visto, um tatupeba, que se fartara no corpo do infeliz ali enterrado e que se retirava, empanturrado, para o seu coito. A imundície, na gana do festim, enrodilhara-se na mortalha do desgraçado, varando-a com a cabeça, e de lá se retirava, certamente bem atrapalhado, arrastando após si o trambolho...

– Devia ter logo visto; na pressa do enterramento, a cova tinha ficado um tanto rasa, a terra fofa, sem cerca nem revestimento para impedir aquela profanação... Enfim, creiam mecês, é ter sempre desapego ao perigo...

Calara. Cincerros distantes chocalhavam, longe, pelo encosto da devesa.

A lua nos aceiros era toda branca como geada de inverno.

NINHO DE PERIQUITOS

Abrandando a canícula pelo virar da tarde, Domingos abandonou a rede de embira onde se entretinha arranhando uns respontos na viola, após farta cuia de jacuba de farinha de milho e rapadura que bebera em silêncio, às largas colheradas, e saiu ao terreiro, onde demorou a afiar numa pedra piçarra o corte da foice.

Era pelo domingo, vésperas quase da colheita. O milharal estendia-se além, na baixada das velhas terras devolutas, amarelecido já pela quebra, que realizara dias antes, e o veranico, que andava duro na quinzena.

Enquanto amolava o ferro, no propósito de ir picar uns galhos de coivara no fundo do plantio para o fogo da cozinha, o Janjão rondava em torno, rebolando na terra, olho aguçado para o trabalho paterno.

– Não se esquecesse, o papá, dos filhotes de periquitos, que ficavam lá no fundo do grotão, entre as macegas espinhosas de "malícia", num cupim velho do pé da maria-preta. Não esquecesse...

O roceiro andou lá pelos fundos da roça, a colher uns pepinos temporões; foi ao paiol de palha d'arroz, mais uma vez avaliando com a vista se possuía capacidade precisa para a rica colheita do ano; e, tendo ajuntado os gravetos e uns cernes da coivara, amarrava o feixe e ia já a recolher caminho de casa, quando se lembrou do pedido do pequeno.

– Ora, deixassem lá em paz os passarinhos.

Mas aquele dia assentava o Janjão a sua primeira dezena tristonha de anos; e pois, não valia por tão pouco amuá-lo.

O caipira pousou a braçada de lenha encostada à cerca do roçado; passou a perna por cima, e, pulando do outro lado, as alpercatas de couro cru a pisar forte o espinharal ressequido que estralejava, entranhou-se pelo grotão – nesses dias sem pinga d'água –, galgou a barroca fronteira e endireitou rumo da maria-preta, que abria ao mormaço crepuscular da tarde a galharada esguia, toda tostada desde a época da queima pelas lufadas de fogo que subiam da malhada.

Ali mesmo, na bifurcação do tronco, assentada sobre a forquilha da árvore, à altura do peito, escancarava a boca negra para o nascente a casa abandonada dos cupins, onde um casal de periquitos fizera ninho essa estação.

O lavrador alçou com cautela a destra calosa, rebuscando lá por dentro os dois borrachos, Mas tirou-a num repente, surpreendido. É que uma picadela incisiva, dolorosa, rasgara-lhe por dois pontos, vivamente, a palma da mão.

E, enquanto olhava admirado, uma cabeça disforme, oblonga, encimada a testa duma cruz, aparecia à aberta do cupinzeiro, fitando-lhe, persistentes, os olhinhos redondos, onde uma chispa má luzia, malignamente...

O matuto sentiu uma frialdade mortuária percorrendo-o ao longo da espinha.

Era uma urutu, a terrível urutu do sertão, para a qual a mezinha doméstica nem a dos campos possuíam salvação.

Perdido... completamente perdido...

O reptil, mostrando a língua bífida, chispando as pupilas em cólera, a fitá-lo ameaçador, preparava-se para novo ataque ao importuno que viera arrancá-lo da sesta; e o caboclo, voltando a si do estupor, num gesto instintivo, sacou da bainha o largo "jacaré" inseparável, amputando-lhe a cabeça dum golpe certeiro.

Então, sem vacilar, num movimento ainda mais brusco, apoiando a mão molesta à casca carunchosa da árvore, decepou-a noutro golpe, cerce quase à juntura do pulso.

E enrolando o punho mutilado na camisola de algodão, que foi rasgando entre dentes, saiu do cerrado, calcando duro, sobranceiro e altivo, rumo de casa, como um deus selvagem e triunfante apontando da mata companheira, mas assassina, mas perfidamente traiçoeira...

Orgrafic
Gráfica e Editora
tel.: 25226368